MW01707451

Depuis plusieurs années, Marine Florisin travaille dans le milieu de l'édition. En 2022, elle décide de se lancer un défi : devenir autrice, et publie son tout premier roman, *J'ai poussé le père Noël du traîneau !* (Michel Lafon). Elle renoue ainsi avec une passion qu'elle avait mise de côté depuis l'adolescence : l'écriture.

J'AI POUSSÉ LE PÈRE NOËL DU TRAÎNEAU !

MARINE FLORISIN

J'AI POUSSÉ LE PÈRE NOËL DU TRAÎNEAU !

Michel LAFON

ISBN : 978-2-266-35295-6
Dépôt légal : octobre 2025

En cherchant à éviter le pire,
on passe à côté du meilleur.

– 1 –

Romane vient d'activer le plan Tequila. L'heure est grave. Je me demande ce qu'il a bien pu se passer pour qu'elle en arrive à cette extrémité. Si ça avait été Cathy, je ne me serais pas inquiétée. Elle et moi sommes coutumières du fait. À chaque contrariété, nous tirons la sonnette d'alarme pour réunir notre groupe et oublier nos problèmes à coups de shots, de sel et de citron.

Une baignoire qui déborde et inonde l'appartement de la voisine du dessous ? Plan Tequila. Un poste convoité qui nous passe sous le nez ? Plan Tequila. Timothée Chalamet qui se sépare de Lily-Rose Depp ? Plan Tequila.

Mais cela ne ressemble pas à Romane. Elle croque la vie à pleines dents et ne se laisse jamais déstabiliser. Elle butine, vole d'expérience en expérience. Et d'homme en homme. Quoique, cela doit bien faire trois semaines que nous entendons parler d'un certain Adrien. Ou Martin. Non, ça, c'est celui avec lequel elle est partie en voyage en Mongolie deux jours après l'avoir rencontré. *Marin ! Voilà, il s'appelle Marin.*

Des coups frappés à ma porte d'entrée me tirent de mes réflexions. J'ouvre à Cathy, dont le visage est à moitié dissimulé sous sa capuche en fourrure. Elle me tend deux bouteilles de notre alcool fétiche avant de me claquer une bise sur chaque joue, se fichant pas mal de tremper mes vêtements au passage.

Le mois de décembre est particulièrement froid cette année. Je prie chaque jour pour qu'il neige afin de m'émerveiller devant les flocons qui tombent – peu importe qu'ils se transforment ensuite en une gadoue qui tachera les chaussures des Parisiens –, mais le ciel s'évertue à alterner grisaille et pluie.

— Salut, Mélia.

— Deux bouteilles ? Carrément ! constaté-je après qu'elle est entrée.

— Je me suis dit qu'il nous faudrait bien ça pour entendre ce que Romane a à nous annoncer. Tu sais ce qui lui prend ?

— Aucune idée. J'allais te poser la même question.

Elle se déleste de son manteau et de ses chaussures dans le placard de l'entrée, puis me rejoint dans la cuisine ouverte sur le salon de mon petit deux pièces. Même si je m'y sens souvent à l'étroit, je n'ai pas vraiment les moyens de chercher mieux, alors je m'en contente. Je l'ai au moins décoré à mon goût pour en faire un cocon confortable.

— Qu'est-ce qu'elle a bien pu nous inventer ? Même quand elle a décidé de plaquer son boulot du jour au lendemain pour lancer sa boîte de foulards personnalisés, sans aucune trésorerie, elle n'a pas déclenché le plan Tequila, poursuit Cathy.

— M'en parle pas. J'avais déjà prévu le planning pour qu'elle vienne habiter chez nous une semaine sur deux quand elle n'aurait plus les moyens de payer son loyer.

— Mais elle s'en est bien sortie…

— Oui, heureusement ! Vu les tas de linge qu'elle laisse traîner partout chez elle, si elle avait dû squatter mon canapé tous les huit jours, j'aurais fini par la ligoter avec une paire de collants.

Nous échangeons un regard et rions de manière complice.

Je commence à couper des citrons pendant que Cathy se charge de l'ambiance musicale. Nous avons l'habitude de nous retrouver chez moi, chacune connaît son rôle à la perfection. Romane arrivera avec de quoi grignoter. En retard. *Classique !*

— Tu crois qu'elle serait capable de tout plaquer à nouveau pour… je ne sais pas, partir vivre au bout du monde, dans une région si isolée qu'elle n'aurait même pas de connexion Internet ? m'interroge ma meilleure amie.

— Je la crois capable de tout…

— OK, lance la première tournée de shots. Prendre un peu d'avance ne nous fera pas de mal pour faire front.

Je m'exécute. Nous léchons le sel sur nos mains, vidons nos verres cul sec et croquons dans notre morceau de citron.

— Et toi, alors, comment ça va ?

Cathy n'est pas du genre à se plaindre, mais ces derniers mois n'ont pas été faciles pour elle. Après des années à s'oublier dans une relation plan-plan avec Jules, elle a subitement ouvert les yeux cet été, quand ils sont partis pour la quatrième fois d'affilée dans le même village du sud de la France, dans le même camping, au même emplacement, avec les mêmes voisins et le même programme d'activités.

Quand bien même Jules est adorable, elle s'ennuie et craint de passer à côté de sa vie en restant avec lui. Pour autant, franchir pour de bon le pas de la rupture la terrifie. Entre être seule ou mal accompagnée, son choix n'est pas si évident. Elle a déjà pris son courage à deux mains à plusieurs reprises et lui a clairement expliqué la situation, mais dès qu'il revient, elle craque. Une partie de moi la comprend. Si au moins j'avais un Jules en guise de mec, cela ne serait-il pas mieux que le vide intersidéral actuel ? Le camping des Flots-de-la-Routine me ferait presque rêver.

— Ça va…

Je la regarde et fronce les sourcils. Cette réponse laisse entendre tout l'inverse. Elle est comme ça : elle garde toujours pour elle les périodes les plus difficiles de sa vie. Nous devons systématiquement lui tirer les vers du nez pour qu'elle se confie.

— Je te connais. Je sais que ce « ça va » cache un gros « non, ça ne va pas du tout ». Qu'est-ce qu'il t'arrive ?

— J'ai rendu ses dernières affaires à Jules juste avant de venir.

— Oh ! Et ? Ça s'est bien passé ?

— Le moment où il a fini dans mon lit pour garder un bon souvenir de notre relation ? Celui où il m'a offert en avance le cadeau de Noël qu'il avait acheté pour moi ? Ou celui où je l'ai vu partir les larmes aux yeux et où j'ai presque eu envie de lui arracher son carton des bras pour le consoler ?

— Alors, ça y est, c'est fini pour de bon ?

Je lui saisis la main un instant, en signe de soutien.

— J'espère bien…

— Tu sais ce qu'il te faudrait pour tenir le coup ? Un nouveau mec. Un qui t'embarque dans un tel tourbillon d'émotions que tu ne penserais plus à Jules.

— Si quelqu'un t'entend quelque part, qu'il réalise ce souhait ! Je ne demande que ça.

— Et alors ce cadeau de Noël, fais-moi rêver, c'était quoi ?

— Une édition collector des *Fleurs du mal.*

— Hein ? Mais tu lis de la poésie ?

— Non. Il y a deux ans, il est tombé sur la liste des cinquante ouvrages qu'il faut avoir lus dans sa vie. Et il a décidé de m'en offrir un à chaque Noël.

Je ne peux m'empêcher de pouffer.

— Mon Dieu, ça veut dire que si tu te remets avec lui, dans quarante-sept ans, il t'offrira encore un livre que tu ne liras jamais. Voilà qui devrait te dissuader à jamais de lui rouvrir la porte !

Elle se marre à son tour.

— Allez, sers-nous donc une deuxième tournée pour célébrer ce grand jour. Celui où tu as définitivement dit *adios* à Julios.

Alors que nous grimaçons après avoir avalé de nouveaux shots, des coups retentissent à la porte. Cathy se précipite à l'entrée et la personne la plus solaire que j'ai jamais rencontrée pénètre bientôt dans mon salon.

Romane illumine la pièce. Mon niveau d'angoisse redescend lorsque je constate qu'elle ne s'est pas départie de son habituel sourire. *Julia Roberts peut aller se rhabiller !* Même sa chevelure flamboyante éclipserait celle de la star hollywoodienne.

— Alors ? s'impatiente Cath. On veut tout savoir. Qu'est-ce qui t'a fait déclencher le plan Tequila ?

— Laissez-moi m'installer et je vous raconte tout.

Elle se déleste de son manteau, le range dans le placard de l'entrée, puis quitte ses cuissardes rouge vif avant de venir prendre place avec nous autour du bar séparant ma minuscule cuisine de mon tout petit salon.

— Vous avez déjà coupé les citrons ?

— Et commencé à boire, pour nous préparer à faire face à ta nouvelle, oui ! lui répond Cathy.

Le regard de Romane est fuyant, et elle cherche à détourner la conversation alors qu'elle sait qu'elle ne pourra pas y échapper. Elle va devoir cracher le morceau après avoir tiré la sonnette d'alarme. Voilà mon stress qui remonte en flèche. Qu'a-t-il pu lui arriver qui la mette dans cet état ?

Afin de me préparer à la nouvelle, j'envisage ce qu'elle pourrait nous annoncer de pire.

Elle est tombée follement amoureuse de Jules après avoir dû le consoler entre deux ruptures avec Cathy ! Non, impossible. Romane ne laisserait aucune chance à un type comme Jules. Et puis, elle ne ferait jamais ça à Cathy.

Elle va lancer une franchise concurrente à celle de Cathy, qui cartonne dans le domaine de l'esthétique. Encore une fois, elle ne ferait jamais ça, même si ça devait la rendre millionnaire. Et puis, elle est la fille la plus naturelle que je connaisse, elle ne se maquille jamais.

Elle est malade. Voilà, j'en suis sûre. Un cancer, ou quelque chose du genre. Je la presse pour éviter de lui sauter dans les bras en pleurant :

— Allez, ne fais pas durer le suspense ! Si tu as besoin qu'on aille menacer quelqu'un, tu sais que tu peux compter sur nous…

— Euh… Je crois que vous devriez reprendre un verre avant que je balance ma bombe.

Quoi ? C'est à ce point ?

— Oh ! là, là ! C'est encore pire que ce que je craignais, se lamente Cathy. Tu vois, Mélia, j'ai bien fait d'apporter deux bouteilles.

Elle nous ressert une tournée en secouant la tête de dépit. Nous descendons nos verres et scrutons Romane, en attente de ses révélations. Mais rien ne vient.

— OK, tu sais que même s'il faut aller se débarrasser d'un corps, on répondra présentes… Je suis certaine que le tapis de mon salon peut servir à transporter un cadavre. Enfin, s'il fait moins d'un mètre quatre-vingts, continue Cathy qui ne supporte pas le silence.

— Je crois que je vais avoir besoin d'alcool moi aussi, souffle Romane.

Elle tend la main, saisit la bouteille et boit directement au goulot. Je note au passage qu'elle porte une nouvelle bague. Un bijou en verre, en forme de fleur, dont le cœur est rempli d'un liquide bleu.

Nous scrutons notre amie sans bouger, attentives à ce qui va suivre.

— Bon… Les filles… Marin m'a… Je vais… Nous allons nous marier.

Elle plante son regard dans le mien. J'y lis de la joie, de l'appréhension, et de la peine, tout un tas d'émotions qui se heurtent. Puis elle se détourne, comme honteuse.

— Ha, ha ! Très drôle, se marre Cathy.

Je reste muette quelques secondes, incapable de réagir. Alors voilà pourquoi elle redoutait tellement de nous annoncer sa nouvelle. Du moins de *me* l'annoncer.

Me marier, c'est mon rêve depuis des années. Je sais déjà où sera célébré l'événement, quel style de robe je porterai, la coiffure que je voudrai. Même la playlist est prête. Seul petit hic, il me manque l'homme qui me fera une demande fabuleuse, un genou à terre, lors d'un voyage dans une destination romantique.

— Attends, mais c'est ça, cette nouvelle bague ? continue Cathy. Alors c'est vrai ?

— Oui, tu as remarqué ? se réjouit-elle. Il l'a achetée dans un distributeur de surprises. C'est romantique, non ?

Nous restons muettes suffisamment longtemps pour que le moment devienne gênant. Romane oscille d'un pied à l'autre puis avale une nouvelle rasade d'alcool.

— Dites quelque chose, les filles, je vous en supplie.

Je crois que mon cœur s'est décroché pour tomber dans mon estomac, et pèse à peu près aussi lourd qu'une brique.

J'ai toujours été persuadée que je serais la première de nous trois à franchir le pas, si bizarre cela soit-il au vu de mes relations amoureuses. Romane et Cathy brillent toutes les deux côté travail, alors je pensais naïvement pouvoir en faire de même côté cœur. Elles auraient été les *working girls* et moi la femme pour qui un homme aurait été prêt à tout. Mais je dois arrêter de me leurrer, aucun homme n'a jamais semblé s'engager sur cette voie.

Un bon psy affirmerait que j'attends du mariage qu'il compense mes failles, ce qui ne serait certainement pas faux. Comme je viens d'une famille assez traditionnelle, me faire passer la bague au doigt a toujours ressemblé à l'accomplissement ultime. Mes parents pourraient comprendre que je privilégie une carrière, mais on ne peut pas dire que mes petits boulots à répétition puissent être considérés comme tels. S'ils n'en montrent rien, je sais la déception que je représente à leurs yeux. Comment pourrait-il en être autrement ? D'autant plus comparé à mon frère, alias Monsieur Parfait. Expatrié. Ingénieur brillant. Mari aimant. Père de famille dévoué.

En voyant Romane se décomposer, j'articule enfin quelques mots :

— Je… C'est… inattendu. T'es sûre ?

Romane hoche la tête pour confirmer. Mon cerveau refuse de fournir une réaction adaptée.

— Personne à menacer, pas de corps à enterrer… C'est une super nouvelle, Ro, mais… tu nous as toujours dit que tu ne voulais pas te marier.

En effet, depuis des années, elle affirme haut et fort qu'accepter de se faire passer une laisse autour du cou n'est pas pour elle. Des menottes, pourquoi pas, dans certaines conditions, mais certainement pas un lien aussi désuet.

Romane, pour qui ça ressemblait à un cauchemar, va accéder à mon rêve. La vie peut être une sacrée chienne.

— C'est vrai, mais est-ce que ce n'est pas une expérience incroyable à vivre ? demande-t-elle d'un ton enjoué.

— Faire un saut en parachute, c'est une expérience incroyable, rétorque Cath. Escalader l'Himalaya, c'est une expérience incroyable. S'envoler pour un voyage dans l'espace, c'est une expérience incroyable, mais se marier… Enfin, on ne fait pas ça sur un coup de tête. Ça fait combien de temps que tu es avec Martin ?

— Marin. Pas Martin. Ça, c'était celui avec qui…

— … tu es partie en Mongolie…

Je finis sa phrase dans un souffle.

— C'est ça. Mais lui, c'est le bon, j'en suis certaine. Vous savez ce que j'ai toujours dit : les garçons, c'est comme les melons, il faut en tâter plusieurs pour trouver le bon. Eh ben ça y est, j'ai tâté tout le rayon et ça sera celui-ci, mon melon. Dites-moi que vous allez me soutenir, implore-t-elle d'une voix craintive qui ne lui ressemble pas.

— Évidemment ! m'exclamé-je en reprenant pied dans la réalité et en me jetant dans ses bras. Tu sais que, quoi qu'il arrive, on sera là pour toi.

Je prends conscience que le bonheur de mon amie ne changera rien à mes plans de vie contrariés. La voir épanouie est tout ce que je lui souhaite. Et puis, en réfléchissant, cela lui ressemble bien de se marier si vite, contre toutes les convenances.

— Comment peux-tu en douter ? demande Cathy en se joignant à notre câlin. Mais avant, fais-nous confiance pour tester la valeur de ton Marin ! Il va devoir prouver qu'il est digne de toi.

— Je crois qu'il me faut tout de même une nouvelle tournée pour bien assimiler l'information. Et je te préviens, il est hors de question que je porte une robe de demoiselle d'honneur à froufrous !

— C'est d'accord, pas de meringue. Et merci, vous êtes vraiment les meilleures amies du monde.
— Tu en doutais ? la charrie Cathy.

Nous avons toutes les trois migré vers mon canapé, où nous sommes avachies, passablement éméchées.
— Je crois qu'il va falloir que tu me donnes ta recette, Ro…
— De guacamole ? me répond-elle en plantant une tortilla dans sa préparation maison.
— Non, de vie ! Quand je pense à ce que je voulais devenir lorsque j'étais adolescente, je me rends compte que je suis carrément à côté de la plaque. Je rêvais d'un job stable, qui me permettrait d'acheter une maison que je pourrais décorer à ma guise et d'un mari aux petits soins. Résultat : j'enchaîne petits boulots et chômage… Quant au mari, n'en parlons même pas.
— Il ne te manquait que le chien et les enfants pour parfaire le cliché suprême, se marre Romane.
— Ah non ! Pas de chien. Vous savez que j'en ai une peur bleue. Les enfants, pourquoi pas ; en revanche, pas de chien ! Mais ne change pas de sujet, je veux cette recette. Je suis prête à suivre ta méthode. Deviens mon guide !
— Comme un chien d'aveugle, tu veux dire ?
— Arrête de prononcer ce mot de malheur, grondé-je en frissonnant.
— Je ne crois pas qu'il y ait de méthode, réfléchit-elle. Je prends seulement la vie comme elle vient.
— Oh ! Allez, Ro, ne garde pas ton secret du bonheur pour toi, insiste Cathy. Prêche la bonne parole auprès de tes copines. Le constat n'est pas beaucoup

plus reluisant de mon côté. Certes tout roule pour ce qui est boulot, mais sentimentalement parlant…

Romane se lève et parcourt la pièce, plongée dans ses pensées.

— Non, vraiment, je ne vois pas de recette miracle. Le positif attire le positif, alors j'essaie d'être ouverte aux bonnes choses.

— Comme aux demandes en mariage impromptues, se marre Cathy. J'en reviens toujours pas que t'aies dit oui.

— Mais voilà ! C'est ça ! s'exclame soudain Romane en interrompant son va-et-vient dans la pièce. Je sais. Vous êtes vraiment prêtes à suivre mes conseils ? Sans rechigner ? Sans faire marche arrière ? Quoi qu'il se passe ?

Je me redresse à mon tour, intriguée, mais aussi un peu inquiète. Avec Ro, il peut s'en passer des choses…

— Sans rechigner, je ne sais pas. Mais on peut faire un essai.

— Non, pas d'essai. Il va falloir vous jeter dans le grand bain. Alors, partantes ?

— Hum… réfléchit Cathy. Je sens que je vais le regretter, mais OK.

— Allez !

J'approuve à mon tour.

— Jurez sur notre amitié que vous respecterez les règles et que vous jouerez le jeu jusqu'au bout.

— Carrément ? Ça devient flippant ton histoire.

Pragmatique, je questionne :

— Est-ce qu'on peut mettre des conditions ? Par exemple, rien qui n'inclut de se montrer nue devant des inconnus.

— Les filles, râle-t-elle, vous êtes prêtes, oui ou non ?

Je finis par céder.

— OK, je le jure sur notre amitié.

Cathy fait de même et nous scrutons Romane, en attente de sa grande révélation.

— Je vous l'ai dit, le positif attire le positif. Alors, à partir de maintenant, vous devrez accepter chaque proposition qu'on vous fera. Prenez ce que la vie a à vous offrir ! J'ai bien dit oui à Marin. À votre tour de faire pareil !

La voilà, sa recette miracle ? Dire oui à tout et n'importe quoi ? Je ne sais pas pourquoi, mais je ne le sens pas.

– 2 –

La soirée est finie. Cathy a filé prendre le dernier métro il y a quelques minutes. Romane, elle, attend son Uber, qui devrait arriver d'un instant à l'autre.

— Ah ! Le voilà, s'écrie-t-elle, la tête collée à la fenêtre qui donne sur la rue en contrebas.

Elle s'approche de moi et me serre dans ses bras. Un peu trop longtemps. Puis elle s'écarte légèrement et ancre ses yeux aux miens, comme si elle voulait lire en moi. Ou être sûre que la portée de ses paroles m'atteigne bien.

— Je suis désolée, Méli. Je me doute que mon annonce ne doit pas être facile à vivre pour toi. Je sais que te marier, tu en rêves depuis toujours et moi, j'arrive comme une fleur en te disant que je vais passer devant le maire alors que je clame depuis des années que « très peu pour moi ».

Je cligne des paupières avant de lui répondre.

— Ne raconte pas n'importe quoi. Je suis sincèrement heureuse pour toi. Ton bonheur est la seule chose qui a de l'importance à mes yeux. Bien sûr, j'ai un petit pincement au cœur, parce que ça me rappelle à quel point mes rêves sont loin de se réaliser, mais si tu penses que je me sentirais mieux en te sachant malheureuse, c'est totalement faux. La jalousie, c'est moche. Alors, fais-moi plaisir, ne t'excuse plus jamais de m'annoncer de bonnes nouvelles.

— Je t'aime, Méli.

— Moi aussi, Ro. Jusqu'à l'infini et l'au-delà. Et puis, les mariages font partie des premiers lieux de rencontre pour les célibataires, je trouverai peut-être l'homme de ma vie lors du tien.

— Compte sur moi pour te lancer le bouquet !

— Allez, file avant que ton chauffeur te laisse en plan.

Elle me claque une bise sonore sur la joue et s'éloigne, un sourire radieux aux lèvres.

Je finis de ranger les deux trois bricoles qui traînent encore ici et là, puis file sous la douche avant de me coucher.

Alors que je laisse le jet d'eau chaude tomber sur mes épaules, une boule me serre peu à peu la gorge. Je tente de respirer calmement pour la faire passer, mais sans succès.

Les yeux fermés, j'essaie de retenir les larmes qui menacent de déborder de mes paupières. *Tu es ridicule, Méli, tu ne vas tout de même pas te mettre à pleurer ?* C'est pourtant bien ce que je fais. Un sanglot m'échappe. Je me laisse tomber à genoux et reste là un bon moment.

Je n'ai pas menti à Romane, je suis vraiment heureuse pour elle. L'imaginer rayonnante, le jour de la cérémonie, me gonfle déjà le cœur de bonheur. Pour autant, la claque que constitue le contraste avec ma propre vie est difficile à encaisser. Qu'est-ce qui cloche chez moi ? Pourquoi ai-je autant de mal à trouver ma place ? J'enchaîne les CDD, au boulot comme en amour. Peut-être parce que je ne vaux pas vraiment le coup qu'on s'attarde avec moi. En même temps, qui voudrait se coltiner une rabat-joie pareille ? Mes angoisses m'empêchent de profiter pleinement. J'ai tellement peur de ce que les gens pourraient penser de moi que je suis incapable de me lâcher. Lorsque j'étais enfant, on m'a appris à ne pas me faire remarquer. Alors, aller danser comme une folle jusqu'au bout de la nuit, c'est non, tout le monde se moquerait de mon déhanché ridicule. Chanter *Les Démons de minuit* à tue-tête lors d'un karaoké ? Non plus. Bonjour, le mauvais goût. Tout lâcher à Paris pour aller élever des chèvres dans le Jura ? C'est toujours non. Les gens me prendraient pour une illuminée.

En fait, Romane a raison, je passe mon temps à dire non. À refuser de mettre de la folie dans ma vie, par peur d'être jugée. Mon besoin de contrôle rend impossible le lâcher-prise. Mais en refusant le risque, je refuse aussi le frisson, l'adrénaline. Et qui voudrait d'une vie sans frisson ? Personne, de toute évidence. Dire oui à tout, comme le suggère Romane, c'est peut-être finalement la meilleure chose qui puisse m'arriver. C'est à l'opposé de ce que j'ai toujours fait, et ça risque d'être douloureux au début, mais si je veux trouver celle que je suis vraiment, et être enfin en phase avec moi-même, ça pourrait s'avérer la méthode providentielle.

Mes larmes se tarissent peu à peu. Je m'essuie, enfile un pyjama et me traîne jusqu'à mon lit où je m'endors immédiatement.

*
* *

— Bonjour, j'ai rendez-vous avec Mme Mignard à dix-sept heures trente.

— Bonjour. Bien sûr, je vais la prévenir de votre arrivée. Vous êtes monsieur… ?

— Anderson.

Je décroche le téléphone devant moi et annonce à la gestionnaire de patrimoine en question que son client est là.

— Elle arrive, je précise à celui qui me fait face, habillé d'un costume qui doit valoir plus que mon salaire mensuel. Vous pouvez l'attendre dans le salon de réception, si vous le désirez. Puis-je vous offrir un thé, un café ou une autre boisson ?

— Un rooibos. Sans sucre, s'il vous plaît.

Il y a quelques semaines, je n'aurais pas eu la moindre idée de ce qu'est un rooibos, mais aujourd'hui les variétés de thé et de café n'ont plus aucun secret pour moi. Voilà un peu plus de trois mois que je suis réceptionniste dans cette entreprise, et vu le train de vie des personnes qui défilent devant mon comptoir, un thé n'est jamais juste un thé.

Mon contrat touche bientôt à sa fin et je ne peux pas dire que je vais regretter mes journées ici. En toute objectivité, elles sont d'un ennui mortel. Ma copine Sanaa, que je remplace pendant son congé maternité, m'avait vendu un plan en or, et si ce n'est pas tout à fait faux, ce n'est pas ma définition du job stimulant.

Mais il est vrai que pour rêvasser, c'est idéal. Ou pour rattraper son retard en séries Netflix…

Tout en mettant l'eau à chauffer pour le thé sans théine de M. Anderson, je lance d'ailleurs un coup d'œil à l'épisode de *Sex/Life* que j'étais en train de visionner. Les images défilent en sourdine sur mon ordinateur. Billie est en pleine exploration érotique avec Brad[1].

Bop. Et voilà, la température de l'eau a atteint quatre-vingts degrés très précisément. Soit la température idéale pour un rooibos. Je me tourne pour remplir la tasse du client et sursaute lorsque je le découvre devant moi en faisant à nouveau demi-tour. La tasse m'échappe des mains et, dans un geste désespéré pour la retenir, j'arrache le fil de mes écouteurs de l'écran. Le cri d'orgasme de Billie Connelly retentit dans tout l'accueil. Je voudrais mourir de honte en apercevant le sourire esquissé par M. Anderson avant que je coupe le son précipitamment.

— Vous avez eu chaud ! note-t-il.

Je deviens rouge pivoine tandis que mes yeux s'arrondissent. Mon cerveau est victime d'un bug intersidéral. Je cherche du secours autour de moi.

— Je… Je… Enfin, je… Je n'étais pas en train de regarder un film érotique ! m'écrié-je tout à coup.

Silence dans la pièce.

— Je parlais de vos mains, précise-t-il. Vous auriez pu vous brûler. Je suis désolé, je venais vous prévenir

---

1. Héros de la série *Sex/Life*, diffusée sur Netflix. Une mère de famille replonge dans ses souvenirs et ses fantasmes, hésitant entre son mari et son amour de jeunesse.

que cela ne sera finalement pas nécessaire pour le rooibos.

— Ah !

Mon esprit peine à redémarrer.

— Charles ! C'est toujours un tel plaisir de vous voir, entonne ma patronne en surgissant de l'ascenseur rutilant qui donne sur l'accueil.

Ça s'appelle être sauvée par le gong.

— Victorine, vous êtes radieuse, comme d'habitude. Tout le plaisir est pour moi.

Ils s'éclipsent tous les deux, oubliant ma présence.

— Il faudra me donner votre playlist, mademoiselle. C'était intéressant comme découverte, me lance M. Anderson avec un clin d'œil amusé alors que les portes de l'ascenseur se referment sur eux.

Je me laisse tomber sur ma chaise et me mets à ricaner. Je réunis mes affaires et imagine la réaction de Cathy quand je vais lui raconter ça juste avant notre cours de stretching.

*
* *

— Nan, mais je te jure, il n'a pas pu se tromper sur ce qu'il se passait à l'écran. Et il était carrément mort de rire…

— Ce genre de choses ne peut arriver qu'à toi, me taquine Cathy devant la salle de sport où nous nous retrouvons chaque semaine. Et il était mignon, ce M. Anderson ?

— Hum… Je n'ai pas fait attention.

— Vu sa réaction, tu aurais carrément pu en profiter pour lui faire une proposition coquine, non ? S'il a besoin de faire appel à un gestionnaire de patrimoine, sa situation ne doit pas être inintéressante, rétorque-t-elle en scannant sa carte de membre devant moi pour pénétrer à l'intérieur du bâtiment.

— Tu sais bien que je me fiche pas mal de ça. Et, Dieu merci, il était juste amusé, il ne s'est pas mis à me draguer lourdement. J'aurais encore moins su comment réagir.

— Salut, les filles, nous coupe l'hôtesse de la salle de sport. Je suis désolée, mais Ève est malade, elle ne pourra pas assurer son cours, ce soir. En revanche, on a un prof disponible qui propose de vous faire découvrir le body combat. Ça vous tente ?

Body combat ? Qu'est-ce que c'est que ça ? Le nom ne me dit rien qui vaille. Le stretching, OK. Tester le yoga, pourquoi pas. Mais le body combat… Non, vraiment, avec ma coordination digne d'une tortue retournée sur la carapace, ça ne semble pas fait pour moi. Peu importe en quoi ça consiste, je pense qu'il vaut mieux que je m'en passe. J'ai beau songer à ma bonne résolution d'hier soir, c'est plus fort que moi, découvrir un sport inconnu, en groupe, ne me paraît pas la meilleure manière d'entamer ma mutation.

— Tu crois que Romane le saura si on n'applique pas sa méthode tout de suite ? me souffle Cathy. On n'a pas précisé quand devait démarrer notre mise à l'épreuve.

À cet instant, mon portable émet le bip caractéristique annonçant l'arrivée d'un texto. Je l'extirpe de ma poche et blêmis. La notification qui apparaît me pousse à vérifier autour de moi si celle que nous avons désignée comme notre coach de vie ne nous surveille pas en douce.

Romane : « J'ai hâte que vous me racontiez les expériences fabuleuses que vous allez vivre. Je suis sûre que de belles choses se profilent. »

Je rêve ou son message ressemble carrément à un horoscope de magazine télé ? Je n'ai aucune envie d'aller remuer les fesses devant tout le monde, je vais avoir l'air ridicule !

Je retiens ma remarque et tourne l'écran vers Cathy, qui écarquille les yeux, affolée, en découvrant les propos de notre amie. *Bon, quand il faut y aller*... Pas besoin de demander à mon acolyte d'exprimer sa pensée, nous nous sommes comprises. *Si Romane apprend que nous avons refusé, elle va faire de nos vies un enfer.* Et puis, après tout, nous avons accepté, nous devons avoir foi en l'avenir. Si cela passe par devenir des pros du body combat, qui sommes-nous pour contrarier ses plans ? On dirait que mes efforts pour lutter contre ma peur du ridicule vont commencer dès maintenant !

— Ça marche pour nous.

Je confirme avec autant d'entrain que si on m'avait demandé de manger un tartare de tripes.

— Super ! Vous allez voir, ça envoie.

Génial... Si cette nana gaulée comme Sissy Mua nous dit que ça envoie, c'est que je ne vais pas survivre à cette expérience plus de cinq minutes...

— Tiens, Ivan, j'ai deux courageuses motivées pour que tu testes leurs limites ! s'exclame-t-elle en s'adressant à un colosse tout droit sorti d'un péplum.

La bouche de Cathy s'entrouvre et ses yeux se mettent à pétiller. Je suis certaine qu'elle se demande quel genre de limites elle pourrait tester avec le fameux Ivan.

— On devient vite accro, méfiez-vous ! nous prévient-il avec un sourire charmeur. Je vous attends dans cinq minutes en salle 3. Ne soyez pas en retard.

Cathy m'attrape par le bras et m'attire jusqu'au vestiaire.

— Tu m'étonnes qu'on devienne vite accro. Avec lui comme professeur, je veux bien signer direct pour des cours à l'année !

— Attends de voir à quelle sauce il va nous manger avant de t'emballer !

*

* *

Je vide la fin de ma bouteille d'eau, assise au sol, le dos contre le mur en béton de cette maudite salle de sport. Des étoiles dansent devant mes yeux.

Nous venons de passer une heure à enchaîner des mouvements dignes de Jackie Chan au meilleur de sa forme – du moins quand Ivan nous montrait l'exemple, car en réalité Cathy et moi devions plutôt ressembler à des pandas au bord de la crise d'asthme – et des exercices de musculation. Je n'ai clairement pas le physique pour encaisser ça.

Cathy s'échoue à côté de moi, le visage de la teinte de son tee-shirt, rouge écrevisse.

— Alors, toujours envie de te faire déguster par le bel Ivan ? je la charrie avant de m'étouffer, ma phrase ayant été trop longue pour mes poumons mis à mal.

— Là, tout de suite, je ne serais carrément pas tendre à croquer. Je crois qu'il faudra qu'il patiente pour un steak de qualité, souffle-t-elle.

— Rappelle-moi de faire payer à Romane tout ce que nous allons endurer à cause d'elle !

— Promis ! Au centuple.

Après avoir retrouvé la faculté de bouger sans risquer de faire une syncope, nous nous dirigeons vers les douches. Une fois habillées et emmitouflées dans nos manteaux d'hiver, nous décidons d'aller fêter notre survie en buvant un verre de vin chaud dans le bar d'à côté.

— Alors ce cours de body combat ? interroge l'hôtesse d'accueil quand nous passons devant elle.

— C'était très sympa, mais je pense qu'on va privilégier nos cours d'aqua-poney… répond Cathy en rigolant.

Je baisse la tête et tente de me défiler en faisant quelques pas en crabe.

Ouf ! Elle ne nous a pas formellement demandé si nous voulions nous inscrire. Pas besoin de nous sentir coupables d'avoir botté en touche, nous n'avons pas eu à enfreindre la règle d'or de Romane.

— Hum… Je vois, se marre notre interlocutrice. Pour avoir une chance de vous remettre de vos émotions en douceur, est-ce que vous voulez participer à notre tombola ? Il y a un voyage de quinze jours pour deux personnes à l'île Maurice à gagner, pour passer Noël au soleil. Le tirage au sort aura lieu à la fin de la semaine.

— Est-ce qu'on peut vraiment dire non à ça ? demande Cathy.

— Est-ce qu'on peut vraiment dire non à quoi que ce soit, désormais ? la questionné-je d'un ton faussement ulcéré. Je te rappelle qu'on aurait dû accepter même s'il y avait eu un lapin angora à gagner…

— Un lapin angora ?

— Ou pire, un chien de traîneau !

Je retiens un frisson d'horreur.

L'hôtesse nous regarde curieusement. Elle doit se demander laquelle de nous deux est la plus bizarre.

Je mets un terme à ce moment gênant.

— On va se laisser tenter. Que le destin se charge de nous. Après ce cours de body combat, il nous en doit bien une. C'est combien, le ticket ?

— Dix euros.

Nous payons chacune notre dû et imaginons déjà passer quinze jours sur un transat, à siroter des cocktails avant de partir découvrir la culture locale. J'ai toujours voulu fêter Noël au soleil, cette tombola serait l'occasion parfaite. Et puis, rêver fait toujours du bien. Je trouverai peut-être l'homme de ma vie là-bas. Au moment de mon retour vers la France, il comprendra qu'il ne peut pas vivre sans moi, il me fera une demande en mariage fabuleuse et je démarrerai une nouvelle vie dans un cadre paradisiaque. Oui, je m'y vois déjà.

Autre avantage, ça serait une excuse parfaite pour éviter Noël en famille. J'adore mes parents, mais mon frère a prévu de revenir en France pour les fêtes et la perspective de le voir étaler sa vie idéale est loin de m'enchanter. Je suis ravie qu'il soit heureux et accompli aux États-Unis, mais il a toujours besoin d'en faire des caisses pour le montrer : s'habiller en costard Armani, apporter du caviar, nous offrir les derniers magazines pour lesquels son fils a posé… Il y a quelques années, nous passions Noël en pyjama tous les quatre, et j'adorais ça. C'est à ce genre d'ambiance que j'aspire. Quant à Cathy, ayant perdu ses parents jeune, elle a du mal avec les fêtes familiales. Un voyage au bout du monde tomberait carrément à pic pour lui changer les idées.

– 3 –

Qui se retrouve à courir un peu partout chez elle pour arriver à l'heure au travail ce matin ? Moi, évidemment. Il se peut que j'aie raté la sonnerie de mon réveil. Ou que j'aie préféré l'éteindre pour profiter de quelques minutes de sommeil supplémentaires. Et que ces minutes se soient transformées en une petite heure. Du coup, maintenant, c'est le stress.

Je pourrais me dire qu'il ne me reste plus que trois jours de travail avant la fin de mon contrat et n'en avoir rien à faire d'arriver à l'heure ou non, mais je ne suis pas comme ça. Mme Mignard m'a fait confiance en m'embauchant, et la confiance, ça ne se trahit pas.

Après avoir sauté dans la première tenue adaptée qui me soit passée sous la main, je dévale les marches de mon immeuble.

Une fois dehors, je resserre mon écharpe en laine autour de mon cou. S'il fait toujours un froid de canard, au moins, aujourd'hui, il ne pleut pas. Dans la rue, des employés de la voirie sont en train d'installer les décorations de Noël. La ville s'illuminera bientôt et, je l'avoue, j'ai hâte. Voir les ampoules lumineuses clignoter en buvant un chocolat chaud derrière ma fenêtre est un de mes petits instants de bonheur préférés.

Après avoir pénétré dans le métro, je tente de reprendre mon souffle. Dès qu'il s'immobilise à la bonne station, je reprends ma course.

— Mademoiselle, vous auriez une minute, s'il vous plaît ? m'interpelle un homme tenant un micro lorsque je ressors à l'air libre.

— Non, désolée, je… je commence à répondre avant de me rappeler à l'ordre.

Je ne dois plus dire non ! Je me rends compte à quel point tenir ma bonne résolution va s'avérer un combat de chaque instant. J'aurai toujours une bonne excuse pour refuser les propositions.

— Je suis assez pressée, tenté-je.

— J'en ai pour une toute petite minute. Nous tournons un reportage pour France 3 sur le coût des illuminations de Noël pour les municipalités. Vous pourriez nous donner votre avis sur la question ?

Je ne remarque qu'à cet instant le cameraman qui l'accompagne.

Oh misère…

— Euh… Je ne me suis jamais interrogée sur le sujet.

— S'il vous plaît. Je dois rendre mon reportage dans deux heures et je n'ai rien d'intéressant à proposer à ma rédaction.

Il me ferait presque mal au cœur. Je sais ce que c'est de trimer pour un travail, en quête de reconnaissance. Je devrais bien réussir à broder quelque chose.

— Allez, soyons fous. Mais vraiment, on fait vite.

— Merci ! Pas de souci. Anthony, on se met en place et on tourne, prévient-il son cameraman. Tu me dis quand c'est bon.

Le fameux Anthony règle sa caméra, puis fait signe que c'est OK pour lui.

— Parfait. L'opposition à la mairie de Paris propose de réduire le budget des illuminations de Noël par deux pour éviter le gaspillage d'énergie. Qu'en pensez-vous ?

— Que c'est dommage ! La période des fêtes nous permet d'oublier nos soucis pour un temps, de rêver. Alors bien sûr, faire des économies d'énergie est primordial, mais je suis certaine qu'il y a d'autres efforts à faire avant de nous attaquer à la magie de Noël. Éteindre les enseignes lumineuses, les panneaux publicitaires, ou un luminaire sur deux, par exemple. Des mesures qui s'appliqueraient toute l'année et auraient un impact bien plus important.

Le journaliste adresse un signe de tête ravi à son partenaire.

— Vous êtes parfaite, merci ! Si le sujet est retenu, il devrait être diffusé dès ce soir, dans le journal de vingt heures.

— OK. Je croise les doigts pour vous alors. Et je file avant de me faire remonter les bretelles au boulot.

En repartant au pas de course, je me dis que ce n'était pas si terrible finalement, de dire oui. D'autant que, lorsque j'arrive au travail, Mme Mignard n'est pas encore là. Mon retard n'a donc aucune conséquence.

Dès onze heures trente, mon ventre se met à gargouiller. En attendant treize heures et ma pause déjeuner, j'hésite sur mon menu du jour. Japonais ou coréen ?

J'adore manger japonais, mais le coréen situé à quelques rues du bureau propose un menu à un prix défiant toute concurrence. Et vu mes finances en ce moment, il vaudrait mieux éviter les écarts. *Allez, va pour le coréen !*

Treize heures tapantes, je rassemble mes affaires, j'enfonce ma capuche sur ma tête pour éviter d'avoir trop froid aux oreilles et pars chercher mon repas. L'image d'un bibimbap à tomber par terre flotte déjà dans mon esprit.

Alors que je traverse un passage piéton, je suis interpellée par une jeune femme qui porte un K-way bleu criard. *Décidément, j'attire les gens, aujourd'hui !* Si c'est pour me demander de faire un don à je ne sais quelle association, c'est hors de… *Rahh !* Il vaudrait mieux que je fasse un détour, parce que si elle m'attrape, je n'aurais aucun moyen de lui échapper !

— Bonjour, mademoiselle. On réalise en ce moment un test à l'aveugle du futur burger à intégrer à la carte de *Parisian Creative Burgers*. Ça vous dirait de participer ? Votre déjeuner vous sera offert, ainsi qu'un bon d'achat de dix euros chez *PCB*.

Oh oh oh ! Et dire que je râlais déjà intérieurement. À croire que la vie a décidé de me récompenser pour ma bonne action de ce matin. Je ne vais certainement pas refuser une telle proposition. J'aime beaucoup cette enseigne. Finalement, la méthode de Romane n'est pas si terrible. Quand il ne s'agit pas de se prendre pour une sportive, du moins.

— Avec plaisir ! J'allais manger coréen, mais un burger, ça sera très bien.

— Génial ! Je vous laisse me suivre. Le test a lieu juste ici, dit-elle en désignant un immeuble du doigt.

Vous verrez, ça prend généralement entre trente et quarante-cinq minutes.

Je m'attendais à manger chez *PCB*, mais je pénètre dans un bâtiment qui n'a rien d'un restaurant. La jeune fille qui m'accompagne me demande si j'ai des allergies alimentaires – non –, et m'explique comment va se dérouler le test. En résumé, je vais déguster deux burgers et dire ce que j'en pense en répondant à un questionnaire.

Je pénètre dans une pièce entièrement blanche, composée de petits box. Comme un espace de coworking où chacun dispose de son minuscule espace personnel. Je m'installe, enlève mon gros manteau et mon écharpe en laine puis attends le premier plat. Lorsqu'il arrive, je repère vite une inspiration thaïe. Des pousses de soja dépassent du pain. Ce n'est pas pour déplaire à l'adepte de cuisine asiatique que je suis. Présentation, assaisonnement, je suis totalement séduite. Je ne regrette pas une seconde d'avoir accepté cette proposition.

Le second burger, lui, est un hommage à la gastronomie française. Jambon de paris, brie et moutarde à l'ancienne. De quoi me faire hésiter sur celui que je choisirais sur la carte d'un restaurant. Pourtant, quelque chose me fait tiquer à la dégustation. Peut-être cela vient-il d'une marinade dans laquelle aurait trempé le jambon. Ce n'est pas mauvais à proprement parler, mais j'ai un arrière-goût en bouche pas franchement agréable.

Je remplis consciencieusement le questionnaire puis renfile mes affaires et me dirige vers la sortie où je laisse ma feuille à l'accueil, en échange du bon d'achat promis. Je retourne au bureau, guillerette.

L'après-midi ressemble à tous ceux que j'ai passés comme hôtesse d'accueil dans cette entreprise jusque-là. Entre deux renseignements à fournir au téléphone et l'arrivée de quelques clients, je trouve le temps long. Je comate jusqu'à seize heures, puis commence à me dire que manger deux burgers était peut-être un peu trop pour mon estomac. J'ai des bouffées de chaleur, à croire que le chauffage a été poussé à fond. Après vérification, il n'en est rien.

Lorsque je quitte mon poste, je n'ai qu'une hâte, rentrer chez moi pour aller me blottir au fond de mon lit. Je suis nauséeuse et une migraine d'enfer me martèle le crâne.

Dans les transports, je me laisse ballotter, les yeux fermés, le cœur au bord des lèvres. *Il ne manquerait plus que je vomisse dans le métro.* J'imagine déjà les regards outrés des usagers autour de moi.

En franchissant la porte de mon immeuble, j'ai toujours les paupières à moitié fermées ; je remarque néanmoins quelques sacs de courses laissés dans le hall. Je ne m'en soucie cependant pas, trop concentrée sur la gestion de mes nausées.

— Mademoiselle Lecomte ? m'interpelle une voix lorsque je passe au premier étage.

La petite vieille qui habite là a ouvert la porte de son appartement et me regarde, soucieuse, le dos courbé, la main sur la canne qui ne la quitte jamais.

— Vous allez bien ? Vous êtes toute pâlotte.

Je suis loin d'être au top de ma forme, mais je ne veux pas inquiéter inutilement cette femme d'une gentillesse extrême.

— Oui, oui, ça va. Je suis simplement fatiguée.

— Vous travaillez trop, il faut prendre soin de vous. Mais si ça va, est-ce que vous seriez d'accord pour monter mes courses depuis le rez-de-chaussée ? Le livreur n'a pas voulu les apporter jusqu'à mon appartement parce qu'il y a des packs d'eau.

Dans mon état, accéder à sa demande me paraît insurmontable. Pour autant, je ne peux pas lui refuser mon aide.

— Vous devriez faire une réclamation. Vous payez pour qu'on vous livre vos courses chez vous, pas au pied de l'immeuble. Je sais que les livreurs sont pressés, mais tout de même, je bougonne. Bien sûr que je vais vous monter vos sacs, lui dis-je, avec un sourire dissimulant une remontée acide dans ma gorge.

Je redescends les marches, me saisis de deux sacs et remonte en sentant une sueur froide me couler le long du dos.

Lorsque je pose le dernier pack d'eau dans la cuisine de ma voisine, celle-ci me tend un verre d'eau. En fond sonore, la télévision diffuse le journal du soir, à un volume bien trop élevé.

— Tenez, buvez un coup, mon petit ! Et merci beaucoup, vous êtes adorable.

— C'est normal de s'aider entre voisins.

Je bois le verre d'une traite, puis retraverse le salon pour sortir. En passant, la voix de la présentatrice télé m'interpelle.

— Alors que les illuminations de Noël viennent d'être inaugurées à Paris, celles-ci font débat. L'opposition à la mairie voudrait réduire de moitié le budget alloué chaque année, pour éviter le gaspillage énergétique que cela représente. Parmi les Parisiens, la proposition divise…

Je m'immobilise et ouvre de grands yeux en me voyant apparaître à l'écran.

— Mais… C'est vous ! constate ma voisine.

Mon infime espoir que personne ne me reconnaisse s'envole en fumée à cet instant. Peu importe ce que je raconte, tout ce que les gens retiendront, c'est ma dégaine. Les joues rouge écrevisse, les cheveux en bataille, j'ai clairement l'air de sortir de mon lit. C'était le cas. Mais pourquoi ai-je accepté d'aider ce journaliste ? Il n'aurait pas pu me prévenir que je n'étais carrément pas présentable ?

Et, comme pour clore cette journée en beauté, un haut-le-cœur plus violent que les autres me tord l'estomac, et je rends le contenu de mon déjeuner sur le parquet de ma voisine.

– 4 –

— Alors, les filles, quel est votre bilan de ces premiers jours à dire oui à la vie ? nous questionne Romane.

Nous sommes toutes les trois attablées devant notre brunch dominical chez *Toute une tartine*. L'ambiance est bon enfant, idéale pour papoter entre copines tout en savourant un potage de saison et des tartines confectionnées avec des produits du terroir français. Il n'en faut pas beaucoup plus pour combler une gourmande comme moi.

— C'est fabuleux comme méthode, non ? s'enthousiasme-t-elle.

— Tu as conscience que nous avons interdiction de dire le contraire ? lui rétorqué-je. Pratique comme technique pour anéantir toute contestation…

— Ouh là, qu'est-ce qui te rend ronchon comme ça ? Raconte tout à ta copine Roro !

— Ta technique est en train de transformer ma vie en enfer. Le positivisme, c'est carrément pas pour moi. Pourtant j'ai essayé, vraiment. Et j'ai même failli y croire, mais pour chaque chose positive qui m'est arrivée, le retour de bâton a été sévère. J'ai bien failli cracher mes poumons dans un cours de sport du diable, et j'ai balancé dix euros par la fenêtre pour un voyage dont on ne verra jamais la couleur avec Cathy. Et ça, encore, ce n'était rien.

Je leur raconte la suite de mes mésaventures. La honte nationale au journal télévisé, l'intoxication alimentaire après avoir accepté de servir de cobaye à une chaîne de burgers, et la soirée en tête à tête avec ma vieille voisine après avoir vomi chez elle. Alors que je suis catastrophée, elles se marrent.

— Je te hais, Romane.

Je croise les bras sur ma poitrine pour accentuer mon mécontentement.

— Ma biche, les débuts sont toujours difficiles quand on veut changer. Je suis certaine que la vie teste ta détermination et qu'elle te réserve le meilleur pour très bientôt.

— J'espère bien car, sinon, je pourrais malencontreusement dire oui à un tueur à gages quand il me proposera ses services pour me débarrasser de toi !

— Qui sait, peut-être que l'homme de ta vie est tueur à gages, se moque Cathy.

— S'il ressemble à Henry Cavill, tu peux carrément préparer ton testament, Ro, je ne le laisserais pas filer.

— Aie confiance, Méli, je suis sûre de moi. Tu me remercieras quand tu auras trouvé encore mieux que Henry.

— Tu te transformes en Madame Irma maintenant ?

— Il faut que tu dégages des ondes positives pour créer un effet boule de neige. Quand tu regardes les gens en souriant, ils ne peuvent pas s'empêcher de faire de même.

— Pas à Paris… Ici, ils te prennent juste pour une psychopathe en puissance.

— Si tu souris à la vie, la vie te sourira, poursuit-elle comme si elle ne m'avait pas entendue. Et si tu y réfléchis bien, je suis sûre que même dans toutes les épreuves que tu as vécues ces derniers jours, il y a eu du bon.

— C'est sûr que ce burger au jambon périmé a été succulent…

J'ironise, pourtant, au fond, je dois reconnaître qu'elle n'a pas tort. Après tout, les rares personnes qui m'ont vue à la télévision ne m'ont fait que des retours positifs. Y compris ma mère, qui m'a trouvée rayonnante, selon ses mots. Quant à ma vieille voisine, après que j'ai nettoyé mes dégâts, elle a pris soin de moi comme l'aurait fait ma grand-mère. Elle m'a cuisiné une soupe divine, et est même venue frapper à ma porte le lendemain pour prendre de mes nouvelles. Nous nous sommes retrouvées à parler pendant des heures. Elle m'a raconté sa vie, passionnante. Elle était danseuse à l'Opéra de Paris et a voyagé à travers le monde. Et comme elle l'a dit : « Si un marin peut avoir une femme dans chaque port, imagine le nombre d'amants qu'une danseuse peut y dégoter. » Mais ça, je ne l'avouerai jamais à Romane.

— Et toi, Cath, ça donne quoi de ton côté ? interroge-t-elle.

La sonnerie de mon téléphone portable retentit dans mon sac à main posé à mes pieds. Cathy commence à expliquer sa semaine à Romane tandis que je le récupère. Je ne connais pas le numéro, mais comme il provient de la région parisienne, dans le doute, je préfère prendre l'appel.

— Allô ? dis-je sur un ton assez bas pour ne pas gêner les personnes attablées autour de nous.

— Mélia ?

— Oui, c'est moi, je confirme, circonspecte, en ne reconnaissant pas la voix au bout du fil.

Je suis certaine de l'avoir déjà entendue, mais impossible de savoir où.

— Salut, c'est Mathilde, de la salle de sport.

— Oh ! Bonjour, Mathilde. Il y a un problème ? Ève ne va pas pouvoir reprendre les cours de stretching ?

Cathy reporte son attention sur moi en entendant la conversation. Elle fronce les sourcils, attentive.

— Ah ! Non, non, pas du tout. Vous pouvez bien venir mardi. Je crois même que vous allez être plus heureuse que jamais de venir à la salle…

À mon tour de froncer les sourcils ; ne voyant pas où elle veut en venir, je tente :

— Vous faites installer une salle de massage et vous voulez m'offrir une séance découverte gratuite ?

— Non… Quoique ce soit une bonne idée, il faudrait que j'en touche deux mots au propriétaire.

Elle laisse une petite pause, puis reprend :

— Vous vous rappelez votre participation à la tombola ? Eh bien, vous faites partie des heureux gagnants ! Vous êtes prête à faire vos bagages pour les vacances de Noël ?

— Quoi ?

J'ai presque hurlé, faisant se retourner quelques têtes curieuses dans ma direction. Mes deux meilleures amies cherchent à comprendre ce qu'il se passe.

— Eh oui, ce n'est pas une blague, vous avez bien gagné le séjour en… Oh ! Attendez, j'ai un appel sur une autre ligne, est-ce que je peux vous reprendre dans une petite minute ?

— Une ou dix, vu ce que vous m'apprenez, je peux attendre autant qu'il faudra !

— Merci, je fais au plus vite.

Une petite musique d'attente retentit à mon oreille. Je me lève et esquisse un pas de danse sous les yeux ébahis de Romane et Cathy. Cela ne me ressemble pas de m'afficher en public de la sorte. Du moins, pas volontairement.

— On peut savoir ce qui t'arrive ? se renseigne ma compagne de sport en ne se doutant pas que nous allons passer Noël sous les tropiques, car il est bien sûr hors de question que je parte avec quelqu'un d'autre qu'elle.

Romane le comprendra très bien. Je passe d'ailleurs derrière cette dernière et la serre dans un de mes bras, mon autre maintenant toujours le téléphone contre mon oreille.

— Je retire tout ce que j'ai dit sur ta technique. Tout accepter est l'idée du siècle. Comment tu disais tout à l'heure ? « Si tu souris à la vie, elle te sourira. » Crois-moi, je vais muscler mes zygomatiques et sourire en permanence !

— Méli, tu as pris un coup sur la tête ou quoi ? demande Cathy.

— Prépare tes valises, chérie, on part à Maurice ! J'ai gagné le voyage de la salle de sport !

— C'est pas vrai…

Elle n'en revient pas. Et moi non plus.

— C'est l'hôtesse qui m'appelait pour m'annoncer la bonne nouvelle.

Elle se lève subitement et se joint à ma danse de la joie. Bientôt suivie par Romane. Toutes les têtes sont désormais tournées vers nous, mais peu importe. Ce break, loin de tout, j'en ai besoin. Quinze jours sous les tropiques juste avant la fin de l'année, il n'y a pas mieux pour démarrer 2023 sous les meilleurs auspices. Et faire une cure de vitamine D !

— Mélia, vous êtes là ? demande une voix dans mon téléphone.

— Oui, oui, je vous écoute, dis-je en me rasseyant, poussant Cath et Ro à faire de même.

Cathy rapproche sa chaise de la mienne et nous collons toutes les deux une oreille contre le combiné.

— Je vous disais donc que vous êtes la gagnante du deuxième lot de notre tombola.

— Du deuxième lot ? Mais je pensais que le séjour à Maurice était le premier lot.

— Ah oui, le séjour à Maurice est bien le premier lot. Vous avez gagné le deuxième : un séjour en chiens de traîneau en Savoie, pour deux personnes, en pension complète.

— C'est une plaisanterie ? ne puis-je m'empêcher de demander.

L'hôtesse reste silencieuse pendant quelques secondes au bout du fil. *Des chiens de traîneau ?* Des chiens de traîneau ! C'est forcément une caméra cachée. Les filles m'ont tendu un piège.

— Euh… Non. Je…

Je pose un regard furieux sur Romane, même si elle n'y est pour rien. Est-ce que le destin a décidé de jouer avec mes nerfs ? Il me fait espérer pour mieux m'assommer ensuite.

— Tous les gens qui reviennent disent que c'est le plus beau voyage de leur vie. Vous pourrez bien vous rendre disponible pour en profiter ?

— Non.

Je ne trouve pas la force de prononcer plus de mots.

Romane affiche une moue amusée et secoue la tête.

— Je ne viens pas de t'entendre dire non, j'espère ?

– 5 –

Assise devant mon énorme valise ouverte, Romane me regarde hésiter sur chaque vêtement à emporter. S'il se mettait subitement à faire une chaleur à crever, ce petit haut pourrait être utile… Pour le réveillon de Noël que nous passerons sur place, plutôt cette robe en laine ou l'intemporelle robe patineuse noire ?

Les habits s'entassent petit à petit sur mon lit sans que je parvienne à prendre de décision.

Je me demande comment on a pu en arriver là. Quel genre de karma pourri me poursuit ?

Passer Noël loin de ma famille était une idée séduisante. Tout plutôt que d'entendre ma tante Jeanine me demander si j'ai enfin rencontré un homme, car il serait temps d'envisager de faire des enfants. Ou de voir mon frère étaler sa réussite de l'apéritif au dessert. Au fil du temps, même assister au bonheur sans faille de mes parents, que j'adore pourtant, m'est devenu difficile à cette période de l'année. Les voir amoureux comme au premier jour accentue mon impression de rater ma vie et me rend morose. Alors trouver une bonne excuse pour éviter les fêtes avec eux tombait à pic. Ils ont d'ailleurs été ravis d'apprendre que nous avions gagné ce voyage avec Cathy. Ils m'ont promis que nous fêterions Noël à mon retour pour nous rattraper.

Partir en voyage dans les Alpes françaises plutôt que sous les tropiques, j'aurais pu me faire à l'idée. Après tout, notre pays regorge de magnifiques paysages, et découvrir une région que je ne connais pas lors d'un séjour insolite était tentant. Mais passer quinze jours perdue en pleine nature avec des chiens de traîneau… Quelle horreur ! Les chiens, j'en ai une peur viscérale. Peu importe qu'ils tirent des traîneaux ou se contentent de déféquer sur les trottoirs parisiens. Malheur à ceux qui osent me dire : « N'aie pas peur, ils le sentent. »

Alors pourquoi ai-je accepté de partir ? Je pourrais prétendre que c'est pour éviter les représailles sanglantes de Romane si j'avais osé refuser, même si je crois qu'elle se serait en réalité montrée compréhensive. Faire plaisir à Cathy, qui a furieusement besoin de penser à autre chose qu'à Jules se morfondant au fond de son lit après leur rupture, a évidemment pesé dans la balance. Mais au fond, soyons honnêtes, c'est certainement pour moi que j'ai finalement validé notre séjour. Pour me pousser à sortir de ma zone de confort. Jusqu'ici, rester blottie dans une vie rassurante et routinière ne m'a pas vraiment permis d'accomplir mes rêves, alors il est temps de changer de méthode. De là à être convaincue que celle proposée par Romane me convienne…

— Allez, Méli, tu pourrais être surprise, tente de me rassurer Romane. Et promis, si après ce voyage tu n'es pas convaincue par ma technique, je te libérerai de ta promesse. Tu pourras redevenir un ours ronchon et râler autant que tu veux.

— Hum… Sourire à la vie et tout le tralala, ce n'est pas pour moi. Et puis, tu imagines ce que ça pourrait me pousser à faire ? Si je rencontre quelqu'un qui me demande de sauter d'un pont, je fais quoi ?

— Je suis sûre que le saut à l'élastique te plairait… ironise-t-elle.

— Ha, ha, ha !

Elle se lève, pose ses mains sur mes épaules et me force à la regarder.

— Méli, je te connais. Je sais que tu es en train de paniquer parce que tu pars à l'inconnu, et que tu as besoin de tout maîtriser pour te sentir à la hauteur et éviter les mauvaises surprises… Mais si tu évites le pire en verrouillant ta vie comme ça, tu passes aussi à côté du meilleur. Alors, bien sûr, dans l'hypothèse où le musher[1] responsable de votre voyage te proposerait de dormir nue dans un igloo, tu aurais le droit de dire non. Je veux te retrouver en un seul morceau, pas congelée dans un bloc de glace. Mais demande-toi ce qui te pousse à refuser ce qu'on te propose, et si c'est juste ta peur, alors s'il te plaît, fonce !

Je sens les larmes me monter aux yeux. Romane connaît mes failles. Mon impression de ne jamais être « assez ». Assez belle pour séduire, assez intéressante pour qu'un homme lie sa vie à la mienne, assez brillante pour embrasser une belle carrière…

— Allez, haut les cœurs, ma chérie ! poursuit Romane en comprenant sûrement où s'égarent mes

1. Conducteur de traîneau tiré par un attelage de chiens.

pensées. Je t'ai apporté ma combinaison de ski préférée pour te porter chance. Avec ça, tu vas forcément en faire tourner, des têtes !

Elle va chercher un énorme sac de courses et en extirpe fièrement sa tenue. Rose fluo. Avec de grosses fleurs jaunes. Mes yeux s'arrondissent d'horreur. Je ne peux décemment pas porter ça sans passer pour une illuminée.

— Mais qu'est-ce que les gens vont penser de moi en me voyant là-dedans ?

Pourquoi ai-je fait confiance à Ro sur ce coup ? Je connais pourtant ses goûts vestimentaires et son amour déraisonnable pour les couleurs criardes. J'aurais dû me méfier. Et je suis coincée, notre train part dans moins d'une heure, je n'ai pas le temps d'aller acheter une nouvelle combinaison.

— Ils vont penser que tu es canon, parce que c'est le cas ! répond mon amie comme si c'était une évidence. Et puis, même si ce n'était pas le cas, on se moque de ce que pensent les gens, non ?

C'est facile à dire pour elle. Elle aime attirer l'attention, et n'a que faire de l'opinion des autres. Mais m'imaginer accoutrée de la sorte, les regards braqués sur moi, c'est le fard assuré ! Tant pis si je la vexe, je lui fais tout de même remarquer :

— L'expression « taper dans l'œil » risque de prendre un sens littéral avec ça…

Pas susceptible, Romane explose de rire.

— Mais au moins, si je suis prise dans une avalanche, on me retrouvera vite ! tenté-je de positiver.

— Voilà, c'est exactement ça que tu dois faire : voir le bon côté des choses, en toutes circonstances.

Tu es la meilleure, Méli, ne laisse personne t'en faire douter.

Je lui claque une bise sur la joue et plie la combinaison pour tenter de la faire rentrer dans ma valise, ce qui ne va pas être une mince affaire.

Après nous y être mises à deux pour boucler cette maudite valise, Romane debout dessus et moi appuyant sur le couvercle de toutes mes forces, la fermeture Éclair a enfin accepté de collaborer.

Nous sommes arrivées à la gare de Lyon, où Cathy doit nous rejoindre. Direction Bourg-Saint-Maurice, en Savoie, où Antonin, le musher responsable de l'aventure, nous récupérera.

Lorsque mon binôme de voyage pointe le bout de son nez, je découvre une Cathy resplendissante. Elle l'est toujours. Si les cordonniers sont les plus mal chaussés, cette adepte de l'esthétique ne confirme absolument pas le dicton. Sa doudoune réussit l'exploit de mettre en valeur sa taille fine, et de faire ressortir ses yeux verts savamment maquillés.

— Le quai est affiché, précise Romane. Filez vite avant que Méli se défile et parte en courant, se marre-t-elle. Tu n'oublies pas : la peur ne doit pas te contrôler ! ajoute-t-elle en arrimant son regard au mien.

— Promis !

Je serre mon amie dans mes bras, triste de la quitter pour les fêtes. Cathy fait de même puis, bras dessus, bras dessous, nous grimpons à bord du premier train de notre périple.

Au fur et à mesure que les kilomètres défilent, mon angoisse grimpe en flèche. Qui va-t-on rencontrer ? Les gens seront-ils sympas ? Vais-je réussir à me faire quelques amis ? Et à tenir le rythme ? Moi qui imaginais buller à la plage, rien à voir. Un séjour en chiens de traîneau… *En chiens de traîneau !* J'ai dû être victime d'une commotion cérébrale au moment où j'ai accepté. *Quelle angoisse !*

— Tiens, je t'ai pris un sandwich, dit Cathy en revenant du wagon-bar. Mais… tu pleures ? remarque-t-elle immédiatement.

— Comment je vais faire, Cath ? Il va y avoir des chiens partout. Je ne réussirai jamais à les approcher. J'aurais dû laisser ma place à Romane, vous vous seriez éclatées toutes les deux. Je vais être un boulet.

— Je t'interdis de dire ça ! Tu n'as jamais été un boulet pour qui que ce soit, et celui qui osera te dire le contraire aura affaire à moi. Tu as sué sang et eau dans un cours de body combat pour gagner ce voyage, hors de question que tu n'en profites pas. On doit faire confiance à la vie, tu te souviens ? Ce n'est peut-être pas pour rien qu'elle te réserve cette épreuve. Qui sait, tu vas peut-être rencontrer l'homme de ta vie, te découvrir une passion pour les chiens et tu ne reviendras jamais à Paris. Tu ne voudras plus quitter la montagne, tes animaux et ton homme…

Je ne peux m'empêcher de sourire à cette évocation.

— Ben voyons !

Cathy a réussi à faire refluer ma peur.

— Bon et alors, dis-moi, il devra être comment, l'homme de tes rêves ? Que je puisse le repérer facilement si on le croise… poursuit-elle pour me forcer à me focaliser sur des pensées agréables.

— Hum… Franchement, je ne sais pas. Je voudrais juste quelqu'un de bien, avec un grand cœur. Après, s'il est beau à tomber à la renverse, je ne dirai pas non…

— OK, je note. Premier critère : beau à tomber à la renverse !

— C'est vraiment tout ce que tu as retenu de ce que je t'ai dit ?

— Non, mais le reste, c'est tout de même le minimum syndical…

Le train de ma vie file à vive allure vers une direction qui m'est inconnue. Jusqu'à présent, je tentais par tous les moyens d'occuper le poste de conducteur, et franchir les aiguillages était souvent violent. Peut-être que je devrais m'installer confortablement dans un fauteuil, me laisser emmener et profiter du paysage qui défile par la fenêtre… En priant de toutes mes forces pour ne pas dérailler !

– 6 –

Ça y est, délivrance ! Notre troisième et dernier train de la journée arrive à destination. Et, miracle, il est à l'heure. Heureusement d'ailleurs, car j'ai reçu un SMS de notre musher pour nous informer qu'il ne faudrait pas traîner si nous voulons rejoindre notre premier logement avant la nuit. Moi qui pensais flâner en ville pour dénicher mes cadeaux de Noël… Ça sera pour une prochaine fois.

— Prête pour l'aventure ? me demande mon amie alors que nous arrivons à quai.

— Prête.

À travers la fenêtre, nous distinguons les sommets enneigés. C'est magnifique. La montagne semble recouverte d'une multitude de paillettes étincelant au soleil.

En sortant sur le quai, j'inspire à pleins poumons l'air glacial en espérant qu'il me galvanise face au défi qui m'attend.

Antonin a précisé qu'il serait devant la gare, nous nous pressons donc pour le rejoindre. Autour de nous, la ville est habillée aux couleurs de Noël. Les guirlandes lumineuses clignotent en rythme, des branches de sapin ont été accrochées en bas des toitures et des chants de Noël nous parviennent depuis le magasin de jouets en bois un peu plus loin. Nous ne sommes pas en Laponie, au village du père Noël, mais ça y ressemble.

Nous scrutons autour de nous en quête de notre musher. Je l'imagine la cinquantaine, une barbe fournie, la peau bronzée par le soleil d'altitude, et un chapeau digne d'Indiana Jones vissé sur la tête en permanence. Ça n'a aucun sens, car un tel couvre-chef doit s'envoler une fois le traîneau lancé à pleine vitesse, mais on ne maîtrise pas son imagination.

— Ah ! Je l'ai vu, viens ! s'exclame Cath en me prenant par la main pour me tirer dans la direction opposée à celle vers laquelle j'étais tournée.

Autour de nous, la foule est compacte. Je ne distingue pas grand-chose, mais je fais confiance à mon amie. Je la suis dans une rampe d'accès pour personnes handicapées. En relevant les yeux, je suis soufflée. Antonin, qui tient une feuille de papier sur laquelle est inscrit « Mélia & Cathy », ne ressemble pas du tout à l'image que je m'en étais faite. Un mètre quatre-vingt-dix au bas mot, une carrure de rugbyman, aussi beau qu'une divinité nordique, un bonnet en laine enfoncé sur le crâne. Il n'y a que sur le teint que j'avais vu juste : il est aussi doré par le soleil que la peau d'un cochon à la broche. Je donnerais cher pour croquer dedans.

Lorsque Cathy lui fait signe, il lui répond d'un simple hochement de tête. De mon côté, comme frappée par la foudre, je me sens m'effondrer. Mes pieds ont dû glisser sur une plaque de verglas, et mon amie a beau essayer de me stabiliser de sa main toujours dans la mienne, je m'étale. Mes fesses heurtent le sol, me provoquant une douleur si vive que le hurlement qui m'échappe me retire le peu de dignité qu'il pouvait encore me rester.

— Mon Dieu, Méli, ça va ? s'écrie Cath.

Je suis incapable de lui répondre, uniquement concentrée sur ma respiration pour faire refluer la douleur et éviter de me mettre à pleurer.

— Bichette, fais-moi un signe pour me prouver que t'es encore vivante, s'il te plaît.

— Je savais que ce voyage était une mauvaise idée. Non mais, qui rêve de se peler les fesses en trimant derrière un traîneau tiré par des molosses ?

Je jure à voix haute. Une telle véhémence ne me ressemble pas, mais la douleur me fait dire n'importe quoi.

J'ouvre les yeux, que je n'avais pas conscience d'avoir fermés, et découvre des visages penchés au-dessus de moi. Dont ceux de Cathy et d'Antonin. Et au vu de l'air qu'il affiche, le musher a de toute évidence parfaitement entendu ma tirade. Et ne l'a clairement pas appréciée. *Voilà, bravo Mélia ! Bien joué !*

— Prenez ma main, je vais vous aider à vous relever, crache-t-il. Ensuite, vous pourrez toujours choisir de prendre un train pour rentrer chez vous.

Oups, je l'ai bien méritée celle-ci ! Honteuse, je m'exécute. Il me redresse sans que ça paraisse lui demander le moindre effort.

Je pousse un nouveau hurlement inhumain lorsque je me retrouve debout.

— Ça doit être le coccyx, intervient un homme dans la soixantaine qui assiste au spectacle. Vous voulez que je regarde ?

Quoi ? Alors là, Romane et sa technique du « oui » à tout va peuvent bien aller se faire voir. Je ne vais pas laisser un vieux pervers profiter de ma chute pour me mater les fesses. *Je rêve !*

— Non mais, ça va pas ?

Je lui crie dessus.

— Je suis médecin, précise-t-il, pas vexé. Mon cabinet est juste à côté.

— Ah ! Excusez-moi. Dans ce cas…

— Allez, venez !

Je m'agrippe à Cathy et, à pas de fourmis, alors que je suis courbée comme une mamie, nous progressons derrière le docteur, suivies de près par Antonin qui se charge de ma valise et du sac de Cathy. Je l'entends d'ailleurs râler dans sa barbe à propos de mon bagage.

Heureusement, le cabinet du docteur Deserable, comme il se présente, est vraiment tout proche.

Au fil de l'auscultation, la douleur reflue, mais il m'est impossible de m'asseoir sur la chaise en face de son bureau. J'émets un râle à réveiller les morts.

— Je ne pense pas que vous ayez quoi que ce soit de cassé. Vous êtes juste quitte pour un bel hématome et pour souffrir quelques jours. J'ai cependant quelque chose qui pourrait vous aider. Ma petite-fille l'a oublié la dernière fois qu'elle est venue en vacances.

Il quitte la pièce puis revient. Avec une bouée. Rose bonbon. Je me marre nerveusement. *Au moins, elle sera assortie à la combi de Romane !*

— Euh… Je… Merci ! Et encore désolée de vous avoir répondu si sèchement tout à l'heure.

— Ne vous faites pas de souci. C'est vrai que la proposition pouvait paraître étrange.

Il ouvre la porte de la salle d'auscultation pour permettre à Antonin et Romane de nous rejoindre.

— Restez au calme un jour ou deux, et si besoin, consultez les urgences. Mais ça devrait aller.

— Bon, eh bien, il ne vous reste plus qu'à trancher, le coupe le musher d'un ton froid. Vous souhaitez rester et poursuivre le séjour ou pas ?

J'ai une très grosse envie de lui répondre non et de rentrer chez moi, mais quelque chose, plus fort même que ma promesse à Romane, me pousse à acquiescer.

— Dans ce cas, il va falloir vous débarrasser de votre valise.

— Hein ? Quel est le problème avec ma valise ?

— Vous n'avez pas lu le guide du voyage ? Il précise bien que seuls les sacs à dos sont acceptés.

Je me tourne vers Cathy pour qu'elle me confirme l'information, mais elle hausse les épaules. Elle n'a pas dû ouvrir cette fichue brochure plus que moi. Il faut dire que nous avons eu une semaine à peine pour nous préparer au départ !

— Vous n'êtes pas la première, j'ai un sac de secours dans mon coffre. En revanche, je vous préviens, il va falloir faire des choix car tout ne tiendra pas dedans ! raille-t-il.

Depuis notre rencontre, il ne m'a pas adressé un mot sympathique. Alors, d'accord, je l'ai peut-être cherché, mais ça serait chouette qu'il se déride sinon le séjour risque vite de se transformer en cauchemar !

Après avoir remercié le médecin providentiel, rejoint le 4 × 4 du musher, et effectué le choix cornélien des vêtements à conserver ou non – en effet, toutes mes affaires ne tenaient pas dans le sac fourni par Antonin –, nous pouvons nous mettre en route.

À côté de moi à l'arrière du véhicule, Cathy ricane. Je lui jette un regard noir, pensant qu'elle se moque de la bouée sur laquelle je suis assise.

— On avait dit quoi déjà ? Que l'homme de ta vie devrait être beau à tomber à la renverse, chuchote-t-elle. Le destin nous a entendues !

Ma bouche s'arrondit de surprise tandis qu'Antonin marmonne dans sa barbe à l'avant. Il n'a pas pu entendre Cathy, qu'est-ce qu'il a encore ?

— Allô ? Antonin ? Mec, ça fait un bail ! Ça roule ? retentit une voix chaleureuse dans l'habitacle.

Petit flottement avant de comprendre qu'il passe un coup de fil via la fonction appel de sa voiture.

— Ouais, ouais. Dis-moi, j'ai un petit souci avec des touristes. J'ai un couple qui attend au début du circuit des Dahus et qu'il faudrait conduire jusqu'au premier refuge avant la nuit. Tu crois que tu pourrais les prendre en charge ? Ils ont déjà fait un stage, si tu passes devant avec ton traîneau, ils devraient pouvoir guider Hawaï et Goa.

— Pas de souci. Je pourrai même rester avec vous pendant une partie du séjour, je suis libre cette semaine. Ça fait longtemps qu'on n'a pas fait le circuit ensemble. Depuis…

— Ouais, le coupe Antonin. N'attache pas Baïkal, elle suivra à côté. Je te revaudrai ça. On arrive aussi vite que possible. Merci, mec.

Décidément, il n'y a pas qu'avec moi qu'il est aussi aimable qu'une porte de prison. Même les amis qui le dépannent n'ont pas le droit à de grandes démonstrations d'affection.

– 7 –

Le 4 × 4 file souplement sur les routes sinueuses de Savoie. Le soleil décline peu à peu et un camaïeu rouge orangé enflamme le paysage. La tête appuyée contre le montant de la fenêtre, je contemple le manteau neigeux qui se pare de couleurs ocre. N'étant pas une grande adepte des sports d'hiver, je ne vais que très rarement en montagne, pourtant je dois reconnaître qu'il s'en dégage une sensation de sérénité. J'arriverais presque à oublier la douleur diffuse qui se rappelle à moi dans les virages en épingle.

Antonin n'ayant pas activé la radio, notre progression dans les hauteurs se fait en silence. J'ai beau chercher quelque chose d'intelligent à dire, je ne trouve rien. Mes parents s'intéresseraient certainement aux spécialités culinaires du coin, mon frère, au potentiel de la région pour lancer un business, et Romane aurait déjà déridé l'ours taiseux qui nous sert de chauffeur avec un sourire à tomber, mais à moi, rien ne me vient. Après ma bourde lors de notre rencontre, j'ai peur de trop en faire. Ou pas assez.

Comme d'habitude, je me pose mille questions. Que pensera-t-il de moi si je lui demande à quelle altitude nous sommes ? Que ma culture géographique est proche de zéro. Et si je l'interroge sur le programme des jours à venir ? Que je n'ai pas lu la brochure sur laquelle il a dû travailler pendant des heures. Enfin ça, il s'en doute déjà, après le coup de la valise. Voilà donc ce que je dois être à ses yeux : une citadine mal élevée, qui fait peu de cas du travail des autres, à qui tout est dû, et qui déteste le froid et les chiens.

Ce n'est pas que je les déteste, j'en ai juste peur. Vraiment peur. J'angoisse déjà à l'idée de me retrouver face à sa meute. J'inspire profondément avant d'expirer le plus lentement possible pour maîtriser la crise de panique que je sens monter en moi. Je ne devrais pourtant pas m'inquiéter, vu l'heure, nous ne risquons pas d'aller faire un petit tour en traîneau ce soir.

— Ça fait longtemps que vous êtes musher ? s'intéresse Cathy.

Voilà, ce n'était pourtant pas compliqué, Mélia ! Pourquoi tu ne lui as pas posé cette question ? Quelque chose de personnel, qui montre que tu t'intéresses à lui et à son métier, et qui ne te fasse pas passer pour une demeurée…

— Bientôt dix ans. Mais j'ai toujours baigné dans le métier. Mon père était musher, lui aussi. J'ai repris le flambeau.

— Et vous travaillez seul ?

Il hésite un moment avant de lui répondre. Ayant reporté mon regard sur son profil, je vois sa pomme d'Adam monter et redescendre lorsqu'il déglutit.

Décidément, pour un homme qui travaille dans le tourisme, il n'a pas l'air à l'aise de parler avec les gens.

— Pas vraiment… J'ai quinze associés. Vous verrez. Des huskys pour la plupart, et quelques malamutes. Chacun avec sa personnalité.

Je contiens un frisson qui me remonte le long du dos. Des malamutes ? Rien que le nom me donne des sueurs froides. Un mélange de meute et de rut. Voilà, j'imagine maintenant une horde de chiens de la taille d'un ours me poursuivant de leurs ardeurs. *Mon Dieu, il faut vraiment que je dompte mon imagination !*

— Vous ne devez pas vous ennuyer.

— Ah non, ça, c'est certain. Mais vous allez vite le constater. Accrochez-vous, nous allons quitter la route pour une piste qui rejoint le refuge où nous dormirons cette nuit, ça peut secouer un peu.

Je me tiens de toutes mes forces à la poignée située au-dessus de la portière et me mords les lèvres pour retenir un gémissement de douleur.

Après quelques minutes, Antonin immobilise le 4 × 4 au pied d'une habitation de pierre au toit en ardoise. À des kilomètres à la ronde, seule la neige s'étale. Il n'y a aucun autre bâtiment en vue.

— Et voilà, bienvenue au refuge des Dahus ! précise-t-il en coupant le moteur.

Il sort prestement du véhicule et se dirige vers le coffre où il se saisit de nos deux sacs.

— Suivez-moi, nous allons attendre les autres à l'intérieur.

J'ouvre ma portière et hésite un instant. *Par « les autres », il entend bien des humains ? Pas les « associés » qu'il évoquait tout à l'heure ? Les chiens ne sont pas admis à l'intérieur, hein ?*

— Waouh ! C'est magnifique, s'enthousiasme Cathy qui enfonce déjà ses pieds dans la poudreuse. Ça va aller, bichette ? Tu veux que je vienne t'aider ?

— Non, non, t'inquiète, je gère.

Je me mets un coup de pied aux fesses. Façon de parler, évidemment. Finalement, marcher me fait du bien. Le médecin a certainement vu juste, je ne dois rien avoir de cassé.

Des odeurs de sapin et de feu me parviennent. De la fumée s'échappe de la cheminée du refuge. Après cette journée riche en émotions, retrouver la chaleur et le confort d'un foyer va être salutaire.

Je m'agrippe à la rambarde bordant les quelques marches qui mènent à l'intérieur. Je prends mon temps pour éviter de souffrir, et j'arrive finalement à bout de mon ascension.

— Venez vite vous réchauffer, nous encourage une voix féminine.

— Salut, Nath, répond Antonin, déjà à l'intérieur. Je te présente…

Notre guide se rend compte à ce moment-là qu'avec notre arrivée rocambolesque nous n'avons pas pris le temps de faire connaissance. S'il sait que nous nous appelons Catherine et Mélia, il n'a aucune idée de qui est qui.

— Mélia, précisé-je en tendant la main en direction de notre hôte.

Elle l'esquive et me serre dans ses bras.

— Cathy, précise mon amie quand elle lui fait subir le même sort.

— Mais qu'est-ce que tu fais avec cette bouée ? se marre notre interlocutrice en me dévisageant. Je crois que tu t'es trompée de lieu de vacances. À moins que ça ne soit une nouvelle pratique sportive à la mode… Antonin va te tirer derrière son traîneau, assise sur ce truc ?

Je pouffe de rire en imaginant la scène.

— Non, c'est la nouvelle lubie des Parisiens de se trimballer partout avec une bouée. L'accessoire de mode indispensable cet hiver. Tu verras, en février il y en aura partout, se moque le musher.

— Ne prends pas ta vieille tante pour une imbécile ! le rabroue la fameuse Nath. Qu'est-ce qu'il t'arrive, mon petit ? me questionne-t-elle ensuite.

— Une mauvaise chute à la gare. Le coccyx qui a ramassé. Mais plus de peur que de mal d'après un médecin. Je devrais très vite être sur pied.

— Aoutch ! Le coccyx, c'est l'enfer, compatit notre hôte. Une fois, j'ai dû me le faire remettre en place par voie interne, si tu vois ce que je veux dire. Je ne souhaite ça à personne.

Mes yeux s'arrondissent de surprise en imaginant la scène.

— Mais où sont tes chiens, Antonin ? s'étonne-t-elle soudain, nous évitant l'embarras de devoir rebondir sur cette révélation gênante.

— Ils ne devraient pas tarder à arriver. Avec Léo. Vu le temps que nous avons perdu pour que Mélia puisse se faire ausculter, nous ne serions jamais arrivés avant la nuit s'il ne m'avait pas dépanné.

— C'est bien que tu l'aies appelé. Ça a dû lui faire plaisir. Tu sais qu'il n'attend que ça, un signe de ta part.

— Hum… grogne le musher pour seule réponse.

— Je suppose que je vous garde le repas au chaud pour plus tard, du coup ?

À l'évocation du repas, je me rends compte que je suis affamée. J'espère que les autres ne vont pas trop tarder.

— Tout à fait, confirme notre guide.

La décoration du dortoir dans lequel nous pénétrons à la suite de Nathalie est typique. Il y a du bois partout, et des rideaux rouge et blanc à petits carreaux aux fenêtres, ainsi qu'à chaque lit pour garantir un peu d'intimité.

— Vous devriez être tranquilles ce soir, je n'attends personne d'autre que votre groupe. Même s'il peut toujours arriver quelqu'un à l'improviste, ça sera encore loin d'être complet.

— Les vacances de Noël n'ont pas commencé, précise Antonin, donc c'est encore calme.

— Choisissez les lits qui vous plaisent, ils sont à vous pour la nuit ! ajoute Nathalie avant de s'éclipser.

Après un rapide tour d'horizon, j'opte pour un couchage loin de la porte d'entrée. J'y dépose ma bouée et Antonin vient abandonner mon sac à côté. Il tend le sien à Cathy, qui grimpe dans le lit situé juste au-dessus du mien.

À travers la fenêtre non loin, j'aperçois le 4 × 4 avec lequel nous sommes arrivés. Je distingue également trois traîneaux qui arrivent en direction du chalet.

— Il vaudrait mieux enfiler une combi, précise le musher en désignant nos jeans d'un signe de tête. Je file, vous nous rejoindrez dehors quand vous serez prêtes ?

— Ça marche, lui répond Cathy.

— On va ressortir ?

Moi qui pensais pouvoir profiter d'une pause avant le dîner, ce n'est de toute évidence pas au programme.

— Évidemment. Les chiens vont arriver affamés. Et tant qu'ils n'auront pas mangé, on ne passera pas à table. Donc si vous voulez dîner, vous savez ce qu'il vous reste à faire, lâche-t-il d'un ton railleur avant de partir à son tour.

— Dis-moi qu'il plaisantait, Cathy. Nous n'allons pas vraiment aller nourrir des chiens affamés…

— Allez, Méli, courage ! Je suis sûre qu'il connaît son métier et que c'est sans danger. Et puis, il faudra bien que tu finisses par les approcher, ces chiens. Tu sais ce qu'on dit, il faut retirer le sparadrap d'un coup sec. Une fois que tu auras vu à quel point ils sont calmes et bien dressés, tu n'en auras plus peur du tout, tente de me rassurer mon amie.

— Oui. Tu dois avoir raison, dis-je dans un murmure.

Je sens les larmes me monter aux yeux, mais je me détourne pour que Cathy ne s'en aperçoive pas. J'ai suffisamment gâché le début du séjour comme ça. Il ne manquerait plus que je me mette à pleurer maintenant !

J'extirpe la combinaison de Romane du sac prêté par Antonin et tente de me rappeler pourquoi je suis là. *Parce qu'il faut savoir ouvrir les bras aux cadeaux de la vie, et que ce voyage a tout d'une expérience extraordinaire. Parce que je dois apprendre à lâcher prise.*

Après nous être changées, nous sortons retrouver Antonin. Les trois attelages s'arrêtent justement devant le chalet. L'homme qui conduit celui de tête descend de son traîneau et vient saluer notre guide d'une tape virile dans le dos. Cathy, juste devant moi, s'immobilise en regardant la scène et je manque de lui rentrer dedans.

— Non mais, regarde-moi ce canon ! souffle-t-elle, ses joues prenant une teinte cramoisie.

Je la rabroue, connaissant son cœur d'artichaut.

— Il porte une combi, des lunettes de soleil et un bonnet. Tout ce qui dépasse, c'est son nez… Alors d'accord, il a un joli nez, mais enfin… On ne craque pas pour un nez !

— Je suis sûre qu'il vaut le coup, tu verras ! me répond-elle d'un ton de conspiratrice.

Je me marre, pensant qu'une aventure avec un beau musher est ce qui pourrait lui arriver de mieux pour oublier une bonne fois pour toutes son Jules de malheur.

— Tout le monde est arrivé à bon port, mec, l'entend-on préciser à Antonin. Anne-Louise et Laurent s'en sortent comme des pros, ça a glissé tout seul.

— Merci. Sans toi, ça aurait été compliqué, ce soir.

Il nous avise derrière son ami et nous fait signe de les rejoindre. Je progresse tout en restant le plus loin possible des chiens, qui sont pourtant calmes, à l'arrêt. Les conducteurs des deux autres traîneaux nous rejoignent, un grand sourire aux lèvres.

— C'était génial, s'enthousiasme le premier. Quel plaisir de retrouver ces sensations !

— Un pur bonheur, ajoute la femme qui le talonne.

— J'aurais préféré que vous puissiez reprendre en douceur, mais si vous vous êtes éclatés, c'est le principal, répond Antonin, qui les connaît déjà, de toute évidence. Puisque le groupe est au complet, je crois qu'on peut faire les présentations. Anne-Louise, Laurent, voici Catherine et Mélia. Et Léo est donc un ami venu me filer un coup de main pour ce soir.

Chacun s'adresse un signe de tête accompagné d'un grand sourire.

— Anne-Louise et Laurent ont fait un stage avec moi l'an dernier. Et d'après ce que j'en sais, Catherine et Mélia, vous êtes débutantes, poursuit le musher.

— C'est ça, confirme Cathy.

— Je vous expliquerai les bases demain. Ce soir, on va se contenter de faire connaissance avec les chiens et de les nourrir. Pour l'instant, il n'y a donc qu'une chose à savoir : Hawaï est le chef de meute, c'est donc lui qui mange en premier. Une fois qu'il sera servi, vous pourrez nourrir les autres.

Un chef de meute... Mon cœur s'emballe, je crève soudain de chaud dans ma combinaison. Mais pourquoi faut-il employer un vocabulaire aussi effrayant ?

— Vous voyez le filin métallique ancré au sol là-bas ? Il va falloir aller y attacher chaque chien pour la nuit. Un par un. Je vous indiquerai où. Et profitez-en pour les féliciter et les caresser, ils l'ont bien mérité après cette journée. Anne-Louise, je te laisse t'occuper de Goa ? C'était le leader de ton attelage. Tu le mets à la deuxième place du filin en partant de la gauche.

Elle acquiesce et s'exécute. La suivant des yeux, je fais alors ce que j'évitais depuis tout à l'heure : je détaille les chiens installés à quelques mètres de nous. Et, nom d'une pipe, ils sont vraiment énormes.

Anne-Louise détache le fameux Goa du traîneau, comme si elle avait fait ça toute sa vie. Elle accroche une laisse à son harnais et le dirige vers le filin mentionné par Antonin.

— Laurent, tu te sens d'aller chercher Hawaï ?

— Bien sûr.

— Alors *go*. À côté de Goa, tout à gauche.

Alors que Laurent s'éloigne en trottinant, ma respiration se coupe. Un chien a dû se détacher et s'approche de nous. Il a les yeux braqués sur moi. *Il va me sauter à la gorge, c'est sûr. Il sent ma peur. Tout le monde dit que les chiens sentent la peur et qu'il ne faut pas la leur montrer. Seulement là, je suis à deux doigts de trembler comme une feuille. Il ne manquerait plus que je me pisse dessus de trouille.* Incapable d'esquisser le moindre mouvement, je me fige.

— Cathy, tu veux bien aller aider Léo avec son attelage ?

— Avec plaisir, répond mon amie, au comble de la joie.

Elle m'adresse un clin d'œil et suit le second musher en direction de son traîneau.

— Mélia, tu vois le chien juste derrière celui que Laurent vient de détacher ? Celui qui a une tache noire sur le poitrail ? Il s'appelle Nauru, c'est le plus jeune de la meute. Tu peux aller le mettre à l'extrémité droite du filin ? Tiens, voici une laisse.

Je ne réagis pas. Le chien qui s'est échappé est tout proche. Il tend le museau vers mon gant pour le renifler.

— Mélia ?

— Je…

Je suis clouée sur place et ne peux pas prononcer un mot de plus.

Comme si de rien n'était, Antonin approche et passe la main sur la tête du chien prêt à me croquer les doigts.

— Salut, ma belle, ça a été la balade ? lui demande-t-il en s'agenouillant pour lui faire un câlin.

— Je…

— Oui ?

Il fronce soudain les sourcils en remarquant que je ne bouge plus d'un centimètre. Mes muscles commencent à tétaniser.

— Mais qu'est-ce qui t'arrive ? Tu t'es bloqué le dos ?

— Les chiens… articulé-je avec difficulté. J'ai peur des chiens.

— Pardon ? demande-t-il avant de partir dans un grand éclat de rire franchement blessant. Tu as peur des chiens ? Mais c'est une blague cosmique ?

Il a haussé le ton, visiblement agacé.

— Je peux savoir ce que tu fous ici si tu détestes le froid et que tu as peur des chiens ? Tu ne pouvais pas, je ne sais pas, choisir de passer Noël au soleil ?

Il ferme les yeux quelques secondes et poursuit sa tirade :

— Madame déteste la montagne, n'est pas capable de faire deux pas sans s'étaler et elle compte faire du chien de traîneau sans chien… C'est une caméra cachée ?

Les larmes que j'ai contenues tout à l'heure m'échappent. Je suis toujours incapable d'esquisser le moindre geste, alors elles coulent sur mes joues en silence.

– 8 –

Assise sur mon lit, isolée du reste du dortoir derrière le rideau fermé, je lutte pour ne pas éclater en sanglots.

Quand, ulcéré, Antonin s'est éloigné avec son chien sans attendre que je lui réponde – ce dont j'aurais de toute manière été incapable –, je me suis enfuie aussi vite que je le pouvais à l'intérieur du refuge, et barricadée dans mon minuscule espace personnel. Cathy est vite venue me rejoindre pour me remonter le moral, m'assurant que le musher avait été si surpris qu'il avait mal réagi, mais la blessure était trop fraîche pour que je puisse entendre quoi que ce soit à ce sujet. Alors, me connaissant bien, elle a fini par repartir pour me laisser le temps de digérer. Elle est revenue plus tard dans la soirée, me dire que le groupe s'apprêtait à manger et me demander de me joindre à eux, mais c'était au-dessus de mes forces.

Comme si je n'étais pas assez ridicule avec ma bouée rose, il a fallu qu'Antonin affiche ma peur au grand jour, de manière très désagréable. Était-il obligé d'être aussi mordant ? Oui, j'ai une trouille bleue des chiens. Et que ça soit stupide ou non, c'est comme ça. Ce n'est certainement pas en se moquant de moi que la situation risque de s'améliorer. Et Cathy qui pensait que le destin mettait l'homme de ma vie sur mon chemin… *Quelle énorme blague !*

Là, je n'ai qu'une envie : prendre mes affaires et rentrer à Paris. Écouter mon frère passer tout le dîner de Noël à nous vanter sa vie aux États-Unis vaut mieux qu'un séjour ici, à subir les foudres de cet ours désagréable et à craindre pour ma vie chaque fois qu'il faudra approcher un chien. Mais pourquoi ai-je dit oui à ce séjour ?

J'entends la porte du dortoir s'ouvrir de nouveau, puis des pas se diriger jusqu'à mon lit. Ça doit être Cathy qui vient retenter sa chance pour me faire manger quelque chose. Je sens qu'elle s'assied par terre, non loin de moi. Une bonne odeur de viande grillée l'accompagne. À tous les coups, elle m'a pris une assiette pour m'éviter de mourir de faim. Après être morte de honte tout à l'heure, ça m'évitera de passer l'arme à gauche une deuxième fois.

Son attention me touche beaucoup. J'ai de la chance de pouvoir compter sur une amie comme elle, elle est toujours là pour me soutenir.

— Je t'ai pris de quoi manger, prononce une voix grave qui n'a rien à voir avec celle de Cathy. Avec ce froid, si tu ne te nourris pas, tu seras vite plus capable de rien.

Je me redresse immédiatement et sens une vague de colère déferler en moi. *Ça ne lui a pas suffi de m'humilier tout à l'heure, il faut maintenant qu'il vienne me donner des leçons ?*

Cela dit, le parfum qui me parvient aux narines est carrément alléchant. Moi qui pensais que cet épisode m'avait coupé la faim, il n'en est rien. Mon ventre se met même à gronder et mes papilles, à saliver.

J'ouvre alors le rideau brusquement, fusille Antonin du regard, saisis l'assiette qu'il tient dans la main, puis referme le rideau sans avoir prononcé un mot. Je suis obligée de retenir un pouffement de rire après avoir vu l'expression choquée qui s'est affichée sur son visage. S'il croit pouvoir m'amadouer avec une assiette de bœuf grillé – certainement dans l'immense cheminée du refuge – et de pommes de terre baignant dans un jus de viande qui a l'air délicieux, il se met carrément le doigt dans l'œil.

Je pique une pomme de terre avec la fourchette posée sur l'assiette et suspends mon geste avant de croquer dedans. Je m'attendais à ce qu'Antonin reparte, mais je n'ai pas entendu ses pas s'éloigner ni la porte du dortoir s'ouvrir. *Oh ! Et puis tant pis, qu'il fasse ce qu'il veut !*

Un gémissement de plaisir m'échappe lorsque les saveurs du plat explosent dans mon palais.

— C'est bon, hein… se marre Antonin, tout proche. Normalement, Nathalie refuse qu'on mange dans le dortoir, mais je crois qu'elle t'aime bien, car elle a accepté de faire une exception.

Il n'a donc pas bougé. Il est toujours derrière le rideau. S'il espère s'en sortir aussi facilement, c'est qu'il ne me connaît pas.

— Tu veux dire qu'elle, elle a un cœur et tient compte des émotions des autres ? Incroyable !

Il demeure silencieux plusieurs secondes, puis, alors que je pense qu'il va partir, il reprend la parole.

— Je suis désolé, souffle-t-il. Je n'aurais jamais dû réagir comme ça. Catherine m'a expliqué que venir ici n'était pas vraiment dans vos projets à la base et que tu envisageais une destination plus exotique.

— Et moi, je suis désolée d'avoir tenu des propos honteux à la gare, et de t'avoir fait perdre ton temps jusqu'à maintenant. Je ne déteste pas la montagne, loin de là, en revanche, j'ai une vraie tendance à être maladroite, et une trouille bleue des chiens, je déclare en ouvrant le rideau à nouveau.

Il me sourit et tend sa main dans ma direction pour que je la serre.

— Et si on repartait sur de bonnes bases ? propose-t-il. Enchanté, je m'appelle Antonin Dessommets.

— Dessommets, hein ? Ça tombe drôlement bien pour un musher… C'est un pseudo ? le taquiné-je.

Voyant ses sourcils se froncer, je m'empresse d'ajouter en glissant ma paume dans la sienne :

— Enchantée, moi c'est Mélia Lecomte.

— Très bien, Mélia Lecomte, est-ce que tu penses pouvoir poursuivre ce séjour et maîtriser ta peur des chiens ? Ils sont énergiques, mais pas méchants, je te le promets. Ils n'ont jamais mordu personne. Jusque-là.

— Jusque-là ? Tu sais comment rassurer les gens, toi ! Je…

J'hésite. Vais-je vraiment en être capable ? L'image d'une Romane mécontente s'impose alors à moi. Je repense à ce qu'elle m'a dit : « Demande-toi ce qui te pousse à refuser ce qu'on te propose ; si c'est juste ta peur, alors s'il te plaît, fonce ! » Je me retrouve exactement dans cette situation. Ma peur m'inciterait à fuir. À profiter de la perche qu'il me tend pour rentrer chez moi. *Méli, si tu n'essaies pas, tu ne pourras jamais savoir si ça aurait pu te plaire. Tu sais ce qu'on dit, il vaut mieux avoir des remords que des regrets !* Voilà, c'est ça ! Je ne dois plus me laisser dominer par mes peurs.

— Je peux au moins essayer. Mais il faudra être patient. Tu penses pouvoir l'être ?

— Je peux au moins essayer, me taquine-t-il en reprenant mes mots.

Nous échangeons un regard complice puis il se lève.

— Je te laisse finir ton repas tranquillement. Et rendez-vous demain à neuf heures pour le premier briefing. Je ne sais pas si tu seras suffisamment remise pour participer à la balade du jour, mais comme ça tu apprendras les bases en même temps que tout le monde.

— Merci.

Sitôt Antonin parti, je me jette sur mon assiette. J'ai le cœur plus léger, et toujours aussi faim. Je vais dévorer ce bœuf en trois bouchées.

*
* *

Nathalie est un vrai cordon-bleu. Le petit déjeuner à base de viennoiseries faites maison était un vrai délice. Et que dire de ce chocolat chaud avec du lait provenant directement de la ferme ? Une merveille !

Si j'étais au départ mal à l'aise avec les autres après l'esclandre d'hier, l'ambiance s'est vite détendue. Anne-Louise et Laurent forment un couple chaleureux, et sont adeptes des sports d'hiver en tous genres. Ils ont déjà effectué un séjour avec Antonin et ils ont tellement aimé l'expérience qu'ils ont voulu réitérer pour Noël. C'est leur cadeau en avance. Quant à Léo, il semble être un joyeux luron. Il a mis une sacrée ambiance à table dès le réveil. Et n'a pas arrêté de jeter des coups d'œil – très peu discrets – en direction de Cathy. Qui, de son côté, le dévorait du regard. Il y a du coup de foudre dans l'air entre les deux !

Maintenant, les choses sérieuses vont commencer. Antonin nous attend tous dehors pour expliquer les fondamentaux du chien de traîneau. Et par « tous », j'entends avant tout Cathy et moi, puisque nous sommes les deux seules novices.

Même si ça va mieux, j'ai encore passablement mal aux fesses, nous sommes donc convenus que je resterai au chalet aujourd'hui, histoire de pouvoir débuter la pratique demain en pleine forme. Ce petit répit est loin de me déplaire. Ça me permettra d'observer avant de devoir approcher des chiens.

Une fois en tenue, nous rejoignons le musher responsable du séjour. Non loin de lui, sa meute. Les chiens, attachés au filin métallique accroché au sol, sont au comble de l'excitation. *Mais pourquoi sautent-ils tous comme ça partout ?* Je prends soin de rester en retrait, on ne sait jamais, l'un d'eux pourrait se détacher.

— Ils sont vraiment trop mignons, s'extasie Cathy.

— Mignons ? Ah oui ? Je n'aurais pas dit ça, mais bon…

Elle me regarde, lève les yeux au ciel puis se marre.

— Bonjour à tous, j'espère que vous avez pris des forces avant cette première balade ! nous salue Antonin.

Tout le monde acquiesce. Chacun semble impatient de vivre cette journée.

— Ce matin, je me suis occupé de nourrir les chiens, mais à partir de demain, ça sera à vous de le faire. Si on a besoin de forces, eux aussi. C'est un travail d'équipe, ne l'oubliez pas.

Il paraît vraiment dans son élément avec sa combinaison, au plus proche de ses chiens.

— Je vais vous expliquer les bases du mushing. Si vous avez des questions, n'hésitez pas. Alors, déjà, il faut savoir que chacun de mes attelages est composé de sept chiens.

En disant ça, il nous désigne le traîneau qu'il a installé au milieu de la piste devant nous.

— Chaque chien a un rôle au sein de l'attelage. Tout à l'avant, vous avez le leader, ou le chien de tête, qui donne la direction et le rythme, en fonction de vos indications. C'est le chien le plus intelligent et le plus obéissant.

Antonin s'éloigne en direction du deuxième chien de la ligne en partant de la gauche. Il revient vers nous en le tenant en laisse et l'attache au traîneau.

— Le chien de tête du premier traîneau, le voilà, c'est Hawaï. Derrière les chiens de tête viennent les *swing dogs*, un binôme pour chaque attelage. Ils épaulent le leader et peuvent le remplacer en cas de besoin.

Il reprend son manège et ramène deux chiens avec lui.

— Derrière Hawaï, voici donc Fidji et Nauru. Ensuite, vous avez les *team dogs*, puis les *wheel dogs*, qui seront attelés le plus près du traîneau. Ce sont les chiens qui ont le plus de force. Dans cet attelage, les deux *team dogs* s'appellent Lima et Iguazu. Et les deux *wheel dogs*, Glasgow et Helsinki.

Il les attelle à leur tour. Je remarque alors un chien qui déambule comme bon lui semble autour du traîneau. Il n'était pas attaché avec les autres. C'est celui qui m'a fichu une sacrée frousse en s'approchant de moi hier.

— Vous pouvez oublier leurs prénoms. En revanche, ce que je vais vous dire maintenant, vous avez intérêt à bien le retenir. Il s'agit du rôle du musher. Faire n'importe quoi pourrait être fatal pour les chiens, je vous demande donc toute votre attention.

J'avale ma salive, soudain consciente des conséquences que pourraient avoir mes erreurs. Antonin rejoint Hawaï à l'avant de l'attelage et s'assied à côté de lui tout en saisissant son harnais.

— Votre rôle, quand vous conduisez le traîneau, peut se résumer à quatre missions. La première, assez évidente : donner la direction. Pour avancer, il vous suffit de dire « devant ».

Hawaï regarde le musher et tourne la tête, comme s'il hésitait. Je comprends qu'il se demande s'il doit mettre à exécution l'ordre qu'il a parfaitement reconnu. Mais la main sur son harnais l'en dissuade. Antonin poursuit son explication en nous donnant la dizaine d'indications que les chiens de tête comprennent.

— Votre deuxième mission ? Aider les chiens. Si vous voyez qu'ils peinent, en montée par exemple, vous devez descendre du traîneau pour alléger le poids, et pousser avec eux s'il le faut. La mission suivante : vous assurer que la ligne de trait, celle sur laquelle sont attachés tous les chiens, soit toujours tendue. L'objectif étant que le traîneau ne vienne pas percuter les *wheel dogs*. Si les chiens ralentissent et que vous ne freinez pas de votre côté depuis le traîneau, celui-ci va leur rentrer dedans. Et je vous laisse imaginer le résultat. Enfin, dernière mission : être vigilant à ce que les chiens ne s'emmêlent pas les pattes dans les lignes d'attelage. Si c'est le cas, vous arrêtez le traîneau au plus vite. Est-ce que c'est clair ?

Je hoche la tête comme une bonne élève et Cathy fait de même.

— Parfait, alors nous allons mettre en place le deuxième attelage et y aller. Léo va se joindre à nous avec son propre traîneau et ses chiens. Cathy, est-ce que tu veux bien monter avec lui pour aujourd'hui ? Comme ça, je pourrai laisser Anne-Louise et Laurent en autonomie sur un traîneau tout en les suivant avec le mien.

Je me tourne vers mon amie dont le visage s'illumine. En voilà une qui est ravie d'accepter cette proposition. Elle hoche vigoureusement la tête et se tourne vers Léo, lui aussi visiblement sur un petit nuage. Je me demande si les deux mushers se sont mis d'accord en amont sur cette organisation. Je ne serais pas surprise que Léo ait interféré dans les plans d'Antonin pour passer la journée avec Cathy.

— Tu viens m'aider à atteler ? lui demande-t-il avec un clin d'œil.

— Avec plaisir, répond Cathy.

— Anne-Louise, Laurent, je vous laisse aller chercher Goa et la positionner en tête. Vous la connaissez bien.

Ils approuvent et s'éloignent immédiatement.

Antonin s'approche de moi, imité par le chien qui n'est pas attaché. Je me tends, mais tente de faire bonne figure.

— On devrait être partis jusqu'à ce soir. Je vais être obligé de laisser Baïkal au refuge, précise-t-il en posant une main sur la tête du husky en question. Elle n'a plus la santé pour affronter des balades intenses tous les jours. Ça ira pour toi ?

— Euh…

Je plonge les yeux dans les iris vairons de la chienne et réprime un frisson.

— Euh… *Dans* le refuge, tu veux dire ?

— Oui.

— Ah ! Euh… OK. Bien sûr que ça va le faire. N'est-ce pas, Baïkal ?

En guise de réponse, la chienne jappe dans ma direction, me faisant sursauter. Je reste tétanisée avant d'offrir un sourire pincé à Antonin. *Mon Dieu, pourquoi ai-je dit oui ?* Heureusement, Nathalie sera là. S'il le faut, je passerai la journée enfermée dans le dortoir. En prenant soin de me barricader. Après tout, les chiens de traîneau savent peut-être ouvrir les portes.

– 9 –

Ça y est, Antonin, Cathy et tout le groupe sont partis. J'ai assisté à leur départ depuis la fenêtre du dortoir. Voir les trois traîneaux s'ébranler dans la poudreuse avait quelque chose de magique. Comme une vision de la liberté. Se détacher de la civilisation pour filer en pleine montagne, avec pour seul bagage ce qui peut tenir dans un traîneau et en guise de compagnie des chiens dont le physique n'est pas sans rappeler celui des loups, ce n'est pas depuis mon petit appartement parisien que j'aurais pu assister à un tel spectacle.

En revenant vers mon lit pour faire un peu de rangement dans mon sac, je remarque un livre posé sur mon oreiller. Qui a bien pu laisser ça là ? Le titre me dit quelque chose. *Into the Wild*[1]. Il me semblait que c'était un film. Il s'agissait donc certainement d'une adaptation.

Romane nous en avait parlé pendant des semaines à l'époque où le long métrage était sorti. En pleine adolescence, elle avait été alors prise d'une envie incontrôlable

1. Roman biographique de Jon Krakauer (1996), 10/18, n° 4109.

d'aller vivre au milieu des bois. Elle ne voulait plus aller en cours, affirmait que ça ne servait à rien, qu'on ne nous apprenait que des bêtises vides de sens.

Moi j'étais la bonne élève, non par passion, mais pour ne pas me faire remarquer. Parce que, pour réussir dans la vie, il faut réussir ses études. Et avoir, en plus de bonnes notes, un comportement irréprochable pour être accepté dans les meilleures écoles.

Quand je vois où ça m'a menée, je me demande si aller vivre au fin fond de la forêt amazonienne n'aurait pas été plus salutaire. Mais enfin… On ne peut pas changer son passé. Je dois me concentrer sur l'avenir, et saisir les occasions de faire enfin ce que je veux.

Curieuse, je tourne les pages du livre et découvre un Post-it au début de celui-ci.

« Pour occuper ta journée et te faire voyager malgré tout. Antonin. »

Mon cœur se serre, je suis très touchée par cette attention. Ce musher est donc décidément capable du pire comme du meilleur.

Je m'installe sur mon lit et commence ma lecture. Au fil des pages, je comprends ce qui a pu lui plaire à ce point. Le roman raconte l'histoire d'un homme qui plaque tout pour partir parcourir l'Alaska, à pied, avec quasiment rien. Le héros n'est pas si loin de l'image que je me fais d'Antonin. Un solitaire qui préfère vivre avec ses chiens dans les hauteurs plutôt qu'avec les humains.

— Mélia, ça te dit de manger un morceau ? Il n'est pas loin de treize heures, entends-je Nathalie me proposer, tandis que je finis un nouveau chapitre.

— Oh ! Oui, merci, j'arrive.

Je mémorise la page où j'en suis, repose le livre et me dirige vers la salle commune du refuge. En ouvrant la porte du dortoir, je remarque immédiatement Baïkal, allongée devant la baie vitrée. La tête entre les pattes, elle ressemblerait presque à une peluche géante. J'ai bien dit presque ! Et pour rien au monde je ne ferais de câlin à cette peluche. Néanmoins, la voir apaisée comme ça me met suffisamment en confiance pour entrer dans la pièce. La tante d'Antonin sera là pour intervenir en cas de besoin.

— De la truffade réchauffée, ça te va ?

— J'adore ça !

Nathalie et moi nous installons près du feu qui crépite dans la cheminée et elle dépose un plat fumant devant moi. Il sent bon et est aussi savoureux qu'il en a l'air lorsque je le goûte.

— J'en connais une qui aime les bonnes choses, constate-t-elle en voyant l'expression sur mon visage, proche de l'extase.

— C'est un délice !

Après le plat, elle nous prépare un thé de Noël. Nous discutons de tout et de rien. Elle me raconte qu'elle tient ce refuge depuis plus de vingt ans, tous les hivers. Elle n'a jamais eu envie de fonder de famille. Sa famille, ce sont les gens qu'elle accueille ici. Et celle fondée par sa sœur, la maman d'Antonin.

— C'est une personne peu commune, ton neveu, non ?

— Qu'est-ce qui te fait penser ça ?

— Disons que les choses n'ont pas bien commencé entre nous. Et puis, hier soir, il est venu s'excuser de son comportement. Et, ce matin, il est parti en laissant un livre sur mon lit, pour m'occuper… Ce qui est une attention carrément touchante.

Un léger sourire apparaît sur ses lèvres, m'engageant à poursuivre.

— J'ai du mal à le cerner. Même son attitude avec Léo est étrange. D'un côté, j'ai l'impression qu'ils sont proches et de l'autre, il semble mettre une vraie distance entre eux… C'est comme s'il était plus à l'aise avec ses chiens qu'avec les humains.

Son attention reste focalisée sur les flammes.

— Tu as certainement raison… Antonin est unique en son genre. C'est drôle que tu aies remarqué tout ça de lui en si peu de temps.

Baïkal redresse la tête en entendant prononcer le prénom de son maître. Nathalie, elle, me lance un coup d'œil rieur tandis que je vois ses lèvres s'étirer à nouveau en un sourire. Je rougis en comprenant son sous-entendu.

— Euh… Je…

— Ne te justifie pas, va ! se marre-t-elle. Tu n'es pas si loin de la vérité. Il est plus attaché à ses chiens qu'à n'importe qui. Mais il n'a pas toujours été comme ça…

La douleur est perceptible dans sa voix.

— Ah oui ? Que lui est-il arrivé ?

— Ça, ça sera à lui de te le raconter un jour, s'il le veut. Mais sache que je ne connais personne de plus gentil que lui. Du moins, quand on prend la peine de creuser.

Je hoche la tête pour lui signifier que je comprends et que je respecte son choix de ne pas dévoiler l'intimité de son neveu.

— Je dois aller en ville faire quelques courses pour réapprovisionner les stocks du refuge avant que l'hiver n'arrive pour de bon et nous coupe du monde, tu as besoin de quelque chose ?

— Non, merci, je vais me replonger dans le livre confié par Antonin. Peut-être qu'il m'aidera à mieux le comprendre !

Elle me fait un clin d'œil, dépose sa tasse dans l'évier puis enfile son manteau. La voyant faire, Baïkal se lève et s'approche de la porte.

— Non, ma belle, toi tu restes ici.

Je retourne dans le dortoir et reprends ma lecture. Mais après un moment, effet du thé oblige, il me faut aller soulager ma vessie. Cependant, les toilettes se trouvent de l'autre côté du refuge. Il va donc me falloir passer devant Baïkal, sans la présence rassurante de Nathalie, prête à intervenir en cas de besoin. Et par besoin, j'entends bien sûr une attaque féroce.

J'entrouvre la porte pour jeter un coup d'œil. Le husky est toujours allongé au même endroit et semble dormir profondément. *Un chien féroce, c'est ça ?* se moque une voix dans ma tête. *Si tu arrêtais cinq minutes d'être ridicule ? Tu ne vas pas te pisser dessus pour éviter de passer devant un chien qui se moque totalement de ta présence !*

Rassemblant mon courage, je fais un premier pas dans la salle commune, puis un autre. Je m'immobilise quand Baïkal remue une oreille. Puis pars en courant m'enfermer dans les toilettes.

Au moment de ressortir, j'analyse à nouveau l'attitude de la chienne. Elle a redressé la tête, mais n'a pas bougé de sa place. Elle n'a de toute évidence pas l'intention de me courir après pour me mordre une fesse. *OK, il faut que j'arrête, je suis vraiment paranoïaque !*

En passant devant la cheminée, je me dis que je serais tout de même mieux au coin du feu pour lire qu'allongée dans le dortoir. Je prends donc mon courage à deux mains, vais récupérer mon livre, saisis au passage la merveilleuse bouée donnée par le médecin et viens m'installer près de l'âtre.

Du coin de l'œil, je vois que Baïkal m'observe, mais elle ne bouge pas d'un centimètre pour autant. Je me laisse alors happer par le récit de Jon Krakauer.

Soudain, la chienne se redresse et se met à faire les cent pas devant la baie vitrée. Je referme mon livre et la regarde, inquiète. Comme pour me rassurer, je l'interroge à voix haute :

— Qu'est-ce qui t'arrive, ma belle ?

Elle se dirige vers la porte et se met à y gratter. Je me lève et m'approche d'un pas.

— Tu veux sortir ?

Elle se retourne vers moi et jappe, comme pour confirmer l'évidence. Je recule d'un pas, apeurée. Antonin ne m'a rien dit à ce sujet, est-ce que je peux lui ouvrir ? Je décide de me rasseoir et de l'ignorer, elle comprendra peut-être que je ne peux rien faire pour elle.

Je reprends ma lecture, mais je n'arrive plus à me concentrer. Je lis et relis la même ligne. Baïkal s'éloigne de la porte pour aller se poster devant la baie vitrée où elle se met à hurler à la mort.

— Oh ! là, là ! Mais qu'est-ce qui te prend ? Tu es enfermée là depuis ce matin, tu as peut-être envie d'aller faire pipi, toi aussi…

Elle se retourne vers moi et me scrute de ses magnifiques yeux vairons.

— Tu as le droit de sortir ?

Elle jappe de nouveau, et hoche la tête.

— Tu es sûre ?

Nouvel aboiement. *Et voilà que je me retrouve à parler à un chien… On aura tout vu.*

— OK, je vais t'ouvrir. Mais tu vas juste faire tes besoins et tu reviens vite, d'accord ?

Comme si elle avait compris, elle file vers la porte. J'approche pas à pas, faisant des pauses pour évaluer son comportement, mais elle ne montre aucun signe d'hostilité.

Je pose la main sur la poignée, penchée au-dessus d'elle pour garder mes jambes le plus loin possible de ses crocs, puis j'ouvre le battant. Elle sort alors en flèche, et je la vois disparaître au loin.

Je comprends immédiatement qu'elle ne reviendra pas et que je viens de faire une énorme bêtise.

– 10 –

Voilà pas loin d'une heure que j'erre autour du refuge, en hurlant le prénom de Baïkal avec le maigre espoir de la voir revenir. Je n'ai même pas pris le temps d'enfiler ma doudoune, je suis donc dehors en pull et je commence à claquer des dents de froid.

Peu importe, je n'abandonnerai pas les recherches avant le retour d'Antonin. Je dois faire tout ce qu'il est possible pour retrouver sa chienne. Au traitement qu'il lui réserve, je me doute qu'elle occupe une place à part dans son cœur. Elle est la seule qu'il laisse détachée en permanence. Ils semblent se comprendre d'un regard.

Attraper une bonne pneumonie ne me paraît rien en comparaison de la peur d'annoncer la fugue de son animal au musher.

— Baïkaaal ! appelé-je à nouveau.

Tandis que ma voix se brise, j'entends soudain des aboiements, puis je la vois arriver vers moi en courant. Je tombe alors à genoux de soulagement et la prends dans mes bras après qu'elle s'est immobilisée à côté de moi. J'enfouis mon nez dans sa fourrure et respire son odeur à plein nez. *Elle est là, ouf !*

— Eh bien… Je vous laisse cinq minutes toutes les deux et vous devenez meilleures copines…

La voix d'Antonin me ramène à la réalité. Je prends alors conscience de la position dans laquelle je me trouve, de la proximité de la chienne, et me relève d'un bond, faisant passablement souffrir mon coccyx au passage. *Mon Dieu, ma gorge n'était qu'à quelques centimètres de ses crocs, elle aurait pu me les planter dans la trachée !*

Baïkal me regarde en tournant la tête sur le côté, comme si elle se demandait ce qui me prend.

— Antonin, vous êtes revenus. Je suis… Vraiment… Je… Désolée.

Je repère Anne-Louise et Laurent, tout proches, qui caressent les chiens de leur attelage.

— Ça va ? Qu'est-ce qui s'est passé ? J'ai vu Baïkal débouler sur notre circuit alors que nous étions en train de rentrer. J'ai cru qu'il t'était arrivé quelque chose.

Son ton est doux, presque inquiet. Il n'est donc pas en colère contre moi ? Avant que j'aie eu le temps de lui répondre, un traîneau s'arrête en douceur non loin de nous et Cathy s'en extrait pour se précipiter vers moi.

— Ça va, bichette ? Qu'est-ce que tu fais dehors ? Tu as les lèvres toutes bleues.

— Je… Oh ! Je me suis dit que prendre un peu l'air me ferait du bien, c'est tout. Et puis, j'ai dû me laisser absorber par la beauté du paysage, je ne me suis pas rendu compte qu'il faisait si froid.

Mon amie me regarde d'un air sceptique, comme si elle avait du mal à me croire.

Antonin retire ses lunettes de soleil, puis affiche un petit sourire narquois.

— Tu sembles aller mieux et t'être faite à l'idée d'approcher les chiens. C'est parfait, tu vas pouvoir venir nous aider à les nourrir. Je te laisse aller passer une veste et des gants pendant qu'on attache tout le monde et tu nous rejoins ?

— Euh… Oui. OK.

Je me relève et file dans le dortoir. Collée derrière la porte, la main sur le cœur, je retrouve peu à peu mon souffle. *Allez, cette fois, on y va. On prend son courage à deux mains et on se prouve à soi-même qu'on peut le faire !*

Après avoir recouvré mes esprits, je rejoins le groupe à l'extérieur. Tous les chiens ont été libérés des traîneaux et attachés au filin métallique ancré au sol. Anne-Louise, Laurent, Cathy et Léo se chargent de leur prodiguer une bonne dose de caresses pour les féliciter de leur travail du jour. Passant le plus loin possible d'eux, je m'approche d'Antonin, occupé à remplir des gamelles à l'arrière de son 4 × 4.

— Je peux t'aider ?

— Oui. Il reste la gamelle d'Helsinki à remplir. Il faut mettre une mesure de croquettes de chaque tonneau devant toi.

Je saisis une petite pelle dans le premier tonneau en plastique et en verse le contenu dans le bol métallique devant moi, avant de faire de même en la plongeant dans le deuxième tonneau. Puis dans le troisième et dernier.

— Et voilà, chef ! Elles sont à quoi ces croquettes ?

— Tu veux goûter ?

Je lâche un petit rire avant de comprendre qu'il est sérieux.

— Je les fabrique moi-même, il n'y a que des ingrédients cent pour cent comestibles par les humains.

— Je ne vais tout de même pas manger des croquettes pour chien !

— Pourquoi pas ? Tu veux savoir ce qu'il y a dedans, vas-y, devine !

J'hésite une seconde.

— Je te promets qu'il n'y a que des ingrédients qui font partie de ton régime alimentaire. Cuisinés puis séchés.

J'hésite. Je pèse le pour et le contre. L'idée me dégoûte. Manger des croquettes… Beurk ! J'imagine déjà le goût dans ma bouche et j'en ai la nausée. D'un autre côté, il ne faut pas mourir bête. Et puis, il y a cette promesse de dire oui à tout, ou presque. Et ma décision de vivre de nouvelles expériences…

— Tu me fais confiance ou pas ? me demande Antonin en ancrant ses yeux aux miens.

Cette question finit de me décider. Je hoche la tête. Il sourit et dépose une croquette du premier bidon dans mon gant. Je me laisse encore quelques secondes de répit puis la mets dans ma bouche, avec une grimace anticipée de dégoût. Pourtant, lorsque les saveurs m'explosent en bouche, elles n'ont rien d'immonde. Au contraire. Ce n'est pas sans me rappeler certains gâteaux apéritifs.

— Je sais ! Poulet ! m'exclamé-je, fière de reconnaître le goût.

— Bien joué. C'est ça. Avec des haricots verts, un peu de riz et de l'huile de colza.

— Eh ben, ils sont gâtés, tes chiens !

— Ils le méritent. Ce sont eux qui me font vivre…

Je tique en percevant le double sens de sa phrase. Ne sachant pas comment rebondir, je saisis une croquette dans le deuxième bidon et la mâche de bon cœur.

— J'hésite… il y a des carottes, mais je ne sais pas si c'est du bœuf ou du mouton avec.

— Bœuf.

J'ai plus de mal à reconnaître la troisième sorte. Antonin m'aiguille vers le poisson pour que je devine qu'il s'agit de saumon.

— Tu es douée, dis donc, se marre-t-il.

J'aime voir la manière dont son regard s'illumine lorsqu'il sourit. Cela fait vibrer une corde particulière dans mon cœur, et chatouille quelque chose dans mon estomac.

— Maintenant qu'Hawaï t'a vue manger avant lui, je ne te garantis pas qu'il ne te saute pas dessus pour marquer sa place dans la meute, dit-il en me jetant un regard malicieux.

— Ha, ha, ha !

Son humour ne me fait pas rire et je lui fais savoir.

— Sans blague, tu te sens prête ?

— Je… Je peux au moins essayer.

Je reprends à nouveau cette phrase symbolique entre nous.

— OK, tu vas t'occuper de Nauru, c'est le plus jeune de la meute. Le petit protégé de Baïkal. Il est tout en bout de ligne, à droite, tu le vois ?

— Oui.

— S'il vous plaît, tout le monde ! On est prêts, vous pouvez venir chercher les gamelles.

Tout le groupe nous rejoint, et Antonin attribue à chacun des chiens à nourrir. Pour y aller en douceur, il ne me confie que Nauru. Je crois que ça sera déjà amplement suffisant.

— Vous attendez que j'aie déposé sa ration à Hawaï et ensuite vous pouvez y aller.

Chacun s'approche du premier chien qui lui a été désigné. J'avance pas à pas, analysant le comportement du fameux Nauru. Il est redressé sur ses pattes et a la queue qui bat d'impatience. Quasiment à l'autre extrémité de la ligne, je guette Antonin qui approche d'Hawaï d'un pas sûr.

Alors que j'arrive à portée de Nauru, il me saute soudain dessus et pose ses pattes sur mes cuisses. Surprise, je sursaute et la gamelle que je tenais dans les mains m'échappe, déversant son contenu au sol. Antonin réagit en une fraction de seconde : il pose la gamelle d'Hawaï devant le chef de la meute après s'être positionné entre lui et Nauru, de manière que le dominant ne voie pas que celui-ci s'est jeté sur les croquettes, la queue frétillante. Une fois le chien occupé à manger, il me jette un regard noir et je vois ses mâchoires se contracter.

Je l'avais pourtant prévenu, côté catastrophe, je suis une pro.

*

* *

Après le retour de Nathalie et un dîner tous ensemble dans la salle commune du refuge, chacun s'installe au coin du feu. Léo saisit une des guitares accrochées au mur et s'assied autour de l'âtre avant de commencer à fredonner. S'il n'a pas une voix exceptionnelle, il sait y faire pour mettre l'ambiance.

Je donne un petit coup de coude à Cathy à mes côtés, pour lui faire signe de fermer la bouche. Elle pourrait gober une mouche. Entre ces deux-là, ce n'est qu'une question de temps avant qu'il ne se passe quelque chose.

J'aime cette idée. Cathy a besoin de se changer les idées, et un pressentiment me fait dire que ça pourrait se transformer en bien plus que ça. Je suis à peu près certaine que Léo ne lui offrirait jamais un livre de poésie, lui…

Au fil des minutes, j'oublie tout autour de moi, concentrée sur le crépitement du feu. Je vis pleinement l'instant, entourée de quasi-inconnus auxquels je me sens pourtant connectée. Même Baïkal, toujours couchée à la même place devant la baie vitrée, ne m'inquiète plus.

— Tu veux jouer un morceau avec moi, mec ? demande soudain Léo à Antonin.

Celui-ci scrute les deux guitares restantes, ses sourcils se froncent puis il secoue la tête pour refuser la proposition. Décidément, il y a dans l'attitude des deux mushers quelque chose que je ne saisis pas. Léo baisse les yeux sur son instrument, tentant de ne pas laisser paraître sa déception. J'ai le sentiment de voir un petit frère encaisser le coup après que son aîné a refusé de s'amuser avec lui.

Antonin se lève du siège où il était assis en retrait du groupe et s'éclipse dehors.

Tandis que Léo entame une nouvelle mélodie, prise par une impulsion soudaine, je me lève et sors à mon tour.

Je retrouve Antonin installé sur la plus haute marche menant au refuge, les yeux rivés sur sa meute en contrebas. Ne sachant pas très bien ce qu'il m'a pris de le suivre, je me contente de prendre place à côté de lui, sans rien dire. Il tourne la tête, et m'observe un moment.

— Tu es décidément un sacré phénomène, Mélia Lecomte… J'ai rarement rencontré quelqu'un qui enchaîne les bourdes aussi rapidement que toi.

Son ton n'est pas agressif, au contraire, il est presque rieur. Il a dû avoir le temps de se calmer depuis tout à l'heure.

— Voilà au moins un domaine dans lequel je me démarque, rétorqué-je. Ce n'est pas donné à tout le monde.

— Tu m'en diras tant… Il s'est passé quoi avec Baïkal, tout à l'heure ? Et ne me réponds pas que tu as simplement voulu prendre l'air…

— Elle s'est mise à gratter à la porte alors que Nathalie était partie. Je ne savais pas quoi faire. Et puis, je me suis dit qu'elle devait vouloir satisfaire un besoin pressant alors… je lui ai ouvert. Je l'ai vue partir en courant et j'ai paniqué.

— Elle ne supporte pas d'être séparée de moi durant trop longtemps.

— Tu as une relation particulière avec elle, n'est-ce pas ?

— Oui. C'est mon père qui me l'a offerte quand elle était toute jeune. Elle a été ma première chienne, il y a treize ans. J'ai tout vécu avec elle, le meilleur comme le pire. On se comprend, tous les deux. Ma relation avec chaque chien est unique, mais celle que j'ai tissée avec Baïkal est à part. Elle est trop vieille pour faire partie d'un attelage, mais elle m'accompagne partout. Elle est comme mon ombre…

La manière dont il en parle me permet de découvrir une facette de lui qui me plaît beaucoup. J'ai beau avoir peur des chiens, je trouve magnifique qu'il puisse leur porter un tel amour.

— C'est étrange qu'elle t'ait laissée la serrer dans ses bras comme ça, elle est plutôt fuyante habituellement. Elle se méfie des gens.

— Comme son maître, je le taquine en lui donnant un coup d'épaule.

Il sourit, et hoche la tête pour confirmer mes propos. Je discerne cependant dans ses yeux comme du regret. Je me rappelle alors les paroles de sa tante. « Il n'a pas toujours été comme ça. »

– 11 –

— Dis donc, tu es venue te coucher sacrément tard, hier. Je me demande ce que tu as bien pu faire jusqu'à deux heures du matin… raillé-je en donnant un petit coup de coude à Cathy.

Nous sommes en train de nous préparer pour la journée, dans la petite salle de bains du refuge. Tandis qu'elle se lave les dents, je continue à coiffer mes cheveux tout en guettant sa réaction dans le miroir. Je l'ai entendue grimper dans son lit, juste au-dessus du mien, alors que j'étais déjà couchée depuis plusieurs heures. Tout comme les autres membres du groupe.

J'ai assez peu de doutes sur ce qui l'a tenue éveillée jusqu'à une heure pareille, mais je prends un malin plaisir à la cuisiner.

Je la vois rougir, puis recracher son dentifrice avant de se rincer la bouche.

— Oh ! Je n'étais pas très fatiguée, c'est tout, botte-t-elle en touche.

— Ben voyons… Tu bâillais déjà pendant le dîner ! me marré-je. J'espère que la suite de ta soirée a eu de quoi te redonner du peps, sinon, pauvre Léo, il a dû se dire qu'il t'assommait carrément.

Elle pouffe de rire tout en commençant à appliquer sa crème de jour.

— Chut ! Il va t'entendre.

— Oh ! Il y a donc bien des choses croustillantes à raconter ! Je veux tout savoir.

— On est restés longtemps à discuter au coin du feu.

— Et ? la questionné-je en pointant ma brosse dans sa direction.

— On a vraiment beaucoup de points communs.

— Et ?

— Et je n'ai pas culpabilisé pour Jules une seule fois.

— Bien. Tu progresses. Et ?

Elle est coriace, elle ne veut rien lâcher…

— On s'est embrassés !

— J'en étais sûre ! Depuis que vous vous êtes rencontrés, il y a baleine sous gravillon entre vous. Oh ! là, là ! Je suis si contente pour toi ! m'écrié-je.

Je me dandine dans la salle de bains avant de la prendre dans mes bras.

— *Adios Julios !* Vive le beau Léo ! ajouté-je avant d'exploser de rire.

Elle plaque sa paume sur ma bouche un instant pour me faire taire.

— Tu es vraiment cinglée !

— Évidemment ! Mais c'est comme ça que tu m'aimes. Allez, je file sous la douche !

Une fois sous le jet, je rouvre le rideau et la désigne d'un doigt accusateur tandis qu'elle se coiffe à son tour.

— J'espère que vous n'avez pas fait de cochonneries dans la salle commune !

— N'importe quoi, s'esclaffe-t-elle. Quoique… On s'est peut-être pelotés un peu, mais je te raconterai les détails seulement si tu viens avec nous aujourd'hui.

Elle est futée, la bougresse, elle sait que je ne peux pas résister à l'appel d'un potin. Surtout lorsqu'il concerne la vie sentimentale de mes copines. Mais même sans cette carotte, certes très alléchante, je les aurais accompagnés.

Ce matin, plus besoin de bouée, je me sens beaucoup mieux. Ça y est, je n'ai plus d'excuse. Le bel hématome qui s'étale sur mes fesses n'est pas un motif valable pour refuser de me joindre au groupe.

D'autant que je n'ai pas vraiment le choix, nous changeons de refuge ce soir et celui dans lequel nous dormirons n'est pas accessible en voiture. Il va donc falloir se lancer !

Sur la plus haute marche du refuge, j'inspire profondément avant d'expirer aussi lentement que possible. *Je ne vais pas faire de crise de panique, je ne vais pas faire de crise de panique, je ne vais pas faire de crise de panique…* Peut-être que si je me le répète suffisamment, mon corps finira par comprendre le message.

Nos sacs sont bouclés. Antonin s'est chargé de les répartir sur les traîneaux, avec tout le nécessaire pour la suite de notre périple. Les chiens sont déjà attelés, parés au départ.

Anne-Louise et Laurent s'amusent avec Goa. Ils se roulent dans la neige, la poussant à leur sauter dessus en aboyant. Une part de moi les envie. Ils ne se soucient pas du regard que nous pourrions porter sur eux et profitent de l'instant.

— Tout est prêt ! On va pouvoir y aller ! s'exclame le responsable de notre séjour, attirant l'attention de tous.

Je descends les dernières marches et le rejoins. Anne-Louise et Laurent arrivent à leur tour en époussetant leurs combinaisons de la neige accrochée dessus. Cathy et Léo se positionnent rapidement à nos côtés.

— Mélia, comme tu n'es encore jamais montée sur un traîneau, tu viens avec moi aujourd'hui, dit Antonin. Anne-Louise et Laurent, je vous confie à nouveau l'attelage de Goa, en autonomie, et Cathy, si ça te va, Léo propose que tu montes avec lui.

Tu penses que ça lui va ! Elle doit être carrément ravie. Le sourire qui apparaît sur son visage fait chaud au cœur. Si ça continue comme ça, elle va faire fondre la glace sur son passage.

De mon côté, je ne sais pas si je suis rassurée ou encore plus angoissée de faire équipe avec Antonin. D'un côté, il connaît son métier et ses chiens par cœur, je serai donc en sécurité. D'un autre, je n'ai pas intérêt à merder.

Cathy confirme qu'elle est d'accord. Léo lui adresse un clin d'œil et ils s'éloignent ensemble vers l'attelage de celui-ci. Mon amie semble très à l'aise. Elle se place debout derrière le traîneau, les pieds sur les patins disposés de chaque côté, puis Léo se positionne derrière elle.

Je souris lorsque je vois une de ses mains se poser sur la hanche de Cathy et le regard complice qu'ils échangent ensuite.

— Léo va ouvrir la voie. Anne-Louise et Laurent, vous n'aurez qu'à le suivre. Mélia, tu viens ?

— Oui, oui…

Je reste immobile quelques secondes, j'inspire à nouveau un grand coup et mets un pied devant l'autre pour rejoindre Antonin, déjà prêt à partir.

Anne-Louise et Laurent s'élancent à la suite de Léo et Cathy.

Les chiens sont calmes, tout va bien. Ils attendent juste de partir se défouler, tu ne risques rien !

Lorsque je passe devant Hawaï, attelé en tête du traîneau, il bondit soudain dans ma direction.

— Hawaï, couché ! assène le musher d'un ton sans appel auquel le chien obéit immédiatement.

Il dégage une telle autorité que je me coucherais presque au sol, moi aussi. Antonin me prendrait définitivement pour une illuminée.

— Il faut dire qu'avec un look pareil, il y a de quoi s'offusquer, se marre-t-il en détaillant la combinaison prêtée par Romane, lorsque j'arrive à sa hauteur.

Il l'a déjà vue, mais il faut croire qu'il n'avait pas osé faire de réflexion jusque-là. Je fais semblant de ne pas comprendre le problème et demande :

— Quoi, elle n'est pas belle ma combi ?

— Elle est… Disons qu'on peut difficilement te louper ! tente-t-il de mettre les formes pour faire passer le message.

— C'est l'objectif ! Comme ça, si on est pris dans une avalanche, je serai la première repérée par les secours… Et puis, s'il porte bien son nom, Hawaï devrait adorer le motif, non ? Je ne ferais pas tache à Honolulu habillée comme ça, lancé-je avec un sourire.

— Avec une combi ?

— Mais non, avec les fleurs. Ça fait très chemise hawaïenne.

— J'avais compris, je te faisais marcher.

Je suis contente que les choses se soient tassées entre nous. Il sait être agréable quand il veut. Et sourire !

— Prête pour le départ ?

Je hoche la tête.

— Mets-toi devant moi et pose un pied sur chaque patin. On va commencer en douceur pour que tu te familiarises avec le mouvement.

— OK, en douceur, ça me va, précisé-je en me positionnant comme il me l'a demandé.

— Accroche-toi, me dit-il avant de donner l'ordre à Hawaï de s'élancer.

Je me crispe, m'agrippant de toutes mes forces aux poignées du traîneau. Derrière moi, le musher court doucement. Je comprends qu'il aide ainsi les chiens à prendre le départ.

Lorsqu'il me rejoint sur les patins, sa présence rassurante dans mon dos me provoque une drôle de sensation dans le ventre. Je ne serais pas contre le fait qu'il se colle davantage à moi. Pour m'éviter de chuter, bien sûr.

— Tout va bien ? me demande-t-il.

Je hoche la tête pour toute réponse.

Petit à petit, je commence à me détendre. Finalement, ça n'a rien d'insurmontable. C'est même plutôt agréable. Voire carrément chouette.

Nous filons sur la poudreuse comme si nous volions. L'air me fouette le visage et fait flotter les mèches qui se sont échappées de mon bonnet. Des effluves de sapin me parviennent. L'impression de liberté qui m'assaille est vertigineuse.

Perdue au milieu des sommets, j'oublie tout le reste pour me concentrer sur le paysage qui défile. Je remarque alors que Baïkal court à côté de l'attelage. Elle ne tracte pas le traîneau mais a aligné sa foulée sur celle de Nauru, le plus jeune de la meute, celui que j'ai nourri hier. Du moins, celui devant lequel j'ai déversé des croquettes.

— Nous allons bientôt tourner, il va falloir te décaler sur le patin droit, me prévient Antonin. Tu te rappelles les indications pour guider les chiens ?

— Euh…

— Ce n'est pas compliqué, « devant » pour qu'ils avancent, « droite » ou « gauche » pour tourner, « *slow* » pour ralentir et « *speed* » pour accélérer. Tu es prête ?

— Je crois.

— Hawaï, droite ! crie-t-il au chien de tête.

Celui-ci s'exécute immédiatement. Comme Antonin me l'a demandé, je positionne mes deux pieds sur le patin de droite. Mon cœur s'emballe quand le traîneau entame un virage. Je crains que le déséquilibre nous renverse, mais il n'en est rien.

— Bon, à toi de jouer maintenant. Tu dois faire attention à ce que la ligne de trait reste tendue en permanence. Nous allons bientôt aborder une descente, il va donc falloir freiner doucement pour ne pas rentrer dans les chiens.

— Freiner ? Comment on fait ça ?

— Tu vois la barre métallique devant tes pieds ?

— Oui.

— Il va falloir appuyer dessus.

— OK, je devrais réussir à gérer.

Nous arrivons en effet au sommet d'une montée, après quoi la piste redescend.

— *Speed*, Hawaï, demande le musher. Vas-y, freine.

Voulant bien faire, j'appuie fermement sur la barre métallique. Peut-être trop fermement puisque le traîneau s'immobilise soudain, tirant durement les chiens en arrière, et nous basculons sur le côté. Mon épaule heurte violemment le sol tandis qu'Antonin roule à quelques mètres de moi.

— Mais c'est pas possible ! Je t'ai dit « doucement » ! crie-t-il dans ma direction en se relevant, sans se soucier de savoir si j'ai pu me faire mal.

Il file immédiatement en direction de ses chiens et vérifie minutieusement que chacun va bien. Nauru pleure. Baïkal vient lui lécher la truffe pour l'apaiser.

— Redresse le traîneau et appuie sur le frein. Avec les deux pieds, m'ordonne Antonin.

Son ton me donne envie de pleurer, mais je n'en ferai rien. Pas la peine de me ridiculiser davantage. Je suis vraiment la fille la plus maladroite au monde. Une catastrophe ambulante. Voilà pourquoi je ne sors pas de ma zone de confort, cela m'évite ce genre de déconvenue. Quand on n'est pas doué, autant s'abstenir.

Je me remets debout et tire sur le traîneau de toutes mes forces pour le relever. Cela me demande un moment, mais je finis par y parvenir. Du coin de l'œil, j'aperçois Antonin parler à ses chiens.

Alors qu'il revient vers moi, je vois à la manière dont sa poitrine se soulève qu'il est hors de lui.

— Je suis vraiment désolée.

— Hum… grogne-t-il en retour.

— Est-ce que tout le monde va bien ?

— Est-ce que tu t'en soucies vraiment ? Après tout, ce ne sont que des « molosses ».

Je ne retiens pas un hoquet de stupeur.

— Bien sûr que je m'en soucie. J'ai peut-être peur des chiens, mais je ne suis pas sans cœur. Je ne leur souhaite aucun mal. Et je t'ai déjà dit que je regrettais les mots qui ont pu m'échapper lors de mon arrivée. Tu peines peut-être à le croire, mais je suis vraiment impressionnée par ce que sont capables de faire tes chiens. Même si ça ne m'empêche pas d'être convaincue qu'ils adoreraient que je finisse broyée dans leurs croquettes.

— On va arrêter les frais pour aujourd'hui. Tu peux monter dans le traîneau et profiter de la balade.

Il ne rebondit pas sur mes propos. Sa colère n'est de toute évidence pas redescendue.

Vexée, je le fusille du regard et vais m'installer à l'endroit indiqué. Si je comprends qu'il ait eu peur pour ses chiens et qu'il soit agacé contre moi, je n'ai jamais conduit de traîneau et il pourrait le prendre en compte. Faire des erreurs est humain. Oui, il avait précisé « doucement », mais comment mesurer ce que ça signifie sans aucune expérience en la matière ?

S'il a le même comportement avec tous les touristes qui passent un séjour avec lui, je ne vois pas comment Anne-Louise et Laurent ont pu choisir de réitérer l'expérience. Me faire grogner dessus par un ours mal léché au moindre problème n'est pas un de mes plaisirs dans la vie.

J'aurais peut-être mieux fait de prétexter avoir encore beaucoup trop mal au derrière et demander à Nathalie de me remmener à la gare pour rentrer à Paris.

Après tout, ma vie n'est pas extraordinaire mais elle n'est pas catastrophique non plus. Beaucoup sont plus mal lotis que moi. Je vivote de petit boulot en petit boulot, mais je suis bien entourée. J'ai ma famille, mes deux meilleures amies, un appartement cosy à défaut d'être spacieux. Je devrais peut-être m'en contenter.

– 12 –

La fin de la randonnée du jour a lieu dans un silence plombant. Chaque minute me paraît durer des heures. Antonin se contente de guider ses chiens sans m'accorder la moindre attention. Ceux-ci répondent à ses directives avec une précision qui m'impressionne, comme s'ils étaient connectés aux pensées du musher.

Je comprends l'amour qu'il leur porte, et que sa réaction virulente était liée à la peur qu'il puisse leur arriver quelque chose. Peut-être a-t-il déjà perdu un chien dans des circonstances similaires, ce qui à la fois serait horrible et expliquerait beaucoup de choses.

Prendre conscience des conséquences qu'aurait pu avoir mon geste me fait trembler d'effroi. Je n'aurais jamais pu me pardonner si l'un d'eux avait été blessé par ma faute.

Peu à peu ma colère à l'égard d'Antonin s'apaise. À moi de lui prouver que je ne suis pas une horrible personne sans cœur qui déteste les chiens. *Il va falloir te mettre un sacré coup de pied au derrière, ma vieille !*

Nous nous arrêtons en douceur devant un chalet rustique. Léo, certainement arrivé depuis un bon moment avec Cathy, vient immédiatement à notre rencontre et s'agenouille auprès d'Hawaï pour le caresser. Celui-ci lui lèche le nez tout en remuant la queue. Il a l'air de beaucoup aimer le second musher du groupe.

— Ça va, mec ? demande-t-il à Antonin. Tu fais une drôle de tête.

— Oui, oui. Ça va.

Son ton est neutre. Son énervement a l'air d'être passé, mais il paraît enfermé dans une bulle où personne ne pourrait l'atteindre.

Je m'extirpe du traîneau et reste debout à côté, ne sachant pas très bien quoi faire. Je pourrais aller rejoindre les autres dans le chalet, mais cela ne me paraît pas juste. Les chiens ont bien travaillé, à nous de nous occuper d'eux, à présent.

— Tu veux que je vous aide ? On en a fini avec mon traîneau, idem avec celui d'Anne-Louise et Laurent.

— Je vais gérer, t'inquiète.

Je vois Léo froncer les sourcils sur un visage où je crois déceler inquiétude et tristesse. Je me sens clairement de trop entre les deux hommes. Il se joue quelque chose qui m'échappe.

— Tu es sûr ?

— Laisse tomber, je te dis. Va donc profiter avec les autres…

— OK.

Le jeune musher baisse la tête vers ses chaussures puis effectue un demi-tour et s'éloigne comme s'il portait le poids du monde sur ses épaules.

Alors que je ne m'y attendais pas, je sens quelque chose frôler ma main droite. Je retiens de peu un sursaut en constatant qu'il s'agit de Baïkal, la vieille chienne adorée d'Antonin, qui vient de donner un coup de tête dans ma paume avant de s'asseoir à mes côtés. Elle regarde Léo s'éloigner avec une lueur indéfinissable dans le regard.

Je ne bouge pas d'un millimètre, attendant de sentir mon cœur, effrayé par la proximité de Baïkal, s'emballer, mais il n'en fait rien. La chienne plonge ses iris dans les miens, puis soupire longuement avant de s'allonger dans la neige, la tête tournée vers le musher qui a désormais disparu dans le chalet.

Du coin de l'œil, je vois Antonin détacher Hawaï de la ligne de trait.

— Bon, je crois qu'il est temps de faire mes preuves, dis-je à Baïkal, comme si elle pouvait me comprendre.

Ses paupières se ferment, comme pour approuver.

Je m'approche du musher et des chiens restés attachés au traîneau.

Pendant un instant, je me demande avec lequel je me sens le plus à l'aise, puis je repense à ce qu'Antonin m'a dit : Nauru est le petit protégé de Baïkal. Puisque le courant semble plutôt bien passer avec elle, peut-être qu'il en sera de même avec lui.

Lorsque j'arrive à sa hauteur, il trépigne d'impatience. Je tends lentement la main dans sa direction pour juger de ses réactions et, voyant qu'il ne grogne pas, j'avance encore d'un pas.

Antonin m'observe faire sans rien dire.

— Je peux ? lui demandé-je en tendant le bras vers le husky toujours calme.

Il comprend ce que je veux faire sans que je le formule.

— À toi de me le dire. Tu peux ?

Je hoche la tête.

— Sa place est…

— Tout à droite du filin, dis-je, finissant sa phrase pour lui montrer que j'ai mémorisé l'emplacement auquel il est systématiquement attaché.

— C'est ça.

Il me tend une laisse que j'attache au harnais du chien avant de le libérer du traîneau. Nauru me saute alors dessus, visiblement ravi. Je comprends vite que sa puissance dépasse tout ce que j'avais imaginé. Je lutte pour rester debout et l'emmener dans la direction voulue. Antonin me regarde faire, un air amusé sur le visage.

Je crois un instant avoir gagné la partie lorsque j'approche de l'attache sur le filin, mais Nauru me tire dans la direction opposée alors que je m'accroupis pour m'en saisir. Sans comprendre comment, je me retrouve allongée au sol, sur le dos, traînée durant quelques mètres par un chien joueur.

Après quelques secondes, Baïkal approche et aboie une fois en direction de son protégé. Celui-ci cesse immédiatement son manège. Il revient vers moi – qui suis toujours dans la position d'une étoile de mer qui aurait échoué par je ne sais quel miracle au sommet d'une montagne – et me lèche consciencieusement le visage.

Je m'assieds et le laisse faire un moment, mi-amusée, mi-dégoûtée. Je me rends alors compte que l'anneau auquel il doit être attaché sur le filin métallique est à portée de main. Je l'y accroche, un sourire aux lèvres. *Mission accomplie !*

Étrangement, alors que j'aurais dû avoir la peur de ma vie, je me sens vivante comme jamais. Grisée par l'émotion.

Antonin me tend la main pour m'aider à me relever.

— Tu ne t'es pas facilité la tâche, c'est le plus fougueux de la meute. Mais tu t'en es bien sortie !

— Merci.

Je suppose que la hache de guerre est enterrée entre nous. Mes mots auraient-ils enfin atteint son cerveau ? Ou peut-être que les actes valent plus que de belles paroles à ses yeux.

Je l'aide à attacher chaque chien à sa place, puis à leur distribuer leurs rations de croquettes. Sans rien renverser, cette fois. Je me demande pourquoi il me laisse l'aider alors qu'il a refusé le coup de main proposé par Léo. Se dit-il que c'est normal, comme les chiens m'ont tractée durant la balade, que je m'occupe d'eux à mon tour, ou l'explication est-elle à chercher ailleurs ?

Lorsque je rentre dans le chalet, je suis surprise de n'y trouver personne.

L'intérieur est exigu, mais aménagé de manière à ne pas perdre de place. Une grande pièce unique fait office de cuisine, de pièce de vie et de dortoir. Sur un mur se trouvent quelques placards et un évier ; au milieu de la salle, une immense table en bois entourée de deux bancs ; et au fond, six lits une personne, superposés. Des affaires sont déjà disposées sur quatre d'entre eux. Je dépose les miennes sur le lit du bas disponible. La place au-dessus reste libre, j'imagine donc qu'Antonin y trouvera refuge.

Un feu salvateur brûle dans la cheminée, je m'y réchauffe les mains un moment.

Des éclats de rire me parviennent soudain de l'arrière du chalet. Je m'y dirige et découvre tout le monde dans… un énorme tonneau en bois rempli d'eau, d'où s'échappe de la buée.

— Ah ! Méli ! Vous avez fini ? Viens nous rejoindre, m'invite Cathy d'un ton enthousiaste.

— Vous rejoindre ?

— Mais oui, enfile ton maillot de bain et viens avec nous. Il y a encore de la place et ça fait un bien fou.

— Un maillot de bain ? Mais qui emporte un maillot de bain pour des vacances en chiens de traîneau ?

— C'était précisé dans le guide fourni pour le voyage, se marre Anne-Louise.

— Mais t'inquiète, moi non plus, je n'y avais pas pensé. Enfile un soutien-gorge noir, une culotte et en avant ! m'encourage ma meilleure amie.

Je m'apprête à refuser, ayant bien trop honte que des inconnus puissent me voir en sous-vêtements. Même si, dans les faits, il n'y a pas de grande différence par rapport à un maillot de bain, dans ma tête, c'est le jour et la nuit.

— Méli… Est-ce que tu voudrais bien te joindre à nous ? formule Cathy en rivant ses yeux aux miens.

Oh ! La bougresse ! Elle utilise contre moi la promesse que nous avons faite à Romane. Je ne peux pas refuser sans trahir ma parole.

— Qui pourrait répondre non à une telle demande ? lui rétorqué-je en lui faisant de gros yeux.

Au moment où je me glisse dans l'eau, en sous-vêtements, je remercie mon amie de m'avoir forcée à franchir le pas.

J'ai bien poussé quelques cris quand mes pieds nus sont entrés en contact avec la neige alors que je courais jusqu'au tonneau, mais maintenant que la chaleur m'enveloppe, je sens tous mes muscles se détendre.

— Alors, n'est-ce pas génial de profiter d'un bain nordique en pleine montagne ? demande Léo, juste à côté de moi.

— Oh que si !

— On l'a installé avec Antonin il y a quelques années. Ça fait la différence pour pas mal de voyagistes. Ils aiment proposer à leurs clients de mêler l'authentique et le confort.

— Mais vous êtes associés, tous les deux ? Je n'avais pas compris.

— Ah non, non… Chacun gère ses affaires de son côté.

— Et vous n'y avez jamais songé ? Vous pourriez peut-être prendre des groupes plus gros, ou gagner du temps sur la partie administrative…

Son regard se fait soudain fuyant. Je le vois avaler sa salive, puis ciller plusieurs fois.

— Oui… Ça pourrait. Mais je ne crois pas qu'Antonin soit intéressé. Il tient à sa solitude.

Je suis de plus en plus persuadée que quelque chose cloche derrière l'entente cordiale entre les deux mushers. Ils sont suffisamment proches pour construire des aménagements comme ce bain nordique et agir l'un avec l'autre comme s'ils n'avaient pas besoin de se parler pour se comprendre, et pourtant Antonin érige une barrière solide entre eux. Je me demande s'il n'y a pas une histoire de fille derrière tout ça…

— Vous vous connaissez depuis longtemps ? cherché-je à savoir.

— Oui, on a grandi ensemble. Ce bain nordique, par exemple, on l'a construit bien avant d'être mushers tous les deux. On venait en profiter quand on était lycéens. On a fait les quatre cents coups quand on était ados.

— J'imagine ce que ça a pu donner…

— On était vraiment intenables. Nathalie et nos mères respectives se sont fait un sang d'encre plus d'une fois… Quand on était ensemble, elles pouvaient s'attendre au pire.

— Pourtant vous avez fini par prendre des chemins différents…

J'essaie de l'aiguiller pour en apprendre plus sur ce qui a pu produire un tel changement entre eux.

— Euh… Oui, on peut le dire comme ça… On a pris des chemins différents…

OK, j'ai compris, je ne tirerai rien de plus clair de lui.

— Dis donc, monsieur, on n'accapare pas mon amie comme ça, dit Cathy en venant prendre place entre nous. Alors, ma biche, cette balade, c'était comment ? Ça a été avec les chiens ?

— Avec les chiens, oui… Mieux que ce que je pensais, en tout cas.

Je la vois froncer les sourcils. Elle me connaît suffisamment pour comprendre que ma réponse cache quelque chose. J'hésite quelques secondes puis je leur raconte ma bourde avec le frein et la colère d'Antonin.

— Je crois que, peur des chiens ou non, je ne suis pas faite pour le traîneau.

— Ça finira par venir, me rassure Léo, qui a certainement perçu l'émotion dans ma voix.

Cathy saisit ma main dans l'eau et la presse entre ses doigts.

— Tu fais de ton mieux, Méli, c'est tout ce qui compte. Quand on regarde les progrès que tu as accomplis en deux jours, c'est déjà énorme, non ? Bientôt, tu te débrouilleras assez bien pour pousser le père Noël du traîneau et prendre sa place ! plaisante-t-elle pour alléger l'atmosphère.

Nous restons ainsi un long moment, à échanger. Puis Anne-Louise et Laurent s'éclipsent, nous laissant tous les trois.

Après quelques minutes, je me sens de trop dans cette ambiance bouillante. Les regards que se lancent ma meilleure amie et Léo feraient fondre la banquise, je rejoins donc le chalet à mon tour.

– 13 –

Ce matin, alors que l'on prenait le petit déjeuner, Antonin nous a promis une surprise dans la journée.

Ça peut paraître étrange, mais je ne suis pas une grande adepte des surprises. Qui dit surprise dit inconnu. Et l'inconnu et moi, ça fait deux. Je me mets à stresser. À me demander si ma réaction sera appropriée. Si je ne risque pas de vexer celui qui pense me faire plaisir si je n'aime pas ce qu'il a organisé et que je ne parviens pas à le masquer. Si je vais m'en sortir s'il faut effectuer quelque chose. Si je ne risque pas de me tourner en ridicule. Soit beaucoup trop de « si ». Alors une surprise organisée par Antonin, voilà de quoi me mettre les nerfs en pelote. Je n'ai clairement pas intérêt à me louper. Sa patience avec moi a atteint ses limites.

J'imagine déjà le pire. Comme devoir participer à une simulation d'avalanche et attendre des heures ensevelie sous la poudreuse. Antonin pourrait en profiter pour se débarrasser de moi. Il prétendrait ne m'avoir jamais retrouvée et je périrais dans d'affreuses souffrances.

— Parée au départ ? me demande Cathy en passant la lanière de son sac sur son épaule.

— Parée !

Nous nous tapons dans la main et sortons du chalet pour aller préparer les chiens. Ce matin, les atteler ne me fait plus peur. Je ne me frotterais pas à Hawaï, qui est celui qui m'impressionne le plus, mais avec les autres, je ne tremble plus comme une feuille.

Nous reformons nos binômes d'hier : Anne-Louise et Laurent sur le traîneau mené par Goa, Léo et Cathy sur celui du jeune musher, et moi avec Antonin.

Avant le départ, il prend le temps de me montrer comment utiliser le frein. Ce n'est pas compliqué, il faut juste y aller « doucement », en effet.

Nous partons ensuite pour une balade vraiment agréable. Comme hier, Baïkal court à côté de Nauru, libre de ses mouvements. Elle s'éloigne parfois dans les bois que nous traversons pour mieux revenir ensuite.

Antonin me rappelle une nouvelle fois les ordres de conduite. Il me laisse même diriger à certains moments. Je suis de plus en plus à l'aise.

Dans une grande ligne droite, où nous apercevons les deux autres binômes devant nous, il s'exclame :

— Ça te dit de faire la course ? On va leur montrer qui a le meilleur attelage !

Je ne le vois pas, mais j'entends la chaleur dans sa voix lorsqu'il fait cette proposition.

— Allez ! acquiescé-je.

— Cramponne-toi !

Je crispe mes mains autour des poignées et me gaine autant que possible en attendant l'accélération.

— *Speed*, Hawaï ! *Speed !* intime-t-il au chien de tête.

D'un pied qui pousse le sol, Antonin accompagne l'effort de sa meute. La vitesse augmente. Je ris comme une enfant au manège tandis que le vent me fouette le visage. De minuscules larmes se forment au coin de mes yeux sous l'effet du froid. Je me demande un instant si nous n'allons pas nous envoler. C'est grisant.

Nous ne tardons pas à dépasser l'attelage conduit par Laurent. Anne-Louise est assise dans le traîneau et prend des photos du paysage avec son téléphone.

Lorsqu'on arrive à la hauteur de Léo, celui-ci comprend immédiatement l'intention d'Antonin, sourit de toutes ses dents et lance à son tour ses chiens à pleine vitesse. Comme moi, Cathy est à ses côtés, à l'arrière du traîneau. Elle se met à crier pour encourager les chiens.

Les voyant revenir à notre hauteur, je l'imite. Nos deux voix se mêlent dans la montagne.

— *Speed*, Hagrid ! *Speeeeeed !*

— Allez Hawaï, *speeeed* !

Le combat est acharné, les deux attelages mettent toutes leurs forces dans la bataille.

Par moments, nous prenons la tête. Puis Léo et Cathy nous passent devant.

Au loin, nous discernons un chalet entre les arbres. Je suppose que cela doit être notre destination.

Et en effet, nous freinons une fois arrivés à proximité de celui-ci. Notre folle cavalcade n'aura pas de gagnant, personne n'a réellement réussi à s'imposer. Les forces des chiens d'Antonin et de Léo se valent, de même que leurs compétences de musher.

Une fois son traîneau immobilisé, Léo saute de celui-ci et vient étreindre Antonin dans ses bras.

— C'est tellement bon de te retrouver, mec ! lui lance-t-il.

Antonin s'écarte alors du musher, fronce les sourcils et se détourne.

— Je vais aller chercher Anne-Louise et Laurent pour être sûr qu'ils ne se perdent pas en chemin. Il y a nos traces dans la poudreuse, mais on ne sait jamais. Clément doit être dans son atelier, allez le voir !

Les yeux de Léo se voilent et une larme silencieuse roule sur sa joue. Je ne peux pas la manquer, mais Antonin n'en voit rien. Alors que je descends du traîneau pour le laisser repartir, j'aurais envie de secouer cet âne entêté au cuir bien trop épais pour son propre bien. Comment peut-il être aussi attentif à ses chiens et si peu à ses semblables ?

— Ça va ? questionné-je Léo alors qu'Antonin est déjà loin.

— Oui… J'aimerais juste retrouver mon ami, parfois.

Ses mots me broient le cœur. Je n'imagine pas comment je réagirais si Romane ou Cathy instaurait une barrière infranchissable entre nous. Elles sont essentielles à mon équilibre.

— Allez, viens, il est temps d'aller faire connaissance avec Clément.

Je comprends qu'il change volontairement de sujet et le laisse faire sans le questionner davantage.

— La fameuse surprise ?

En pénétrant dans le chalet, je suis soufflée. D'immenses sculptures d'animaux en bois meublent l'intérieur.

Proche de la porte d'entrée, un ours majestueux, dressé sur ses pattes arrière, rugit. Ses crocs sont taillés avec une telle finesse qu'on pourrait le croire vivant. Ça a bien sûr quelque chose d'effrayant, mais c'est surtout splendide.

Un peu plus loin, un renard et ses petits servent de support à un plateau en verre pour former une table basse. Et proche d'une baie vitrée donnant à l'arrière du chalet, une biche est postée, les yeux tournés vers la forêt, comme si elle était prête à bondir pour retourner dans son habitat naturel.

Je ne peux m'empêcher de passer mes doigts sur son museau et découvre par la même occasion un homme, tronçonnant un immense morceau de bois dans une cour intérieure. Il ne semble pas s'être aperçu de notre présence. Je me fais la réflexion qu'il n'y a bien que dans des régions comme celles-ci qu'on peut entrer chez les gens de cette manière. La porte n'était pas fermée, n'importe qui pourrait s'introduire chez lui pour dérober ses œuvres d'art. Enfin, il faudrait pour cela qu'il se fraie un chemin jusqu'ici, avec un engin susceptible d'accueillir une sculpture aux dimensions hors norme.

Antonin, Anne-Louise et Laurent nous rejoignent vite. Ils ne devaient pas être très loin.

— Allez, venez, dit Antonin. Clément doit nous attendre, je l'avais prévenu de notre visite.

Il ouvre la porte donnant sur la cour intérieure, nous incitant à le suivre.

— Salut, mec ! s'exclame-t-il en faisant signe à l'homme qui s'y trouve.

— Salut ! Ça fait plaisir de te voir, Toni ! lui répond celui-ci. Oh ! Et Léo est avec toi ! Encore mieux. Ça manquait de vous voir ensemble.

Nous approchons tous. Léo serre la main du propriétaire avant de le plaquer contre son torse pendant quelques secondes.

— Je vous présente Clément, qui a accepté de vous initier à la sculpture sur bois, reprend Antonin. C'est lui qui a réalisé toutes les merveilles que vous avez vues à l'intérieur, ainsi que celles qui vous entourent.

— Oh ! laissé-je échapper.

C'est donc lui qui a fait tout ça ?

— Bienvenue à tous dans mon antre. L'ours solitaire que je suis a toujours un peu de mal à quitter sa tanière, mais c'est un plaisir de vous accueillir.

— Il n'osera jamais vous le dire, mais c'est carrément un maître dans son domaine. Il vend ses sculptures jusqu'à l'autre bout du monde ! s'enthousiasme Léo. C'est un vrai privilège qu'il nous laisse toucher à ses outils.

Pas besoin de feindre d'être ravie de cette surprise, je le suis réellement. J'ai hâte de le voir à l'œuvre, et d'essayer de créer quelque chose de mes mains.

— Je vous propose de tenter de reproduire trois sculptures. Un lièvre, une marmotte et un husky. Je vous laisse vous répartir par groupes de deux.

Anne-Louise et Laurent se donnent la main et s'écartent légèrement de nous. Lorsque je jette un coup d'œil à Cathy, je la vois hésiter entre moi et Léo. Autant qu'elle profite de son beau musher, j'aurai tout le temps de passer des moments avec elle, une fois que nous serons de retour à Paris. Si elle doit vivre quelque chose avec Léo, même d'éphémère, autant que ça soit à fond. Je lui fais donc signe, d'un petit mouvement de tête. En un regard, elle et Léo se comprennent. Il acquiesce et elle glisse sa moufle dans la sienne.

— Il faut croire que tu es condamné à me supporter, dis-je à Antonin.

— Il faut croire, répond-il avec un sourire.

— Vous avez chacun devant vous un morceau de bois. Et le modèle à reproduire. La première étape va être de dessiner la silhouette de votre animal. De voir comment le positionner au mieux dans le tronc. Cette étape demande une certaine connexion avec la matière. Vous devez ressentir la manière de vous y prendre, explique Clément.

À main levée, il esquisse la silhouette d'un aigle sur un immense rondin non loin.

Le hasard faisant bien les choses, Antonin et moi devons reproduire le husky. Il n'aurait pas pu en être autrement. Cathy et Léo ont hérité du lièvre, Anne-Louise et Laurent, de la marmotte.

« Ressentir la matière », une notion pour le moins nébuleuse, que je comprends pourtant. Ce husky ne sera réussi que si nous trouvons le positionnement idéal, et ceci sans avoir la moindre idée de ce à quoi ressemble l'intérieur du rondin.

— Tu sais dessiner ? me demande Antonin.

— Je me débrouille. Et toi ?

— Pour les bonshommes bâtons, je m'en sors, mais sinon…

— OK, cette fois on dirait que je vais devoir prendre les rênes !

— Ça serait plus sûr si on veut arriver à quelque chose de correct.

Je saisis le marqueur, enlève mes gants et pose les mains sur le bois pour l'examiner sous toutes les coutures.

— Tu essaies de voir à l'intérieur avec tes yeux qui émettent des rayons X ? raille Antonin.

— En quelque sorte.

Je commence à tracer la silhouette d'un husky, assis, la truffe levée vers le ciel.

— Bravo, je l'aurais positionné exactement comme ça, dit Clément en regardant ce que j'ai fait.

Je lui offre un grand sourire, fière de moi. Il me répond d'un clin d'œil, puis s'éloigne vers Cathy et Léo.

— La deuxième étape consiste à dégrossir le travail à la tronçonneuse. Vous pouvez ainsi débarrasser le tronc des morceaux inutiles. Le bois au-dessus des oreilles du lièvre, par exemple.

Comme tout à l'heure, il illustre ses paroles d'un geste en coupant avec dextérité les contours de son aigle. À le voir faire, je me dis qu'il pourrait tout aussi bien achever sa sculpture avec cet outil tant il le manie à la perfection.

— Pour cette partie, je crois qu'il vaudrait mieux que je reprenne les choses en main, me souffle Antonin.

— Pourquoi ? Oh ! Pitié, ne me réponds pas : « Parce que je suis un homme. » À ce que je sache, une tronçonneuse ne carbure pas à la testostérone, je peux donc très bien m'en servir.

— Ce n'est pas à ça que je pensais. Mais si ça te fait plaisir, je te laisse faire, vas-y.

Fière de ma micro victoire féministe, je saisis l'outil, bien décidée à lui montrer que je peux m'en servir tout aussi bien que lui. Voire mieux. J'observe un moment les différents éléments de la tronçonneuse, en quête d'un bouton d'allumage, mais il semble que ça soit un brin plus complexe que prévu à démarrer.

— En revanche, faites attention, le premier hôpital est à plus d'une heure en motoneige, j'aimerais donc autant que vous ne vous blessiez pas ! crie Clément alors que Léo démarre sa tronçonneuse à côté de nous.

Je scrute mon engin, toujours éteint, et distingue le regard moqueur que me lance Antonin.

— Oh ! Ça va… grondé-je. Est-ce que tu pourrais juste me montrer comment démarrer ce truc ?

— Ah non, non ! Je ne voudrais pas te spolier d'un droit fondamental… se moque-t-il.

— Antonin…

— Oui ?

— Démarre cette fichue tronçonneuse si tu ne veux pas que je m'en serve pour t'assommer.

— Oh ! Des menaces ! C'est moche, dit-il en riant. Allez, donne-moi ça, j'ai bien trop peur pour ma vie si je ne t'obéis pas.

— Et tu as bien raison !

Il appuie sur un bouton, puis, d'un mouvement du poignet, il tire sur un fil, qui active le moteur de la machine.

— Il faut appuyer sur cette gâchette pour que la chaîne tourne, me précise-t-il. Et fais attention, je tiens à garder tous mes membres !

— Tous tes membres ? demandé-je d'un ton narquois pour lui faire remarquer le double sens coquin de sa phrase. Ne t'inquiète pas, je compte bien te laisser *tous tes membres*. Il serait dommage de t'en priver.

Je le vois rougir, puis il me tend l'appareil et s'écarte. Je fais jouer la gâchette qu'il vient de désigner pour cerner le fonctionnement de la tronçonneuse puis je m'approche du rondin censé se transformer en husky. J'arrive à dégrossir le dos de l'animal. La courbe que je crée dans le morceau de bois ressemble, du moins vaguement, à la forme voulue. Pour le dessus des oreilles en revanche, le rondin n'arrête pas d'osciller de droite à gauche dès que je commence à le couper.

— Attends, je vais le tenir, dit Antonin alors que je fais une pause.

Il fait rouler le rondin sur le côté, puis positionne ses pieds de chaque côté, à l'opposé de là où je dois tronçonner.

— Allez, à toi de jouer, MacGyver.

Je redémarre l'appareil et m'approche du morceau de tronc. Maintenant qu'il ne bouge plus, il est bien plus facile de le travailler. Je cisaille doucement pour ne pas risquer de couper une oreille à notre futur husky.

Je recule, satisfaite de moi, lorsque je vois Antonin faire un bond en arrière et sautiller sur un pied en se tenant l'autre. *Oh mon Dieu ! Ne me dites pas que... Mais comment j'aurais pu ? Ses pieds étaient loin, je n'ai tout de même pas... Je lui ai tranché le pied ?* Je ne vois pourtant pas de sang, mais peut-être imbibe-t-il sa chaussette. Il ne va pas tarder à se répandre sur la neige, créant une tache rouge écarlate sur le blanc somptueux.

Je blêmis et me précipite vers lui.

— Antonin ? Antonin ! Ça va ? Qu'est-ce qui se passe ? Parle-moi.

Alors que j'arrive sous son nez, je me rends compte qu'il est mort de rire. *Mais quel... Je vais le tuer !*

— Tout va bien par ici ? demande Clément, inquiet.

— T'inquiète, tout roule, se marre Antonin.

— Tu as dit que l'hôpital le plus proche est à combien de temps, déjà ? le questionné-je. Car cet imbécile pourrait avoir besoin d'y faire un tour quand je me serai occupée de lui. Il a cru drôle de me faire croire que je lui avais coupé le pied. Je vais peut-être le tronçonner pour de bon. Ou couper un autre de ses membres. Celui qui lui manquera le plus !

Je vois naître un léger sourire sur les lèvres de Clément. Antonin peine à calmer le fou rire qui l'agite. Tous les regards sont désormais tournés vers lui.

— Je ne sais pas ce que vous lui avez fait, mais ça faisait longtemps que je ne l'avais vu rire comme ça, me souffle le sculpteur. Vous lui faites du bien.

Non mais je rêve... C'est tout ce qu'il trouve à répondre ? Son pote me fait la plus belle peur de ma vie et lui me remercie de le faire rire ?

Antonin finit par se calmer, puis s'approche de moi. Le voyant faire, je dirige la tronçonneuse dans sa direction et active la gâchette pour faire tourner la chaîne. La menace est suffisamment claire pour que le musher s'immobilise et lève les mains.

— Tout doux, Harley Quinn ! Je suis désolé, mais c'était trop tentant. Lorsque j'ai voulu prendre la tronçonneuse tout à l'heure, ce n'était pas parce que tu es une fille, mais parce que tu es… légèrement maladroite.

— Et ça justifie de me faire croire que je t'ai coupé un pied ?

— Ce n'était peut-être pas la meilleure blague du monde… reconnaît-il.

— Hum… approuvé-je tout en arrêtant la tronçonneuse.

— Eh bien, c'est électrique par ici, intervient Cathy, amusée par la situation.

— Si les tourtereaux ont fini leur petite crise, on va pouvoir passer à la troisième et dernière étape, enchaîne Clément. La sculpture de précision, au ciseau à bois.

Après plusieurs heures de travail, nous contemplons le résultat de nos efforts. La marmotte d'Anne-Louise et Laurent ressemble plus à une loutre qu'à autre chose, et encore, il faut avoir de l'imagination. Le lièvre de Cathy et Léo a de toutes petites oreilles, il louche sévèrement et a une patte bien plus grosse que l'autre, mais on ne peut pas se tromper, c'est bien un lièvre. Quant à notre husky, s'il n'atteint pas le niveau de ce que peut produire Clément, il n'est pas trop mal.

— Bravo, me souffle Antonin. Tu as géré comme une cheffe. La tronçonneuse en main, j'aurais fait un carnage.

L'entendre me féliciter me réchauffe le cœur plus que je n'aurais pu le croire. Qu'il me reconnaisse enfin des qualités fait vibrer ma corde sensible. Je me demande un instant s'il dit ça dans l'unique but de se faire pardonner sa mauvaise blague, mais il a l'air sincère.

Je crois que mon cœur n'a pas fini de vivre des montagnes russes à cause de ce musher.

– 14 –

Nous regagnons le refuge quitté ce matin pour y passer la nuit.

Épuisée, je suis ravie qu'Antonin me propose de m'asseoir tranquillement dans le traîneau pour le retour. Il précise néanmoins que, dès demain, ce sera à mon tour de diriger l'attelage. Cela promet… Mais demain est un autre jour, alors j'essaie de ne pas angoisser à l'avance.

Une fois arrivés à destination, nous nous occupons des chiens avant de nous préparer un repas réconfortant. Au menu : tartiflette. S'il y a bien une chose que j'adore à la montagne, c'est la nourriture riche.

Chacun met la main à la pâte de bon cœur. Je me charge d'éplucher les pommes de terre, Anne-Louise, des oignons (la pauvre, elle pleure abondamment et renifle de manière peu glorieuse). Laurent débouche une bouteille de vin blanc et nous sert un verre à chacun pendant qu'Antonin démarre un feu dans la cheminée. Léo et Cathy sont sortis à l'arrière du chalet pour allumer le foyer du bain nordique, pour ceux qui voudraient y faire un plongeon plus tard.

Le repas se déroule dans une ambiance bon enfant. Peut-être les trois bouteilles de vin que nous avons bues y contribuent-elles. Antonin et Léo nous racontent les légendes régionales. Celle, par exemple, d'une vieille dame qui vint quérir l'aide de bergers dans leur pâturage verdoyant, en haute montage. Elle eut beau les supplier de lui donner un peu de lait à boire, ils ne voulurent rien entendre. Elle révéla alors sa vraie nature, il s'agissait d'une fée, et jeta un sort sur la vallée : celle-ci se couvrit de neige à tout jamais.

J'écoute attentivement, aussi captivée qu'une enfant. Le message me semble clair : l'égoïsme n'est pas de mise par ici. Je comprends mieux l'accueil enthousiaste qui nous a été réservé à chaque nouvelle rencontre. Que cela soit ce médecin à la gare, Nathalie, ou même Clément, chacun avait à cœur de nous tendre la main. Peut-être le père Noël n'habite-t-il finalement pas en Laponie mais dans les montagnes françaises, entouré de ses lutins d'habitants…

La nuit est déjà tombée depuis longtemps quand nous décidons de rejoindre le bain nordique avant d'aller nous coucher. Cette fois, je n'hésite pas à passer mes sous-vêtements pour aller plonger dans l'eau ; pourtant, en arrivant près de l'immense tonneau, et en constatant qu'Antonin s'y trouve déjà, j'ai besoin de quelques secondes pour me défaire de la serviette enroulée autour de ma poitrine. Pourquoi cela fait-il une quelconque différence que le musher me voit ainsi ? Aucune idée, mais je me sens rougir. Ne pouvant faire demi-tour, je me presse de me mettre à l'eau.

Les étoiles illuminent le ciel au-dessus de nous. On en aperçoit tellement plus ici qu'à Paris. Je pourrais rester des heures à les observer.

— Et vous savez ce qu'il y a de meilleur avec un bain nordique ? demande soudain Léo.

Nous le regardons tous, perplexes. Il se lève d'un coup, sort du tonneau puis se jette dans la neige, se roule dedans et revient vite parmi nous.

— À votre tour ! s'exclame-t-il, tout sourire.

— Jamais de la vie, proteste Cathy.

— Ah non, non ! refusent Anne-Louise et Laurent en chœur.

— Tsst ! Il n'y a aucune excuse qui tienne. Je ne vous ai pas raconté la légende des voyageurs qui ont refusé d'honorer la puissance de la montagne en se roulant dans la neige ? Croyez-moi, il est préférable de ne jamais savoir ce qui leur est arrivé.

— Hum… Ça pue l'entourloupe, ta légende, dit Cathy.

— Je vous promets, vous allez adorer. Dites oui !

Cathy et moi nous jetons un regard horrifié. Et voilà, on ne peut plus y échapper maintenant.

Je lui tends la main et me risque.

— Ensemble ?

— Ensemble.

Main dans la main, nous franchissons le bord du tonneau et nous nous jetons dans la neige en hurlant. Sans cesser de crier – à en percer les tympans ! –, nous revenons à toute vitesse dans le bain nordique. Nous partons alors dans un fou rire nerveux.

— Alors, c'était comment ? demande Léo.

— Génial ! répond-on d'une seule voix.

Ça suffit à décider Anne-Louise et Laurent qui courent se rouler dans la poudreuse avant de vite revenir dans l'eau chaude. Je constate que leurs cris ne sont pas plus glamours que les nôtres. Laurent pousse des hurlements plus stridents encore que ceux de sa femme, ce qui fait rire tout le monde.

— Il ne reste plus que toi, Antonin ! constate Léo.

— Non, non, sans moi, répond-il d'un ton neutre.

— Oh ! Allez, mec, laisse-toi aller…

Antonin fronce les sourcils et secoue la tête en signe de refus. Le sourire qu'il affichait il y a quelques secondes a disparu.

— Tu l'as déjà fait je ne sais pas combien de fois, reprend Léo. Le Antonin d'avant n'aurait pas hésité une seconde.

En entendant ses paroles, Antonin plante son regard dans celui de Léo et lâche d'un ton acerbe :

— Mais je ne suis plus le Antonin d'avant. Et tu sais parfaitement pourquoi. Arrête de vouloir le retrouver, il n'existe plus. Et heureusement, d'ailleurs.

Il ne laisse pas le temps à son « ami » de réagir, il s'extrait de l'eau et rentre dans le refuge.

Nous nous regardons tous, interdits. Ne comprenant pas ce qu'il vient de se passer. Comment un si bon moment a-t-il pu dégénérer à ce point ?

— Oh ! Regardez, une étoile filante ! s'écrie Cathy.

Nous levons tous les yeux au ciel, mais il est trop tard, elle a disparu. Si tant est qu'il y ait bien eu une étoile à un moment. Cathy est une pro pour faire diversion et éviter les malaises.

Chacun appuie sa tête au bord du bain nordique et nous reprenons notre observation des étoiles, mais à part quelques nuages, rien ne bouge.

Très vite Anne-Louise et Laurent décident d'aller se coucher, et je crois préférable de les imiter. Je laisse donc les « amoureux » en tête à tête et m'éclipse.

Une fois dans mon lit, je scrute le matelas au-dessus du mien. Je me demande si Antonin a réussi à trouver le sommeil ; j'en doute vu que je n'entends pas sa respiration. Léo a appuyé sur un point sensible, pour qu'il réagisse aussi vivement.

Le mystère qui l'entoure m'intrigue de plus en plus. Que s'est-il passé pour qu'il tourne le dos à celui qu'il était ? La douleur que j'ai ressentie dans sa voix, derrière sa colère, m'a atteinte de plein fouet.

J'aurais presque envie de grimper les quelques barreaux de l'échelle du lit superposé pour aller le prendre dans mes bras et le soulager de son mal-être. *Non mais ça ne va pas ? Tu imagines un peu sa tête si tu débarquais dans son lit ?* Je reste donc immobile sur mon matelas de longues minutes puis sombre dans le sommeil.

Au réveil, l'ambiance est morose. Chacun déjeune en silence. Comme si nous avions une gueule de bois mémorable, alors que c'est loin d'être le cas. Je crois que personne ne sait comment réagir.

— Antonin, je peux te dire deux mots ? demande Léo alors que nous commençons à débarrasser.

Ce dernier hoche la tête et les deux garçons sortent du refuge, en direction de leurs chiens.

Je jette un regard à Cathy, en quête d'une explication. Sait-elle ce que Léo s'apprête à lui dire ? Elle affiche une drôle d'expression que je peine à déchiffrer.

— Ça va, ma poule ?

Elle hoche la tête mais ne répond pas.

— OK, viens avec moi.

Je l'attrape par la main et l'entraîne à l'arrière du chalet.

— Qu'est-ce qu'il se passe ?

Elle prend une grande inspiration, ancre ses yeux aux miens et je crois y discerner des larmes retenues.

— Léo m'a proposé de partir avec lui, lâche-t-elle.

J'ouvre la bouche de surprise et reste figée, ne sachant pas comment réagir.

— Tu sais, avec Antonin, ils ont été vraiment très proches. Comme des frères. Et devoir supporter qu'il le tienne à distance, ça lui broie le cœur. Je crois qu'il n'y arrive plus. Alors il m'a proposé qu'on continue le voyage tous les deux de notre côté.

— Oh ! Je…

Je mets un moment à finir cette phrase, terrassée par la peur que Cathy me laisse seule.

— Tu vas me manquer.

— J'ai dit non, Méli. Il est hors de question que je parte sans toi.

— Quoi ? Mais… Et notre promesse à Romane ?

— Tu crois vraiment que Romane pourrait me pousser à t'abandonner pour aller batifoler ?

— Te pousser à m'abandonner, je ne sais pas. Mais te pousser à partir batifoler, carrément ! dis-je en riant.

— Ce n'est pas faux. Mais quoi qu'il en soit, c'est non. Ce séjour, c'était notre moment à toutes les deux. Je reste.

Je soutiens son regard en réfléchissant. Suis-je prête à affronter dix jours sans elle ? Anne-Louise et Laurent sont gentils, mais plus d'une semaine à vivre avec de quasi-inconnus, c'est long. Et mes relations avec Antonin ne m'aident pas à appréhender les jours à venir de manière sereine.

Pour autant, réfléchir ainsi ne me semble pas être la bonne chose à faire. La question n'est pas de savoir ce qui me rassurerait, mais ce qui rendrait ma meilleure amie heureuse. Et vivre cette aventure avec Léo est clairement ce dont elle a besoin en ce moment. Je ne me pardonnerais jamais qu'elle refuse ce signe du destin. Bien sûr qu'elle doit accepter cette proposition. Ou du moins, si elle choisit de persister dans son refus, je ne veux pas en être la cause.

— Écoute-moi bien, lui dis-je de manière très sérieuse pour qu'elle comprenne à quel point je suis convaincue par ce que je vais lui annoncer. Depuis que je te vois avec lui, j'ai l'impression de te retrouver adolescente : tu rougis, tu ris très fort, tu as les yeux qui brillent quand tu le regardes… Alors tu vas me faire le plaisir de partir avec lui !

— Je… Tu es sûre ?

— Certaine. Dépêche-toi d'aller faire ton sac, car il est hors de question que Léo file sans toi.

Ses mains saisissent les miennes, les broient, et elle m'attire contre elle pour me faire un câlin.

— Tu es la meilleure amie du monde, Mélia Lecomte, tu le sais, ça ?

— Est-ce que tu peux le répéter pour que je t'enregistre ? La prochaine fois que je te piquerai des vêtements en douce, je pourrai te faire réécouter cette parole divine !

Elle explose de rire et me claque un énorme bisou sur la joue.

— Je crois que tu as gagné le droit de te servir dans ma garde-robe pour… disons les trois mois à venir.

Après les avoir aidés à préparer leur attelage, nous regardons Cathy et Léo partir. J'ignore ce que ce dernier a pu dire à Antonin, mais le silence de celui-ci en dit long.

– 15 –

Une fois les traîneaux chargés de tout le nécessaire pour la suite de notre périple et les chiens attelés, nous nous élançons. Cette fois, nous ouvrons la voie avec Antonin. Anne-Louise et Laurent nous suivent, à quelques mètres de distance.

Le musher est clairement perdu dans ses pensées. Alors qu'il n'était déjà pas l'homme le plus affable au monde, il s'est refermé comme une huître. Se contentant de me donner des indications quand il le faut : « Décale-toi sur le patin droit », « Freine *doucement* », « Accompagne le traîneau ». Voilà à quoi se résument nos échanges.

Au moins, il ne me reparle pas de diriger les chiens, ce qui n'est pas pour me déplaire. En réalité, j'essaierais bien, mais ça serait certainement le pire moment pour faire une bourde. Et comme c'est ma spécialité, il y a de fortes chances pour que j'en commette une. Donc autant s'abstenir. Il sera bien temps de me lancer des défis dans les jours à venir, quand Antonin aura calmé la tempête qui gronde en lui.

Déployant des efforts pour me canaliser et éviter tout mouvement de travers, je n'arrive pas à me détendre, à apprécier le vent qui souffle sur mon visage, des flocons venant par instants s'y déposer, ni le paysage splendide qui défile. Les minutes sont longues.

À la pause déjeuner, je suis vraiment soulagée de pouvoir échapper à cette ambiance pesante. Je rejoins Anne-Louise et Laurent pour les aider à préparer le repas.

Alors que je me penche sur leur traîneau pour récupérer un petit réchaud à gaz, Anne-Louise glisse une main sur mon épaule et m'adresse un clin d'œil compatissant. À croire que l'humeur d'Antonin n'a échappé à personne.

— Je vous laisse déjeuner, je vais aller faire un tour de reconnaissance pour m'assurer que le chemin est dégagé, précise-t-il avant de s'éloigner sans attendre de réponse de notre part.

Il apostrophe Hawaï et son attelage se met immédiatement en route.

— Je ne savais pas que le séjour était organisé par l'abominable homme des neiges !

Je me moque alors qu'il est déjà loin. La vérité, c'est qu'Antonin me déstabilise. Il me donne souvent envie de fuir le plus loin possible de lui, pourtant il m'intrigue comme aucun autre homme auparavant. Je ressens de plus en plus le besoin de percer son mystère, tout en ayant conscience que cela pourrait s'avérer fatal. Tout comme traquer Bigfoot.

— Je crois qu'il avait besoin d'un petit moment en tête à tête avec lui-même pour faire une mise au point sur ses sentiments… souffle Anne-Louise, comme pour me remonter le moral.

— C'est clair que son explication avec Léo l'a retourné.

— Oui, aussi…

— Aussi ? Tu penses qu'il y a autre chose ?

Elle pouffe de rire avant de planter son regard dans le mien.

— En tout cas, il n'était pas comme ça lors de notre séjour l'an dernier…

Il est clair qu'elle essaie de me faire passer un message, mais je ne suis pas certaine de comprendre.

— Vous aussi vous avez connu le « Antonin d'avant » ? Celui qui se jetait sans problème dans la neige après un petit bain de minuit ? cherché-je à savoir.

— Je ne crois pas. L'an dernier, il était déjà assez taiseux et renfermé. Enfin… Quand il s'agit de transmettre sa passion pour les chiens, il s'anime, mais en ce qui concerne sa relation à l'autre, il était déjà semblable à celui qu'on côtoie : poli, disponible, mais un peu distant. Non, je ne pensais pas à ça…

— À quoi alors ?

— À toi, se contente-t-elle de répondre.

— À moi ?

Elle hoche la tête. Je sens mon cœur se serrer et murmure :

— C'est sûr qu'il doit déployer des efforts de patience pour me supporter.

— Ce n'est pas ce que…

— Quel séjour ! l'interrompt Laurent, de retour avec trois assiettes métalliques remplies d'un ragoût qui réveille mon appétit. On n'aurait jamais pu imaginer ça en venant ici pour la deuxième fois.

Il me tend une assiette puis s'assied à même la neige, à côté de sa femme, épaule contre épaule. Je réalise soudain que ma présence gâche certainement en partie le formidable voyage qu'ils souhaitaient vivre. Ils ont dû réserver les yeux fermés après être venus une première fois, et avec ma maladresse, non seulement je chamboule tous les plans prévus, mais je transforme aussi le musher qu'ils avaient apprécié l'an dernier en ours acariâtre.

— Tu n'aimes pas la carbonade ? me demande-t-il en voyant que je ne mange pas.

— Ah ! Si, si !

Avec le froid mordant, un plat riche est toujours le bienvenu, pourtant ce midi je n'ai pas grand appétit. Je me force cependant à manger. Comme Antonin me l'a dit au début du séjour : si je ne me nourris pas, je ne serai vite plus capable de rien.

Anne-Louise et Laurent mangent de bon cœur tout en discutant avec moi. Ils ne semblent pas me tenir rigueur de ce séjour mouvementé. J'espère ne pas faire perdre à Antonin des clients qui auraient pu se transformer en habitués.

Le musher revient au moment où nous terminons de boire un thé dans des mugs en ferraille. Il s'assied à nos côtés et accepte la tasse que je lui tends après m'être levée pour nettoyer et ranger la mienne.

— Tout est OK, on va pouvoir repartir.

À son ton, il semble évident que sa balade en solitaire avec ses chiens n'a pas eu l'effet escompté. Il n'est pas plus enjoué que tout à l'heure. Chaque mot semble lui coûter.

— Je peux monter dans le traîneau, si tu préfères.

— Non, non, je t'ai dit que tu guiderais l'attelage aujourd'hui et je tiens mes engagements ! Allez, en route, si on veut arriver avant la nuit…

— Antonin, tu peux venir voir ? Je me demande si on n'a pas un problème avec un patin, intervient Laurent, à quelques mètres de nous.

Le musher hoche la tête et ils s'éloignent tous les deux tandis que je reste debout sur le frein du traîneau. Antonin vérifie l'attelage du couple, puis son traîneau. Ils discutent ensuite un long moment.

Le musher tend la main dans ma direction puis se tourne. Je ne vois plus que son dos et aucune des paroles échangées ne me parvient, mais je devine qu'ils doivent parler de moi.

Depuis toute petite, j'ai beau faire tout ce que je peux pour plaire aux gens, j'ai toujours la sensation de ne pas être assez bien pour eux. Grandir à côté de mon frère a mis à mal mon ego.

Loris était un élève brillant sans fournir d'efforts, je travaillais pendant des heures pour des résultats moyens. Il rentrait de l'école en criant sur tous les toits qu'il avait eu les félicitations tandis que je cachais mes bulletins passables à mes parents. Il semblait attirer les gens avec un simple sourire quand mes amis se comptaient sur les doigts d'une main. Il était un sportif émérite alors que je faisais partie des derniers choisis au moment de constituer les équipes.

Au fil du temps, je me suis donc appliquée à me faire oublier : pas de remarques sur mon carnet, pas de style extravagant, pas de crise d'adolescence. J'ai vite intégré que certaines personnes sont faites pour briller et d'autres non. Et je fais manifestement partie de la seconde catégorie. Ici, je suis une fois de plus le boulet qui entrave les autres.

Une vague douloureuse monte peu à peu de ma poitrine à ma gorge. Je me retourne et me concentre sur les chiens devant moi pour tenter de la faire refluer.

— Ça va ? On peut y aller ? me questionne Antonin en revenant derrière moi.

Incapable de formuler le moindre mot, je me contente de hocher la tête.

— OK. Alors, en route. Tu te rappelles comment lancer l'attelage ?

Nouveau hochement de tête. Pourtant, je reste muette.

— Mélia ? interroge-t-il.

— Hum… me contenté-je de répondre.

— Pour démarrer, il faut que tu dises « devant » à Hawaï.

— Oui, oui, je me souviens.

Je me souviens aussi de la manière dont certains groupes de lycéens en vue pouvaient chuchoter dans mon dos. La manière dont les meilleurs amis de mon frère, et lui avec, n'hésitaient pas à se moquer de moi lorsqu'ils venaient à la maison. Mes parents ont eu beau affirmer que c'était une manière de se faire remarquer, que c'étaient des ados un peu bêtes, ça ne m'a jamais empêchée de pleurer en douce dans ma chambre le soir. Je n'en montrais rien, car j'admirais mon frère et ne voulais pas créer de conflit entre nous, mais je crois que ça a laissé quelques failles en moi.

— Mélia, si tu n'as pas envie de le faire, tu n'as qu'à me le dire… ronchonne Antonin.

— Si, si, je veux vraiment essayer.

— Alors, vas-y. Ce n'est pas compliqué. Tu lâches le frein, tu dis « devant » et tu te cramponnes bien aux poignées du traîneau…

Je sens bien à son intonation de voix qu'il s'impatiente. Il ne comprend pas pourquoi je ne réagis pas. Et qui le pourrait ? Moi non plus, je ne comprends pas. Pourtant mes muscles tétanisent.

— OK, laisse tomber, crache-t-il après un long moment d'attente. Monte dans le traîneau. Je veux bien faire des efforts, mais là… Anne-Louise et Laurent ont été compréhensifs jusqu'à maintenant. Quand il a fallu adapter le début du séjour à cause de ta chute, quand il a fallu composer avec ta peur des chiens, quand il a fallu écourter une balade parce que Baïkal a débarqué subitement… Je leur dis quoi, maintenant ? Qu'on va bivouaquer ici parce que tu n'arrives pas à dire « devant » à Hawaï ? Merde, je ne te demande pas de te rouler dans la neige avec lui, juste de crier « devant ».

En disant ça, il a haussé le ton. Entendant son ordre, Hawaï et tout l'attelage se mettent à tirer. Mon pied s'étant légèrement relâché sur le frein, nous faisons un bond en avant et Antonin, qui n'avait qu'un pied posé sur un patin, s'étale au sol. Je me cramponne comme je peux pour ne pas m'étaler à mon tour. Les chiens sont lancés et ne s'arrêtent pas. Je vois les arbres défiler autour de moi, de plus en plus vite.

J'entends le musher me hurler d'appuyer sur le frein, mais j'ai beau essayer, je n'y parviens pas. Bientôt, sa voix s'estompe et mon sang se glace. Je me vois déjà perdue au milieu de nulle part, avec une meute de chiens qui finira par me dévorer lorsqu'elle aura trop faim.

Et comme pour confirmer mes pires craintes, après quelques minutes d'une folle échappée, je vois la silhouette d'un loup filer à travers les arbres sur ma gauche. Une sueur glacée dévale mon dos. *Est-il attiré par les chiens ? Ou par l'odeur alléchante du steak sur pattes que je dois représenter ?*

Alors que je prie pour le voir s'éloigner, il continue à nous suivre. Je ne sais plus si je voudrais que le traîneau s'arrête pour qu'il y ait une chance qu'Antonin et les autres me retrouvent ou si, au contraire, je donnerais tout pour que les chiens filent encore plus vite afin de semer le prédateur à nos trousses.

Déterminé à ne pas laisser sa proie lui échapper, il apparaît sur la piste, quittant le couvert des arbres. À ce moment-là, observant la silhouette qui file vers Hawaï comme une fusée, je remarque qu'elle me semble familière.

Le dangereux loup assoiffé de sang n'est autre que… Baïkal. La chienne arrive au niveau du leader de la meute, cale sa foulée sur la sienne et l'incite à ralentir. Le traîneau perd de la vitesse, je retrouve la lucidité d'appuyer sur le frein avec force et l'attelage s'immobilise.

Je pars alors dans un fou rire hystérique. Il faut vraiment que je fasse quelque chose pour mon imagination débordante. Comment ai-je pu confondre la chienne avec un loup ? Et quand bien même cela aurait été un loup, il n'aurait eu aucune raison de nous attaquer comme ça. J'ai tout de même passé l'âge d'avoir peur du grand méchant loup !

La chienne revient à ma hauteur et je me baisse pour la serrer dans mes bras. Peu à peu, mon rythme cardiaque se calme.

— Merci, ma belle. Je crois que tu viens de m'éviter de sacrés ennuis…

Il ne faut pas longtemps à Antonin, Anne-Louise et Laurent pour nous rejoindre. Le couple est monté dans le traîneau tiré par Goa et le musher en a pris la direction. Anne-Louise s'en échappe et vient vite vers moi pour s'assurer que je vais bien. Antonin, lui, reste en retrait. Il n'est pas rouge de colère mais blême, ce qui n'est pas de bon augure.

— Je suis désolée de gâcher votre séjour, m'excusé-je auprès d'Anne-Louise en plongeant mes yeux dans les siens lorsqu'elle me demande si je vais bien.

— Ne raconte pas n'importe quoi, tu ne gâches rien du tout, me répond-elle.

— Pourtant Laurent a dit que vous n'imaginiez pas ça. Et Antonin, que…

— C'est encore mieux que tout ce qu'on aurait pu rêver, me coupe-t-elle. Non seulement on profite d'un séjour en chiens de traîneau avec une autonomie rêvée grâce au fait qu'Antonin te dorlote, mais en plus on revit nos folles années de jeunesse et les premiers mois de notre histoire. Ces moments où Laurent et moi n'avions pas encore ouvert les yeux alors que c'était évident pour tous nos proches…

Je crois que j'ai dû prendre un sacré coup sur la tête. Elle n'est pas vraiment en train d'insinuer qu'Antonin et moi…

– 16 –

Lorsque le musher fait un pas dans ma direction, Baïkal tourne la tête vers lui et aboie. Je jurerais qu'elle lui signifie son mécontentement, comme une mère le ferait avec son petit, mais je dois me faire des idées. Il arrête sa progression et la regarde d'une manière étrange.

Arrivé à ma hauteur, alors qu'il tend une main pour la poser sur sa tête, elle se soustrait à son geste avant de s'éloigner vers Nauru.

— Mélia, je…

Je le coupe aussitôt :

— Ne te fatigue pas, je vais m'asseoir dans le traîneau, ça vaudra mieux pour tout le monde. Et si tu préfères me remmener à la gare dès demain, ça me va.

Je ne lui laisse pas le temps de répondre et rejoins l'attelage conduit par Hawaï. Je prends place dedans et attends qu'Antonin donne le départ.

Les émotions ont dû avoir raison de moi, le rythme régulier auquel nous filons sur la neige me berce et je commence à somnoler.

Je suis réveillée en sursaut par un bruit tonitruant non loin de nous. Antonin ordonne immédiatement à ses chiens de s'arrêter et s'éloigne en courant.

— Anne-Louise ? Laurent ? Vous allez bien ?

Encore à moitié endormie, j'ai du mal à comprendre ce qu'il se passe. Quand je sors du traîneau, les choses s'imposent vite à moi. Un immense sapin vient de s'effondrer au beau milieu de la piste. Le couple qui progressait derrière nous pourrait être dessous. Mes yeux s'arrondissent d'effroi. *Oh ! Non, non, non, ne me dites pas que...*

— Antoniiinnn ? Tu m'entends ? hurle la voix d'Anne-Louise.

Mon soulagement est immédiat. *Ouf ! Ils vont bien.*

— Vous n'avez rien ? lui demande le musher.

— Non, non, tout va bien. On a vu l'arbre tomber et, je ne sais pas trop comment, j'ai réussi à arrêter les chiens juste à temps pour l'éviter. Et vous, tout va bien ?

— Oui.

— On a échappé au pire, c'était moins une ! commente Anne-Louise. En revanche, je ne vois pas comment on pourrait vous rejoindre. La forêt est trop dense autour de nous pour qu'on puisse contourner le sapin.

— Et la poudreuse, trop épaisse en dehors de la piste. Vous vous enfonceriez totalement dedans. Attends, laisse-moi réfléchir...

Antonin fait les cent pas devant l'arbre pendant un moment avant de reprendre :

— Anne-Louise ?

— Oui ?

— Vous allez faire demi-tour et ressortir de la forêt. Si vous restez ici, j'ai trop peur qu'un autre sapin vous tombe dessus. Vous vous sentez capables de revenir à l'endroit où vous avez déjeuné ?

Le couple se consulte puis Anne-Louise confirme que oui.

— OK. Alors vous retournez nous attendre là-bas. Avec Mélia, on va faire le tour par un autre chemin pour vous rejoindre. En revanche, ça nous oblige à faire une sacrée boucle, on va en avoir pour un moment. Il est possible qu'on doive camper à l'extérieur cette nuit, car une fois qu'on vous aura retrouvés, on n'aura pas le temps de rejoindre le refuge avant la nuit. Il y a tout ce qu'il faut dans votre traîneau pour monter deux tentes. Installez-les et couvrez-vous bien. Laissez les chiens attelés, d'accord ?

— D'accord, on retourne où on a déjeuné et on monte les tentes en vous attendant.

— C'est ça.

— Faites attention à vous, dit-elle à Antonin d'une voix angoissée.

— Vous aussi.

Le musher revient vers moi, les traits soucieux.

— On va devoir faire un gros détour pour les rejoindre, me précise-t-il. Je n'aime pas prendre cet itinéraire, mais c'est le seul moyen. Il va demander pas mal d'efforts aux chiens, on va donc devoir les aider du mieux qu'on peut. Il faudra probablement pousser à certains moments, m'explique-t-il.

— Pas de souci, je ferai de mon mieux.

Ma colère contre lui s'est soudain envolée.

Nous reprenons la route et je retrouve ma place debout à l'arrière, lui si près de moi, dans mon dos. Je sens son souffle dans ma nuque quand il donne les directions aux chiens.

— Accroche-toi, me prévient-il. Pendant qu'on est encore sur une piste dégagée, on va prendre de la vitesse. *Speed*, Hawaï, *speed*.

Notre embarcation file plus rapidement que jamais. J'ai la sensation grisante de voler. Je repense aux paroles d'Anne-Louise à propos d'Antonin et de son comportement, mais j'ai beau chercher, je ne vois pas comment elle pourrait penser que je ne le laisse pas insensible.

C'est vrai que je provoque de sacrées réactions chez lui, tout de même. Alors qu'il me fait l'effet de quelqu'un de calme, il est sans arrêt en train de s'énerver contre moi. De là à y voir une certaine attirance…

Et de mon côté, qu'en est-il ? Son physique ne me laisse pas de marbre, c'est certain. Mon corps réagit toujours d'une drôle de manière à sa présence. C'est comme si un danseur brésilien exécutait une samba à l'intérieur de moi quand le musher est dans les parages, et qu'on lui coupait brusquement la musique lorsqu'il s'éloigne… Sans compter que percer ses secrets – pas tellement par curiosité maladive mais plutôt pour découvrir qui il est réellement – m'est devenu vital. Je veux parvenir à franchir ses barrières comme ça ne m'est jamais arrivé avec personne.

Je m'interroge pendant un long moment sur mes sentiments ambivalents pour Antonin, oubliant ce qu'il se passe autour de moi. Les chiens avalent les kilomètres jusqu'à ce que le musher les immobilise. Il sonde la neige sur le côté de la piste et s'y enfonce jusqu'à mi-genou.

— À partir de là, on va devoir progresser dans la poudreuse pendant un moment. Je vais passer à l'avant, à côté d'Hawaï, pour aider les chiens à tirer, et il faudra certainement que tu pousses à l'arrière.

— OK. Compte sur moi.

Le musher se met aussitôt à la tâche. Il saisit la ligne de trait derrière Hawaï et tire le traîneau dans la poudreuse. Si Antonin ne s'y enfonce pas, je manque de m'étaler de tout mon long en y enfonçant un pied.

En quelques secondes, je comprends à quel point le trajet va s'avérer physique. Dégager mes pieds de la poudreuse pour progresser est déjà difficile ; en poussant en prime le traîneau, cela va être un enfer.

Comme pour accentuer l'effet dramatique du moment, il se met à neiger et le vent se lève.

Mes muscles tirent, mais je ne m'économise pas. Je pense à Anne-Louise et Laurent, qui doivent angoisser, seuls dans la montagne. À leur place, en tout cas, je serais morte de trouille. Heureusement qu'Antonin est là.

Baïkal progresse à ses côtés. Je la vois régulièrement bondir hors de la neige dont l'épaisseur dépasse sa hauteur, la rendant la plupart du temps invisible.

— Mélia, ça va ? me demande Antonin, essoufflé.

— Oui, oui… Super !

Je mens, bien sûr. Mon cœur pourrait lâcher d'une seconde à l'autre tant il bat fort dans ma poitrine.

— Je te proposerais bien de faire une pause, mais si on commence à s'arrêter maintenant, on n'arrivera jamais avant la nuit.

— T'inquiète... Tout roule... Avançons... Il faut bien... que mes cours de sport... servent à quelque chose.

Je l'entends se marrer à l'autre bout de notre cordée.

Après plus d'une heure, je me retourne pour me faire une idée du chemin parcouru et mes yeux s'arrondissent de surprise en distinguant encore l'endroit où nous avons quitté la piste. Moi qui pensais avoir parcouru des kilomètres, je me rends compte qu'il n'en est rien. Je me demande pendant combien de temps nous allons continuer comme ça.

Baïkal semble à la peine, elle aussi. Elle effectue désormais de nombreuses pauses, me permettant de la rattraper, avant de repartir vers son maître.

— Allez Baïkal, on va le faire, on est des championnes ! la motivé-je lorsque j'arrive une nouvelle fois à sa hauteur.

Elle me regarde, la langue pendante, et s'ébroue, mais elle ne file pas vers Antonin. J'arrête de pousser une seconde pour la serrer contre moi.

— Allez ! Encore un petit effort, on y est presque.

Elle me lape le visage mais ne repart toujours pas.

— Antoniiinnnn.

— Oui ?

— Je crois que Baïkal est à bout de forces.

Il me rejoint immédiatement en courant et prend la chienne dans ses bras. Il frictionne ses pattes pendant un moment.

— On pourrait la mettre dans le traîneau pour lui permettre de se reprendre, mais ça va encore alourdir la charge.

— Fais-le. Peu importe le poids. Elle en a besoin.

Il me regarde avec les yeux qui brillent, puis porte sa chienne et l'installe confortablement dans l'habillage chaleureux du traîneau.

— Merci… me souffle-t-il de manière quasiment inaudible. On arrive bientôt sur une autre piste, ça sera plus facile.

Quatre cent deux, quatre cent trois, quatre cent quatre… Ça correspond à combien de pas, « bientôt » ? Depuis qu'Antonin m'a dit que la délivrance approchait, je compte mes pas. « Bientôt ? » *Peut-être a-t-il juste dit ça pour m'encourager…*

Vidée de toute énergie, je m'arrête de compter. Mon esprit n'a plus la force de retenir les chiffres. Je pense à Baïkal, en priant pour qu'elle se remette vite. Je sais qu'elle est âgée, j'espère que cette mésaventure ne lui aura pas trop coûté.

— Ça y est ! On y est !

Je manque de me mettre à pleurer quand mes pieds entrent en contact avec une surface dure. Je reprends mon souffle pendant un moment.

— Je crois qu'on a bien mérité une pause ! m'exclamé-je en m'asseyant par terre.

— J'aimerais bien. Mais le jour commence à décliner sérieusement et il nous reste de la route à faire.

Je vois qu'il lit la déception dans mes yeux. Je me relève en songeant qu'on ne me délogera plus de la cheminée du prochain refuge où nous nous arrêterons. J'aurai assez crapahuté dans la neige pour toute ma vie.

Il se penche sur le traîneau pour vérifier comment va Baïkal. Elle lui lèche abondamment la joue et je ne peux m'empêcher de trouver la scène attendrissante.

— Tu n'as plus l'âge pour jouer les jeunettes, lui dit-il en la caressant derrière les oreilles. Tu crois que tu pourrais faire une petite place à Mélia là-dedans ? lui demande-t-il.

Elle aboie en posant son regard sur moi. Cette chienne comprend décidément beaucoup de choses.

— Si tu acceptes de te serrer à ses côtés, ton carrosse est avancé, me dit Antonin avec un grand sourire.

Je hoche vigoureusement la tête et me case comme je peux dans le traîneau en prenant la chienne entre mes jambes. Qui aurait pu prédire ça il y a quelques jours ? Moi qui avais peur des chiens, je me retrouve collée à l'un d'eux dans un espace clos, de mon plein gré, et sans éprouver la moindre panique.

Antonin remonte à l'arrière du traîneau. Il fait progresser les chiens à un rythme régulier, plutôt lent, pour leur permettre de récupérer.

Je comprends vite pourquoi il n'aime pas prendre ce chemin. Il alterne des plaques de verglas et de la neige instable. Je vois même quelques crevasses défiler sur notre droite.

Le musher dirige ses chiens avec précision, slalomant sur la piste pour éviter les obstacles.

L'obscurité gagne du terrain sur le jour. Je commence à me demander si nous arriverons à rejoindre Anne-Louise et Laurent à temps.

— On est encore loin ?

— Au moins une heure. J'espère qu'Anne-Louise et Laurent ont réussi à retrouver l'endroit du rendez-vous et qu'ils auront allumé quelques lumières. Je vais pousser un peu les chiens. Ça va Baïkal ?

— Je pense. Elle dort et son souffle est régulier.

— OK. Alors on y va. *Speed*, Hawaï.

Je sens que nous prenons de la vitesse. Nous dérapons plusieurs fois, mais Antonin maîtrise son traîneau à la perfection et reprend le contrôle de la trajectoire.

Alors que nous glissons à nouveau sur une plaque de verglas, je sens que quelque chose cloche. J'entends Antonin jurer. Les chiens tirent d'un côté, mais leurs pattes dérapent au sol. Nous sommes irrésistiblement attirés vers la droite, où une énorme crevasse s'étire.

Antonin actionne le frein pour tenter de nous immobiliser. En vain. Notre véhicule se met en travers. Je ne parviens pas à retenir un hurlement de panique lorsque je comprends la catastrophe qui se profile.

– 17 –

Lorsque je rouvre les yeux, je ne vois que du blanc et aucun son ne me parvient. Il ne me faut pas longtemps pour comprendre qu'Antonin n'a rien pu faire, nous avons foncé droit dans cette crevasse et y sommes restés. À jamais.

Alors voilà à quoi ressemble la mort... Un vide laiteux et angoissant. Aussi étouffant qu'un tombeau.

J'espère que les secours parviendront à retrouver mon corps et le ramèneront à mes parents. Ils en auront besoin pour réussir à faire leur deuil. Tout comme Romane et Cathy. J'imagine déjà la culpabilité qui pèsera sur leurs épaules, même si elles ne sont en rien responsables de cet accident.

Je ne pensais pas que pousser mon dernier souffle serait aussi violent. Les témoignages ne parlent-ils pas d'un sentiment de sérénité absolu ? Alors pourquoi mon cerveau semble-t-il tanguer dans ma boîte crânienne tandis que la partie droite de mon visage m'élance douloureusement ? Sans compter le froid mordant qui m'assaille.

Suis-je encore dans un entre-deux ? Quelque part dans ce fameux couloir au bout duquel mes proches décédés m'attendront pour me faire rejoindre la lumière ?

Jusque-là, j'imaginais, au moment fatidique, revoir en accéléré les instants importants de ma vie, comme dans un film. Rien. Peut-être n'y avait-il pas grand-chose à garder au montage…

Quelque chose remue entre mes jambes et me ramène brusquement à la réalité. Baïkal tente de s'extraire du traîneau où elle est prisonnière avec moi. Elle se tortille dans tous les sens pour s'échapper.

Mon esprit qui se remet en marche lentement analyse alors la situation. Je suis de toute évidence ensevelie sous la neige, ce qui explique le blanc qui obstrue ma vision. Nous avons dû chuter au fond de cette crevasse et le traîneau dans lequel je me trouvais m'aura préservée du pire. Quoique… Peut-être aurait-il mieux valu pour moi que j'y reste. Une mort brutale aurait pu s'avérer préférable. M'éteindre à petit feu, en m'asphyxiant, engourdie par le froid, s'annonce bien pire.

Et Antonin ? Penser à lui me provoque une décharge électrique dans tout le corps. Mon Dieu, lui n'était pas protégé par le traîneau. Comment va-t-il ? Il ne peut pas être… Non !

Je ne peux pas renoncer, je dois tout faire pour nous sortir de là. S'il lui reste la moindre chance, je dois la saisir.

Je tente de bouger les bras et constate que j'y parviens sans mal. Après un nouveau mouvement, le paysage s'étale autour de moi. L'obscurité tombe lentement, et quelques arbres forment des ombres noires menaçantes non loin.

Je me contorsionne pour permettre à Baïkal de s'échapper, puis je suis ses traces et m'assieds dans la neige. Contre toute attente, je ne suis pas au fond de cette crevasse. Antonin a réussi à arrêter le traîneau un mètre à peine avant qu'il bascule. Il est renversé sur le flanc et les chiens y sont toujours attachés.

La meute est agitée, effrayée. Certains chiens tirent sur la ligne de trait dans l'espoir de faire repartir l'embarcation, d'autres hurlent à la mort. Mon ouïe est revenue ! C'est comme si d'un coup j'avais tourné le bouton du volume. Je voudrais m'allonger à leurs côtés et hurler à mon tour, mais cela ne nous serait pas d'une grande aide.

Baïkal file immédiatement vers Nauru et lui lèche le museau dans une attitude toute maternelle. À l'avant, Hawaï est allongé sur le flanc dans la neige et se lèche la patte avant droite en gémissant. Il est de toute évidence blessé, mais je dois retrouver Antonin avant de m'en préoccuper. Rien autour de moi. Peut-être a-t-il été projeté à plusieurs mètres de là au moment du choc et est-il recouvert par une poudreuse qui m'empêche de le repérer ?

— Antonin !

Je crie dans toutes les directions avec l'infime espoir qu'il me réponde.

Aucune réponse. Je me traîne alors vers la crevasse, tentant de refréner les battements de mon cœur à l'idée de ce que je pourrais y découvrir.

Je m'allonge au bord du gouffre et en sonde le fond du regard. Mon cœur reprend espoir en repérant immédiatement le musher. Il n'est pas tombé au fond, que je ne distingue même pas précisément en raison de l'obscurité, mais sur une arête à quelques mètres de moi.

Ma joie est cependant de courte durée en constatant qu'il ne réagit pas lorsque je hurle son prénom.

— Antonin !

Je m'époumone à nouveau de toutes mes forces.

Oh non, non, non ! C'est impossible.

Baïkal me rejoint et s'allonge à mes côtés pour sonder le vide. Et comme pour confirmer mes craintes, elle se met à hurler en relevant la tête en direction du ciel. Je recule légèrement, m'assieds et fonds en larmes en prenant la chienne dans mes bras. Comment ce séjour a-t-il pu se transformer en un tel cauchemar ?

Mais oui, voilà, ça doit être ça, je dois être endormie et imaginer le pire ! Il me suffirait de me réveiller pour constater que mon imagination beaucoup trop fertile a monté tout un scénario catastrophe à partir de ce séjour que je redoutais. Je suis en réalité tranquillement dans mon lit, à Paris, à la veille du départ. Ou peut-être dans un des refuges qui nous ont accueillis jusque-là.

Baïkal s'échappe de mon étreinte et se met à aboyer furieusement sur le musher. *Tu as bien raison, ma belle, il n'a pas le droit de nous faire ça. C'est lui le responsable de cette expédition et de cette meute. C'est lui qui sait gérer ce genre de situation. Il ne peut pas nous abandonner comme ça. Il n'a pas le droit de me faire ça. De me laisser seule. De disparaître alors qu'il m'atteint comme aucun homme n'a réussi à le faire avant lui.*

Prise d'un soudain accès de colère, je me penche à mon tour au bord du précipice et me mets à hurler sur le corps inerte en dessous de moi.

— Je te préviens, Antonin, si tu ne reviens pas à toi tout de suite, je jure de faire de ta vie un enfer. Tu m'entends ?

Ça n'a aucun sens, mais je ne m'arrête pas pour autant. La raison m'a déjà en partie désertée. Baïkal tourne la tête vers moi et me scrute d'un air insondable.

— Ah ! Tu veux jouer à l'homme mystérieux, qui cache ses failles derrière une carapace de gros ours bourru… Je ne te lâcherai pas tant que tu ne m'auras pas dévoilé qui tu es vraiment. Si tu y restes, je viendrai te harceler jusque dans les neuf cercles de l'enfer pour que tu acceptes de t'ouvrir.

Est-ce que je viens de le voir bouger ? Non, j'ai dû rêver. Je tends un doigt accusateur dans sa direction.

— Tu penses pouvoir faire battre mon cœur comme ça, puis te tirer tranquillement au fond d'une crevasse pour éviter de m'affronter ? C'est hors de question ! Je vais venir te chercher par la peau des fesses s'il le faut.

Cette fois, j'en suis sûre, sa main a fait un mouvement de quelques centimètres.

— Méli ?

Sa voix me parvient faiblement, alors que je vois ses paupières papillonner.

Il essaie de se redresser mais sa tête retombe.

— Mon Dieu, Antonin, ça va ?

Mais quelle question con, Mélia ! Tu vois bien qu'il ne va pas bien ! Il a chuté dans une crevasse, a perdu connaissance et n'arrive pas à bouger !

— Ça va… me répond-il, les yeux fermés, alors que son ton laisse entendre tout le contraire.

Il a le souffle court, est blanc comme un linge, et semble souffrir le martyre.

— Tu es blessée ? s'inquiète-t-il lorsqu'il ouvre les paupières.

— Quoi ? Non, non, tout va bien. Ne t'inquiète pas pour moi.

— Tu as pourtant le visage en sang, constate-t-il dans un souffle. Je suis désolé.

Je passe une main sur ma joue et constate en effet que mon gant s'est teinté de rouge.

— Ne dis pas n'importe quoi. Et ce n'est rien du tout. Je ne le sens même pas. Et toi ? Tu penses pouvoir te lever ? Si tu te mets debout et que tu lèves les bras, j'arriverai peut-être à attraper tes doigts pour te hisser hors de là.

— Comment vont les chiens ? me demande-t-il sans répondre à ma question.

Il devrait se soucier de sa santé avant tout, mais ça ne lui ressemblerait pas. Et je le comprends. Je ne peux plus nier que ces chiens ont aussi une place dans mon cœur.

Je sais qu'il ne me lâchera pas tant que je ne lui aurai pas répondu sur le sujet. Je ne suis pourtant pas dupe de sa tentative de diversion. Ce qui ne me rassure pas quant à son état.

— Euh… Je…

— C'est Baïkal que je vois à côté de toi ?

— Oui, elle va bien. Elle est juste terriblement en colère contre toi de lui avoir fait une frayeur pareille et elle voudrait pouvoir se blottir contre toi pour être rassurée.

Mais qu'est-ce que je raconte ? J'espère qu'il est suffisamment désorienté pour ne pas se rendre compte que je ne parle absolument pas de sa chienne préférée. Le léger sourire qui étire ses lèvres me laisse cependant craindre le contraire.

— Ah oui ? Je crois que je pourrai lui accorder ça si je sors d'ici… se marre-t-il dans un souffle avant qu'un masque de douleur se forme sur ses traits.

— Antonin, tu ne m'as pas répondu… lui fais-je remarquer. Tu penses pouvoir te lever ?

— Et les autres chiens ?

— Antonin…

— S'il te plaît, Mélia… Dis-moi juste s'ils vont bien.

— Ils sont tous sains et saufs…

J'hésite un instant à lui dire la vérité au sujet d'Hawaï, qui n'a pas bougé de sa position depuis tout à l'heure. Sans m'être approchée de lui, et en étant loin d'avoir une formation de vétérinaire, je parierais sur une patte cassée.

— Est-ce Hawaï que j'entends pleurer comme ça ?

Mais ce n'est pas possible, il est connecté avec sa meute ! Comment peut-il les reconnaître rien qu'à l'oreille ?

— Oui. Il…

— Mélia, sois franche, s'il te plaît.

— Toi d'abord. Est-ce que tu arrives à bouger ?

Il reste silencieux quelques secondes avant de me répondre.

— Je pense que j'ai quelques côtes cassées. Je n'arrive pas à me redresser et chaque souffle est un calvaire.

OK, Mélia, on ne panique pas ! Tu ne vas pas le voir mourir sous tes yeux ni de froid ni à cause d'un poumon perforé...

— Mélia ?

— Je ne veux pas que tu meures, Antonin, avoué-je alors qu'un violent sanglot s'empare de moi. Je suis désolée, je crois qu'Hawaï a une patte cassée, mais s'il te plaît, tiens le coup. J'ai besoin de toi.

– 18 –

La réponse d'Antonin ne me parvient pas. Elle est couverte par un craquement sonore qui retentit soudain.

Sous mes yeux horrifiés, un pan de la crevasse se détache à quelques mètres de moi. L'immense bloc de glace frôle la saillie sur laquelle est allongé Antonin avant d'exploser plusieurs mètres plus bas en touchant le sol.

Je ressens les secousses jusque là où je suis. Les chiens se mettent à hurler en chœur tandis que j'arrête de respirer durant quelques secondes. J'ai beau essayer de me raisonner, la panique me gagne.

— Les secours vont bientôt arriver, n'est-ce pas ? Anne-Louise et Laurent les auront prévenus en ne nous voyant pas arriver et ils vont nous retrouver rapidement.

Le musher ne répond rien.

— Antonin ? Les secours vont bientôt arriver, hein ?

— J'aimerais bien te dire que oui, mais Anne-Louise et Laurent vont certainement nous attendre jusqu'à ce que la nuit soit tombée. Ensuite, ils ne pourront plus rejoindre de refuge sans se mettre en danger. Ils devront camper sur place et ne donneront l'alerte que demain matin…

— Demain matin ? Mais on sera morts de froid d'ici là ! On ne peut pas passer…

— Mélia, écoute-moi, m'interrompt-il en faisant une nouvelle grimace de douleur. Tu ne vas pas mourir de froid. Ça va être long, mais les secours vont finir par nous trouver. Tu vas t'emmitoufler dans le traîneau avec Baïkal. Elle te tiendra chaud, d'accord ? Et tu vas me promettre que quoi qu'il arrive…

— Non, c'est toi qui vas m'écouter, le coupé-je à mon tour. Tu arrêtes tout de suite avec tes « tu ne vas pas mourir » et tes demandes de grandes promesses, comme si toi, tu allais y rester. Je ne vais rien te promettre du tout. Ni de dire à ta mère que tu l'aimes ni de léguer tes chiens à Léo. Rien. Tu m'entends ?

Je reprends mon souffle tandis qu'il me regarde, incrédule.

— On va trouver un moyen de te sortir de là et on se serrera tous les deux dans ce traîneau. Ou alors on alternera s'il n'y a pas assez de place. Bref, si tu penses que je vais te regarder tranquillement te transformer en glaçon sous mes yeux, tu te plantes.

— Je…

— Je fais partie de celles qui sont convaincues que, dans *Titanic*, il y avait de la place pour deux sur cette planche. Rose a laissé crever Jack alors qu'ils auraient pu couler des jours heureux ensemble après avoir été sauvés. Et il est hors de question que j'en fasse de même.

Je crois voir un léger sourire étirer ses lèvres.

— Enfin, même s'il n'y a pas de raison pour qu'on coule des jours heureux ensemble quand on sera sortis d'affaire puisque toi et moi, on n'est pas… Enfin, tu vois… Bref, tu as quelque chose à rétorquer à ça, monsieur le musher ?

— Tu parles beaucoup trop, se contente-t-il de dire, un sourire énigmatique toujours sur le visage.

— Alors, dis-moi quoi faire pour te sortir de là. Ça m'occupera et m'évitera de blablater pour combattre mon angoisse. Et ne me dis pas qu'il n'y a rien à faire sinon je viens te rejoindre. On aura une fin digne de Roméo et Juliette. On retrouvera nos cadavres enlacés dans des milliers d'années. Tout le monde pensera que nous étions un couple fusionnel alors que…

— Mélia ?

— Oui ?

— Ce n'est pas que je n'aime pas t'entendre parler comme ça de nous, mais j'ai peut-être une idée.

Un sursaut d'espoir fait rater un battement à mon cœur. Mais impossible de savoir s'il est dû à la solution qui pourrait exister pour le faire sortir de là ou au fait qu'il aime m'entendre nous comparer à un couple.

— Je t'écoute, me contenté-je de répondre.

— Dans le traîneau, il doit y avoir une corde. Si j'arrive à m'attacher à elle et que tu guides les chiens, ils auront peut-être la force de me remonter…

Je déglutis pour faire passer la boule de stress qui s'est formée dans ma gorge en entendant son plan. Je n'ai jamais guidé les chiens jusque-là. Et vu les conditions, je ne suis pas certaine que faire un test soit vraiment judicieux. Mais ai-je vraiment le choix ? Je dois essayer. *Non, je dois réussir !*

— OK. On va le faire ! Mais Hawaï…

— Il va falloir que tu le détaches, m'indique-t-il en ayant parfaitement conscience que je suis terrifiée par le leader de la meute. S'il a une patte cassée, il ne pourra pas tracter.

Je reste interdite. *Allez, Mélia, ce n'est pas le moment de faire ta chochotte ! Antonin est en train d'agoniser et toi tu flippes de devoir approcher un chien. Secoue-toi, par pitié !*

— Commence par aller chercher la corde, et attache-la solidement au traîneau avant de me la jeter. On verra pour Hawaï ensuite, reprend-il en constatant que je ne lui réponds pas.

— La corde, oui ! J'y vais.

Je me relève et cours jusqu'au traîneau. J'éparpille son contenu précipitamment pour trouver cette fichue corde. La nuit est presque totalement tombée maintenant. Il n'y a plus une minute à perdre. Bientôt nous ne distinguerons plus rien.

Après avoir mis la main dessus, je constate qu'elle est suffisamment longue pour qu'Antonin puisse l'enrouler autour de lui à plusieurs reprises. *Si tant est qu'il arrive à bouger !* crie une voix dans ma tête, que je préfère ignorer.

N'étant pas une pro des nœuds, je l'attache comme je peux à différents points du traîneau. Il ne manquerait plus qu'elle lâche pour que la catastrophe soit totale !

Je tente ensuite de redresser l'embarcation afin qu'elle puisse glisser sur ses patins, mais en vain. Elle est tellement enfoncée dans la poudreuse que je ne parviens pas à la faire basculer.

J'ai beau m'arc-bouter en poussant la charge dans mon dos, rien n'y fait. Le poids va être bien plus important pour les chiens, ils devront non seulement tirer leur maître mais également le traîneau et la neige qu'il charriera en bougeant. J'espère qu'ils auront la force nécessaire pour extraire Antonin de là où il se trouve.

Je retourne au bord de la crevasse, m'approche en douceur pour éviter de provoquer un nouvel éboulement et constate qu'Antonin est parvenu à s'asseoir.

— Ça va ?

Il a beau affirmer que oui, je sais qu'il ne dit ça que pour me rassurer. Après une chute dans une crevasse, se préparant à passer la nuit dehors alors que les températures sont négatives, avec des côtes cassées, il ne peut pas aller bien. Qu'il tente de le cacher est presque encore pire.

Il saisit la corde que je fais descendre jusqu'à lui et l'enroule plusieurs fois autour de son torse, en faisant des nœuds complexes à chaque tour.

Les râles qu'il pousse font remonter des sueurs froides dans mon dos. Je n'ose imaginer la douleur qui le transperce.

Il finit sa manœuvre et appuie sa tête contre la paroi givrée derrière lui. Ses yeux me transpercent et j'y lis la peur qu'il tient à tout prix à me dissimuler.

— Bon, maintenant, Hawaï… m'encouragé-je toute seule. Mais, Antonin…

— Hum ?

— Je ne suis pas parvenue à redresser le traîneau. Tu crois que les chiens vont réussir à te hisser tout de même ?

Je sens les larmes me couler sur les joues.

— On va vite le découvrir… parvient-il difficilement à articuler.

— Bon alors, j'y vais.

Je commence à me redresser lorsque Antonin interrompt mon mouvement.

— Mélia ?

— Oui ?

— Même si je crie, n'arrête pas…

Mon cœur me tombe dans l'estomac. *Mon Dieu, dans quel état est-il réellement ?*

J'approche à pas de loup d'Hawaï et m'agenouille à ses côtés. Je commence à lui parler pour faire refluer ma peur et me donner du courage.

— Salut, mon grand. Comme toi, Antonin ne va pas fort… Je vais devoir te détacher pour qu'on puisse l'aider. On ne va pas te laisser là, promis, mais on pourrait aggraver ta blessure en te faisant tirer, et ton maître ne le permettrait jamais. On va déjà s'occuper de lui et dès qu'il sera hors de danger, on prendra soin de toi.

Je ne parviens pas à retenir un sanglot bruyant. Je passe mes mains dans sa fourrure, me serre contre lui et il se laisse faire. A-t-il compris ce que je viens de lui expliquer ? Je ne le saurai jamais, mais il demeure immobile tandis que je décroche son harnais du câble le reliant au traîneau.

Je me place ensuite derrière celui-ci et hurle aux chiens de se mettre en branle.

— Devant ! je crie à la meute.

Les réactions ne sont pas nombreuses. Nauru se retourne dans ma direction et me regarde de manière attentive, tandis que la plupart des autres ne me prêtent aucune attention. Évidemment, je ne suis pas leur maître, et leur leader n'est plus là pour imprimer le mouvement. Il fallait s'y attendre…

Alors que j'aurais envie de m'affaler dans la neige pour y pleurer, je sens une vague de colère prendre possession de moi. Elle remonte peu à peu du fond de mes entrailles jusque dans ma gorge.

— Devant ! hurlé-je de toute la force de mes poumons.

Les chiens se redressent tous. Nauru se retourne et commence à tirer, bientôt imité par tous les autres.

— Voilà, c'est ça. Devant !

Je pousse de toutes mes forces sur le traîneau pour accompagner leurs efforts. Je le sens bouger de quelques centimètres, gonflant mon cœur d'espoir. Mais cela ne dure pas puisqu'il s'immobilise vite.

Je n'interromps nos tentatives qu'au moment où je me retrouve la tête dans la poudreuse après avoir dérapé. Nous n'avons progressé que d'un mètre à peine. Je sens qu'il ne faudrait pas grand-chose de plus pour faire la différence. Tous les chiens donnent leur maximum, j'en suis convaincue. Si seulement le traîneau pouvait être d'aplomb. Si seulement Hawaï n'était pas blessé.

Je retourne au bord du précipice la mort dans l'âme. Je peine désormais à distinguer Antonin. Heureusement, la nuit est claire. Il me semble qu'il est debout, ses pieds touchent encore la saillie, ce qui explique que je ne l'ai pas entendu hurler.

— Antonin… Je suis désolée, on n'y arrive pas.

— Ce n'est pas grave, Mélia. Mets-toi dans le traîneau comme je te l'ai dit.

— Non, on va recommencer encore une fois. Je suis sûre qu'on n'est pas loin d'y arriver. Avec un chien en plus, ça passerait.

En prononçant ces mots, j'ai une illumination.

— Attends… Tu m'as bien dit que Baïkal était à la retraite. Peut-être que…

— Non, m'interrompt-il d'un ton dur. Il en est hors de question ! Ça demanderait beaucoup trop d'efforts à Baïkal.

— Mais…

— Non. C'est non, Mélia.

— Très bien. Alors on va attendre les secours. Mais il est hors de question que je te laisse seul pour aller me réfugier au chaud dans le traîneau. Je vais te parler, toute la nuit s'il le faut. Et tu vas me répondre. Parce que je veux être certaine que tu ne t'endormes pas. Ça va être long. Après ça, tu ne voudras plus jamais m'entendre de ta vie, mais peu importe.

– 19 –

— Et si tu devais choisir entre avoir un goût immonde dans la bouche en permanence ou qu'une odeur fétide ne te lâche pas, tu pencherais pour quoi ?

Je suis incapable de dire depuis combien de temps nous discutons avec Antonin. Plusieurs heures, certainement. Assez en tout cas pour que le froid ait pénétré jusqu'à mes os et me fasse trembler comme une feuille.

Si la conversation ne s'est pas tarie et qu'elle m'a permis d'apprendre un millier d'informations sur le musher, nous n'abordons que des sujets superficiels. Comme si cette légèreté nous permettait de faire abstraction de la situation dans laquelle nous nous trouvons.

— Tu as vraiment le chic pour trouver des questions… se moque-t-il. Quelles sont les chances que je me retrouve vraiment à faire ce choix un jour ?

— Arrête d'esquiver et réponds !

— L'odeur fétide. J'aime beaucoup trop manger pour gâcher tous mes repas, confie-t-il.

— Tellement ! Pareil pour moi. Et ton plat préféré, c'est quoi ?

— La matouille.

— La matouille ? C'est quoi ça ?

— Une spécialité savoyarde. Tu connais le Mont d'Or au four ?

— Oui.

— Eh bien, ça y ressemble, mais avec une tomme des Bauges.

— Il faut absolument que je goûte ça ! À toi de me poser une question.

— Entre être piquée par un frelon ou mordue par un serpent, tu préférerais quoi ?

— Eurk… Mais comment tu penses à des trucs pareils ?

— J'essaie d'être à ton niveau ! Alors ?

— Quel type de serpent ?

— Cela fait-il vraiment une différence ? s'étonne-t-il.

— Évidemment. Est-ce que son venin serait mortel ? Est-ce qu'il agirait vite ou est-ce que je souffrirais le martyre pendant des heures ? Ça change tout, enfin !

— OK, alors disons un serpent dont la morsure ne serait pas mortelle mais vraiment douloureuse…

— Hum… Non, je n'arrive pas à choisir. Mais je pars en courant dès que je vois une guêpe alors que les serpents me tétanisent, j'imagine donc que le serpent aurait plus de chances de m'attraper !

Je sens Baïkal remuer contre moi dans son sommeil. Elle est venue s'allonger sur mes jambes et s'est endormie là. Même si j'ai le dos meurtri à force de conserver ma position en tailleur, je n'ose pas bouger de peur de la réveiller.

— Entre une plage paradisiaque et un château, où est-ce que tu préférerais te marier ?

Tout en interrogeant Antonin, je passe mes gants entre les oreilles de la chienne.

— Nulle part ! s'exclame-t-il avant d'être pris d'une quinte de toux et de gémir de douleur. Mais quelle idée de se marier ?

La réponse du musher me laisse pensive. *Quelle idée de se marier ?* J'en rêve depuis si longtemps que je ne me pose même plus la question.

— C'est mon plus grand rêve. Un mariage, dans un domaine magnifique, entourée de ma famille et de mes amis… Je connais même déjà la musique sur laquelle nous ouvririons le bal. *Stay With Me*, de Sam Smith. Je ne suis pas loin de préparer la chorégraphie. Il ne me manque plus qu'un léger détail… L'homme qui fera sa demande !

— Je ne comprends pas comment les gens peuvent mettre autant d'argent dans une journée. Tu te rends compte tout ce qu'ils pourraient faire avec ? Qu'est-ce qui t'attire tant ? Parader dans une robe de princesse devant tous tes sujets qui s'extasieraient sur ta beauté ?

Je pourrais me vexer. Pourtant, si son ton est mordant, je sens qu'il n'est pas méchant. Cette envie de me marier à tout prix le laisse réellement perplexe.

— Non, je crois que ça n'a rien à voir avec la robe, mais plutôt avec le fait de montrer à mes proches que j'ai réussi. Que je suis heureuse. Que j'ai trouvé un homme qui m'aime suffisamment pour le crier au monde.

— Oh… C'est donc pour le regard des autres… souffle-t-il.

Je n'avais jamais vu les choses sous cet angle. Ma – très légère – obsession pour le mariage vient-elle d'un besoin de reconnaissance ?

Je scrute les étoiles qui brillent par milliers au-dessus de ma tête. Ici, sans la pollution lumineuse des villes, le ciel nocturne est splendide. Si je ne craignais pas pour notre survie, je me sentirais chanceuse d'assister à un tel spectacle.

Alors que le ciel commence à peine à s'éclaircir, mon tour de poser une question revient. Si je commence à avoir du mal à trouver des idées, conserver un flot de paroles constant maintient mon stress à un niveau tolérable, car si j'ai froid, je n'ose pas imaginer ce qu'il en est pour Antonin. Lui n'a pas un chien qui pèse plusieurs dizaines de kilos allongé sur les jambes en guise de couverture. Sans compter ses côtes cassées…

Il commence d'ailleurs à répondre de manière de plus en plus laconique. Peut-être est-il lassé de m'entendre jacasser à tout va. Mais je continue :

— Entre manger un scorpion ou une mygale ?

— Un scorpion.

— Oui, je crois que j'opterais pour ça aussi. Au moins, ça n'a pas de poil.

Il ne réagit pas à ma remarque.

— À toi de me poser une question, lui rappelé-je alors qu'il reste silencieux depuis quelques secondes. Bon, OK, j'ai une autre idée : entre te réveiller nu au milieu d'une foule et péter lors d'une réunion importante ?

Baïkal s'agite soudain. Elle se redresse, quitte mes jambes, s'allonge au bord de la crevasse pour scruter le vide et se met à aboyer.

— Ben alors, ma belle, qu'est-ce qui t'arrive ?

Elle jappe de plus belle. Je vois son arrière-train s'agiter, comme si elle hésitait à sauter dans le gouffre.

— Baïkal a un comportement étrange…

Mais le musher ne me répond pas. Mon cœur s'affole.

— Antonin !

Un râle me parvient de manière étouffée, comme si le guide me répondait sans en être réellement conscient. Il doit être en train de s'endormir. Ou pire. Je ne peux pas le laisser faire ça. Qui sait s'il se réveillera ?

— Antonin, on était d'accord pour que tu me répondes toute la nuit. Dis-moi que tout va bien, s'il te plaît.

Aucun son ne me parvient.

Seul le hurlement de Baïkal.

Je me mets debout et fais les cent pas. Je dois faire quelque chose. Mais quoi ? S'il y avait une solution, je l'aurais tentée il y a déjà plusieurs heures !

Non, c'est faux, il y a bien une solution que je n'ai pas tentée. Parce que Antonin l'a rejetée en bloc. Mais Antonin n'est plus en état de refuser quoi que ce soit. Pourtant il a été très clair, il ne voulait pas…

Comme si elle suivait le cours de mes pensées, Baïkal approche de moi et se met à aboyer bruyamment.

— Tu te sens la force de le faire ? la questionné-je.

La chienne me répond d'un jappement avant de s'éloigner vers le traîneau.

Je m'approche du précipice et parle à Antonin. Peut-être m'entendra-t-il et reviendra-t-il à lui pour me hurler que c'est hors de question. Je ne demande que ça !

— Je suis désolée, Antonin, mais on doit essayer. Je ne peux pas te laisser là sans rien faire. Il faudra encore des heures pour que le jour soit vraiment levé, qu'Anne-Louise et Laurent signalent notre disparition et que les secours se mettent en route. Je vais atteler Baïkal…

Seuls les aboiements de la meute, réveillée par Baïkal, viennent troubler le silence. Je m'élance alors vers le traîneau, enfile un harnais à la chienne préférée d'Antonin et l'accroche à la place habituelle d'Hawaï, en tête de la ligne de trait.

Je m'agenouille, prends sa tête entre mes gants et pose mon front contre le sien.

— Je vais faire tout ce que je peux pour vous aider à sauver ton maître, je te le jure.

Je cours jusqu'à l'arrière du traîneau et me mets à crier « devant ». Baïkal commence immédiatement à tirer, imitée par toute la meute.

Sur le côté, Hawaï hurle, la truffe levée vers la lune encore parfaitement visible.

Je pousse de toutes mes forces, crie à m'en déchirer les poumons, mais le traîneau ne bouge pas d'un millimètre.

— Allez ! On peut le faire. On doit le faire.

Après plusieurs minutes d'efforts, voyant que ça ne fonctionne pas, je rejoins les chiens, saisis la ligne de trait avec eux et tire à leurs côtés. J'entends à leurs respirations qu'ils donnent tout ce qu'ils peuvent, comme s'ils avaient compris l'urgence de la situation. Et enfin, le traîneau progresse de quelques centimètres.

— Allez, c'est ça. Encore.

Je m'enlise dans la neige mais n'y prête aucune attention. Je continue à hurler pour me donner du courage.

Le filin métallique cisaille mes gants et m'entame les paumes, mais peu importe. *Il faut que nous y arrivions !*

De la sueur coule de mon front, du sang perle de mes gants et des larmes roulent sur mes joues, mais nous gagnons du terrain. Millimètre après millimètre, nous remontons Antonin. La douleur d'être ainsi soulevé devrait le faire revenir à lui mais il n'en est rien. Je préfère ne pas m'appesantir sur ce que ça pourrait vouloir dire.

Alors qu'il a déjà progressé d'au moins deux mètres, le traîneau s'enfonce davantage et s'immobilise.

— Non ! hurlé-je. Non, c'est hors de question !

Je cours à l'arrière et me jette contre lui de toutes mes forces. Je recommence, encore et encore, jusqu'à ce qu'il finisse par avancer, progressant de quelques centimètres chaque fois que mon épaule cogne contre le montant. Les chiens sont épuisés mais continuent à tirer.

Nous allons y arriver. Encore quelques centimètres et je devrais voir le corps d'Antonin passer le bord de la crevasse.

Je pleure de soulagement lorsque enfin nous atteignons notre but.

— Stop !

Je me précipite vers le musher.

Ses lèvres sont bleues et il ne réagit pas, ni quand je le secoue ni quand je lui assène plusieurs claques.

– 20 –

J'enlève mes gants et tente de sentir le pouls d'Antonin malgré mes doigts engourdis. Du sang continue de perler de ma main posée sur son cou.

Je sens bien quelque chose, je ne rêve pas ?

J'en suis quasiment certaine, son cœur bat, même si je ne parviens pas à déterminer si c'est de manière régulière ou non. Je positionne mes mains sur sa poitrine et la sens monter et descendre. OK, donc il respire aussi. Mais bordel, pourquoi reste-t-il inconscient ? Et qu'est-ce que je peux faire pour l'aider ?

Je dois trouver le moyen de le réchauffer !

Je songe un instant à l'allonger dans le traîneau, à le déshabiller et à me glisser à ses côtés après avoir retiré ma combinaison, mais je repousse vite cette idée. Vu la différence de poids entre nous, je ne parviendrai jamais à le hisser dans l'espace protégé du froid. Et puis, si ses côtes sont réellement cassées, il doit être suffisamment mis à mal par sa sortie mouvementée de la crevasse.

Après une seconde de réflexion, je détache les chiens un à un et les amène auprès de leur maître. Je prie pour qu'ils ne se sauvent pas, mais ils semblent comprendre l'urgence de la situation, car pas un n'en profite pour s'échapper.

J'incite Fidji, Lima et Iguazu à s'allonger sur les jambes de leur musher, puis Glasgow, Helsinki, Nauru et Baïkal à en faire de même autour de son buste, en espérant que leur chaleur corporelle se diffuse peu à peu à lui.

Me sentant impuissante, je m'allonge à côté de la vieille chienne qui vient de fournir tant d'efforts alors qu'elle n'a plus la santé pour, et la serre dans mes bras.

— Sans toi, on n'y serait jamais arrivés, lui murmuré-je. Tu es une sacrée battante. Je crois que j'aurais beaucoup à apprendre de toi…

Des larmes coulent sans discontinuer le long de mes joues. Je sens sa respiration frénétique. Elle tente avec difficulté de retrouver son souffle.

— Je retire tout ce que j'ai pu dire sur toi et tes semblables. Vous êtes incroyables. Vous ne lâchez jamais rien, vous êtes d'une fidélité sans faille… Au fond, comme pour les humains, certains d'entre vous gagnent à être connus.

— Est-ce que je suis mort ?

La voix d'Antonin me fait sursauter. Je me relève et me précipite vers lui. Je m'agenouille vers sa tête et un éclat de rire m'échappe. Il ressemble d'une étrange manière à des sanglots.

— Non, tu n'es pas mort. Et tu n'as pas intérêt à le devenir !

— Je ne te crois pas. Jamais Mélia ne pourrait faire une déclaration pareille à des chiens dans le monde réel.

Ses yeux sont toujours clos, mais un léger sourire étire ses lèvres.

— Si tu as encore la force de te moquer de moi, Antonin Dessommets, crois-moi, c'est que tu es bien vivant !

Je suis si soulagée qu'il retrouve ses esprits que je me penche vers lui et dépose mes lèvres sur les siennes. Je le sens se tendre et il ouvre les yeux de surprise avant de grogner de douleur.

— Je… Je… Je suis désolée.

Quelle gourde !

— OK, je suis au paradis, se marre-t-il. Ça a l'air pas mal comme endroit. Quoiqu'il fasse légèrement froid et que ça sente fort le chien…

— Si tu te mets à critiquer les chiens, tu as dû prendre un sacré coup sur la tête !

Mais qu'est-ce qui m'a pris ? Pourquoi l'ai-je embrassé ? Ça doit être l'hypothermie qui me fait faire n'importe quoi. Le froid me pousse à entreprendre des choses insensées. Comme me jeter sur ce musher pour lui rouler une pelle alors que je suis la personne qui doit le plus l'irriter au monde.

Enfin, n'exagérons rien, je ne lui ai pas roulé une pelle, j'ai à peine effleuré ses lèvres !

— Comment as-tu fait pour me sortir de là ? me demande-t-il soudain, bien plus sérieux.

Je ne réponds pas immédiatement. Il m'avait formellement interdit d'atteler Baïkal et je ne l'ai pas écouté. En même temps, je viens de lui sauver la vie, non ? Et puis, tout s'est bien passé…

Comme si elle lisait dans mes pensées, la chienne se relève et approche de nous. Mon cœur se serre en voyant la difficulté avec laquelle elle avance avant de s'allonger sur le côté, la tête contre celle de son maître.

Son ventre se retrouvant le long de ma jambe, je distingue sans mal le rythme anormal de sa respiration.

— Hey, ma belle, qu'est-ce qui t'arrive ? questionne Antonin avec un ton inquiet.

— J'ai dû l'attacher au traîneau… avoué-je dans un souffle.

— Quoi ? Mélia, je…

— Je suis désolée. Vraiment désolée, Antonin. Je sais que tu m'avais dit de ne pas le faire, mais tu étais inconscient. J'avais vraiment peur pour ta vie.

— Aide-moi à me relever, me coupe-t-il d'un ton las.

Impossible de savoir s'il contient une colère sourde ou s'il est à bout de forces. En tout cas, la légèreté qui flottait entre nous il y a quelques secondes a disparu.

— Tu ne devrais pas bouger.

— Mélia, je me fiche de ce que je devrais faire ou non. Je me fiche d'y rester. Avec ou sans ton aide, je vais me lever.

Je plante mes yeux dans les siens, hésite, puis hoche la tête.

— Moi je ne me fiche pas que tu y restes…

Je me relève et lui tends les deux mains pour qu'il s'y agrippe.

Un râle rauque s'échappe de sa bouche lorsqu'il se retrouve en position assise.

Ses mains toujours prisonnières des miennes, je sens le vertige dont il est victime. Je suis obligée de le maintenir en place pour qu'il ne bascule pas de nouveau vers l'arrière. Ses paupières papillonnent un instant puis il se stabilise.

Les chiens viennent lui lécher le visage, leur queue fouettant vivement l'air autour d'eux. Il les ignore cependant et se met à quatre pattes pour aller s'agenouiller auprès de Baïkal. Il retire ses gants et enfouit ses doigts dans la fourrure de la chienne, au niveau du cou.

— Tout doux, Baïkal. Calme-toi, lui dit-il.

Elle lui lèche les mains, puis le visage lorsqu'il se penche vers elle.

— Viens là, je vais te réchauffer.

Il la tire vers lui et la soulève en partie dans ses bras. Baïkal gémit et se laisse faire sans bouger, ce qui n'est pas pour me rassurer. Elle semble avoir perdu toute énergie. Antonin commence à la frictionner tout en lui parlant de manière continue.

— Allez, bats-toi. J'ai besoin de toi, Baïkal, tu ne peux pas me laisser tomber. Pas toi.

Je m'agenouille en face de lui et entreprends de l'aider à réchauffer la chienne. Son regard accroche alors le mien. Je vois les larmes qui menacent de franchir ses yeux.

Alors que je m'attends à ce qu'il m'envoie promener, il hoche la tête en signe de reconnaissance.

Nauru vient nous rejoindre et entreprend de lécher le museau de sa complice de toujours, de celle qu'il doit considérer comme une mère au vu de la manière dont ils se comportent l'un avec l'autre.

Malgré nos efforts, l'état de Baïkal ne semble pas s'améliorer. Plus sa respiration se fait lente, plus la voix d'Antonin se brise. Malgré ses encouragements, elle ne reprend pas le dessus.

Mon cœur se serre et si je me retiens de pleurer, car cela me paraît déplacé, je suis obligée d'avaler plusieurs fois ma salive pour tenter de faire passer la boule qui m'obstrue la gorge.

Le corps de la chienne perd soudain en tonicité. Les yeux perdus dans ceux de son musher, sa tête commence à tomber sur le côté.

— Non ! hurle soudain Antonin.

Il la repose au sol, se penche en avant et entreprend de lui faire un massage cardiaque.

Ses sanglots sont entrecoupés de plaintes de douleur. Il n'est pas en état de faire une chose pareille, mais il ne s'écoute pas. Comme il me l'a dit, peu importe qu'il y reste, il fera tout ce qui est en son pouvoir pour sauver Baïkal.

— Antonin…

Je tente de l'arrêter mais il crie désormais si fort qu'il ne m'entend pas, et ma main posée sur son bras ne le ramène pas plus à la réalité que mon appel. Il poursuit ses tentatives pour faire repartir le cœur de la chienne, et blêmit à vue d'œil.

Ses lèvres, qui avaient retrouvé quelques couleurs, reprennent une teinte bleutée. Il est en train de perdre ses dernières forces.

Soudain, je le vois se pencher sur le côté, poser une main au sol pour se retenir de tomber, et il vomit juste à côté de moi. Je n'esquisse pas un mouvement pour m'éloigner. Au contraire, lorsqu'il se redresse et reprend le massage, je saisis son visage et le force à me regarder.

— Antonin, laisse-moi faire, tu n'as plus de forces ! Laisse-moi essayer. Pour Baïkal !

Ses larmes coulent franchement et il se laisse tomber à la renverse avant de se pelotonner au sol, son nez enfoui dans le cou de sa chienne.

Je positionne mes mains comme les siennes quelques secondes plus tôt et masse énergiquement.

— S'il te plaît, Baïkal. Reviens ! Je t'en supplie. Antonin a besoin de toi. Nauru a besoin de toi. Toute la meute a besoin de toi. Baïkal, tu es forte, tu me l'as prouvé tout à l'heure. Allez, Baïkal, reviens !

Je sanglote désormais franchement.

— Les secours vont arriver, ils vont prendre soin de toi. Il faut que tu tiennes le coup encore un peu.

Mes bras sont douloureux mais je ne m'arrête pas. Antonin s'est redressé, il est désormais à genoux, le regard perdu dans le vide.

Je ne sais pas depuis combien de temps je m'acharne, lorsqu'une plainte sonore me parvient et fait se serrer mes entrailles. Nauru hurle à la mort, bientôt imité par toute la meute.

Je refuse d'admettre ce que cela signifie, pourtant, une part de moi l'a déjà compris…

Je crois sentir mon cœur se briser. Le chagrin me fait aussi mal qu'un coup de couteau dans la poitrine.

Je n'ose imaginer ce qu'Antonin ressent. Peut-être plus rien au vu de son immobilité. Je crois qu'il a fui la réalité pour éviter de l'affronter, jusqu'à ce qu'il pose une main sur mon épaule.

— Arrête-toi, Mélia… C'est fini.

Ses mots sont désincarnés, comme prononcés par un autre. Un autre qui se serait barricadé derrière des murailles infranchissables.

Je me penche et enfouis mon nez dans le pelage de Baïkal. Son odeur animale emplit mes narines. Je ferme les yeux pour la marquer à jamais dans ma mémoire comme le parfum associé au courage. Quand j'en manquerai, je repenserai à elle.

Je me redresse ensuite et prends Antonin dans mes bras. Sa tête en appui sur mon épaule, il reste immobile. Il ne pleure plus, sa douleur est au-delà des larmes. Il agrippe ma combinaison avec force, comme s'il luttait pour se raccrocher à la vie.

– 21 –

— Heureusement que vous aviez une combinaison rose fluo. Sans ça, on aurait mis bien plus de temps à vous repérer, me précise le secouriste, avec un grand sourire.

Je comprends qu'il essaie de détendre l'atmosphère alors que nous filons dans les airs jusqu'à l'hôpital le plus proche. Il nous a expliqué qu'Anne-Louise et Laurent ont donné l'alerte de notre disparition dès l'aube et que lui et ses collègues ont immédiatement été mobilisés pour partir à notre recherche. Cependant, le brouillard qui s'était levé ne leur avait pas facilité la tâche.

Lorsqu'ils sont venus à notre rencontre, la tête d'Antonin reposait encore sur mon épaule, et son poing était toujours fermement agrippé à ma combinaison. Nous n'avons pas bougé d'un millimètre pendant un temps indéterminable.

Après m'avoir demandé un rapide résumé de la situation, ils ont ausculté Antonin, avant de décider de faire appel à un hélicoptère afin que nous soyons pris en charge au plus vite au service des urgences.

Vu l'état du musher, le transporter en motoneige leur semblait trop risqué.

Antonin ne l'entendait cependant pas de cette oreille. Il a affirmé qu'il ne laisserait pas ses chiens sur place, mais le responsable des secouristes a menacé de le sédater s'il refusait de coopérer. S'il en avait eu la force, je crois qu'Antonin aurait pu lui mettre son poing dans la figure. Je ne l'avais jamais vu adresser un regard aussi plein de haine à quelqu'un.

L'autre secouriste a promis de rester sur place avec les chiens afin de s'assurer qu'ils soient tous pris en charge et ramenés à bon port. Seulement alors, Antonin a entendu raison et a accepté qu'on le place sur un brancard avant de le hisser dans l'hélicoptère.

La conversation que j'ai eue avec Romane en découvrant sa combinaison me revient à l'esprit. Ne lui ai-je pas affirmé qu'au moins, si je me retrouvais prise dans une avalanche, on me retrouverait grâce à ses goûts pour le moins criards ? J'aimerais pouvoir en rire, mais il est encore trop tôt pour ça.

Je hoche la tête en direction du secouriste qui tente de plaisanter avec moi via le casque qui nous relie. C'est à peu près tout ce dont je suis capable pour me montrer polie.

Nous sommes sauvés, pourtant notre survie a un goût bien amer. Baïkal a livré ses dernières forces pour son maître. Par ma faute. J'ai amputé Antonin d'une partie cruciale de son existence. « Il est plus attaché à ses chiens qu'à n'importe qui », m'avait précisé Nathalie. Et à cause de moi, il vient de perdre l'un d'eux. Pas n'importe lequel. Son premier chien, offert par son père. J'ai fait un choix à sa place, celui de privilégier sa survie à lui. Contre sa volonté.

Lorsque nous atterrissons, je tente de capter le regard d'Antonin, mais il est transporté trop rapidement par les équipes au sol pour que j'y parvienne.

J'entends le secouriste transmettre les informations sur son état alors que le brancard s'éloigne déjà.

Un infirmier me tend la main et m'invite à descendre de l'appareil pour prendre place sur un fauteuil roulant. Je pourrais refuser, mais la fatigue m'envahit d'un coup et je choisis de m'y asseoir. Après tout, qu'on fasse ce qu'on veut de moi, je n'ai pas la force de me battre. Je suis entre de bonnes mains.

Après la vérification de mes constantes, je serre les dents pendant qu'un interne effectue trois points de suture sur chacune de mes mains pour refermer les plaies causées par le fil de trait du traîneau lorsque nous avons sorti Antonin de la crevasse. Je suis ensuite remontée en chambre et on me sert un plateau-repas, dont je savoure la soupe à petites gorgées.

Sentir la chaleur descendre dans ma gorge est aussi agréable que douloureux. Mes lèvres gercées se brûlent sur la cuillère métallique avant que le goût des légumes explose sur mes papilles. C'est délicieux.

Pour en arriver à trouver la nourriture d'hôpital succulente, je devais avoir sacrément faim.

J'espère qu'Antonin va bien. Au moins, autant qu'il soit possible d'aller au vu des circonstances.

Je n'ai même pas entamé le plat principal du plateau que je sens le sommeil me gagner. C'est en pensant au musher que je m'y abandonne volontiers, désireuse d'oublier les dernières heures qui viennent de s'écouler.

J'oscille ainsi entre micro siestes et courtes phases de conscience tout l'après-midi. À chacun de mes réveils, l'espoir est le même : que tout ceci ne soit que le produit de mon imagination débridée. Cela ne peut pas avoir eu lieu. Et la reconnexion à la réalité est toujours aussi brutale.

Des aides-soignants passent régulièrement vérifier que je vais bien et prendre ma température.

Alors que le soleil se couche, Anne-Louise et Laurent pénètrent dans ma chambre. Anne-Louise se précipite vers moi et me serre dans ses bras.

— Vous nous avez fait une telle peur ! s'écrie-t-elle en reprenant ses distances.

— Dès qu'on y a vu assez clair, nous sommes partis en traîneau en direction de notre dernier refuge pour donner l'alerte, ajoute Laurent. En ne vous voyant pas arriver, on a tout de suite su que quelque chose d'anormal était arrivé.

— On vient seulement de nous donner l'autorisation de venir te voir, ajoute Anne-Louise. On a essayé de prévenir Léo et Cathy, mais ils sont encore dans une zone sans réseau. La famille de Léo essaie de le joindre régulièrement.

— Qu'est-ce qu'il vous est arrivé ? me demande Laurent.

— Je… On…

Mettre des mots sur ce que nous avons vécu est trop difficile. Tous me paraissent vides de sens. Par où commencer ? Comment leur faire comprendre ?

Je sens les larmes me monter aux yeux. Anne-Louise s'assied alors au bord de mon lit et saisit ma main.

— Tu n'es pas obligée de nous dire quoi que ce soit, Mélia. Que les secours vous aient retrouvés et que vous soyez sains et saufs est la seule chose qui importe.

Elle pense me soutenir, mais entendre ces paroles m'enfonce encore un peu plus dans le désarroi. *Nous ne sommes pas tous sains et saufs, malheureusement.*

— Nous avons rencontré le père d'Antonin, à qui nous avons confié l'attelage de Goa. Il nous a dit que les secouristes devaient également leur ramener celui d'Hawaï.

Cette fois, mes barrières cèdent. Je fonds en larmes sous le regard médusé du couple.

— Oh ! là, là ! Laurent, on en demande beaucoup trop à Mélia qui doit être épuisée ! s'exclame Anne-Louise. On va te laisser te reposer. On va rentrer chez nous pour les fêtes, finalement. Mais dès que tu iras mieux, passe-nous un coup de fil. On sera ravis d'avoir de tes nouvelles.

Après de chaleureuses accolades, ils s'éclipsent de ma chambre.

Je pensais avoir l'appétit coupé, mais je me jette sur mon dîner comme une affamée. L'infirmière qui passe dans la chambre à ce moment-là se marre en voyant la sauce qui dégouline le long de mon menton.

— On voit rarement des gens dévorer leur plateau-repas avec autant d'appétit, ça fait plaisir, souligne-t-elle avec un clin d'œil.

Je lui souris, puis entreprends de faire un sort à la minuscule portion de reblochon devant moi.

Quand il ne reste plus rien à manger, je file sous la douche et y reste un temps clairement indécent pour la planète. Je laisse libre cours à mes émotions : peur et culpabilité finissent au fond des canalisations.

J'en ressors avec une détermination nouvelle : m'apitoyer sur mes erreurs ne les réparera pas, à moi de faire ce qui est en mon pouvoir pour me rattraper.

Après que j'ai demandé pour la vingtième fois environ des nouvelles d'Antonin, une aide-soignante me propose de m'accompagner jusqu'à sa chambre.

Lorsque nous y entrons, le musher est endormi dans son lit. Ses traits sont creusés.

— Nous lui avons donné des antalgiques assez forts pour calmer la douleur. Il a deux côtes fracturées. Votre petit ami a eu beaucoup de chance de…

— Ce n'est pas mon petit ami, murmuré-je en posant une main sur la joue d'Antonin, contente de le voir apaisé.

— Ah ! Excusez-moi. Comme vous sembliez tellement inquiète pour lui, j'ai pensé que…

Je reste songeuse en entendant son explication. N'aurais-je pas réagi exactement de la même manière avec n'importe qui ? Si, probablement… *Et tu aurais aussi embrassé n'importe qui comme ça dans la montagne ?* se moque une voix dans ma tête. Non, certainement pas.

Pour autant, c'est vrai, Antonin n'est pas mon petit ami. Et après la perte de sa chienne, je doute même qu'il veuille me revoir.

Mes doigts quittent son visage pour se glisser dans sa main. Je me rappelle la manière dont il s'est agrippé à moi, comme si sa vie en dépendait. Je voudrais lui faire comprendre qu'il peut encore s'accrocher, je suis là.

— Je vous laisse avec votre non-petit ami, reprend l'aide-soignante avec une pointe d'ironie avant de s'éclipser de la pièce. Mais ne traînez pas, sinon je vais avoir des problèmes. Vous n'êtes pas censée vous promener dans les couloirs la nuit.

J'approche la chaise installée à côté du lit et m'y assieds. Mes yeux restent rivés sur son visage. Je devrais peut-être lui parler mais les mots ne viennent pas. Et puis, il ne m'entendrait pas, alors à quoi bon ?

Je me perds dans mes pensées, assaillie par la multitude de questions qu'Antonin fait naître en moi.

Ne trouvant pas de réponse à mes interrogations, je finis par m'éclipser. Je regagne mon lit où je sombre dans un sommeil sans rêves. Et peut-être cela vaut-il mieux pour moi.

— Mélia !

Les yeux encore fermés, je reconnais cette voix quelques secondes avant que sa propriétaire se jette sur moi pour me prendre dans ses bras.

De toute évidence, le père d'Antonin a enfin réussi à joindre Léo, et Cathy et lui se sont précipités à mon chevet.

— Ne me fais plus jamais une peur pareille ! ordonne ma meilleure amie. J'ai cru que mon cœur allait s'arrêter quand on m'a annoncé que vous aviez eu un accident avec Antonin. Heureusement, vous étiez déjà tirés d'affaire, sinon je ne sais pas ce que j'aurais fait.

Je murmure en ouvrant à peine un œil :

— Bonjour, Cathy. C'est autorisé de faire des visites aussi tôt à l'hôpital ?

Je grogne pour la forme afin de lui faire remarquer qu'elle me réveille.

— Aussi tôt ? Tu rigoles ? Il est bientôt dix heures ! Et puis, crois-moi, si on était arrivés à six heures, tu m'aurais tout de même vue débarquer comme une tornade.

Je me marre et la serre dans mes bras à mon tour.

— Qu'est-ce qu'il vous est arrivé ? me questionne-t-elle en s'éloignant pour plonger ses yeux dans les miens très sérieusement.

Une nouvelle fois, je reste muette, incapable de formuler un début d'explication.

— On est au courant pour Baïkal… souffle-t-elle.

Dans son dos, Léo avance et dépose une main sur son épaule.

— Tu as sauvé Antonin, Mélia.

C'est vrai… Alors pourquoi est-ce encore si douloureux ? Je n'ai pas pu préserver Baïkal, mais j'ai sauvé Antonin. Les secours ont été formels.

Entendre ses mots libère soudain ma parole. Je leur raconte tout ce qu'il s'est passé. Je pleure beaucoup, me mouche énormément, mais pouvoir me confier est salvateur.

— Antonin ne me pardonnera jamais.

— Je crois que c'est à lui-même qu'il ne pardonnera jamais. Il est très fort pour porter le poids du monde sur ses épaules, souffle Léo pour me rassurer.

— Méli, je suis désolée que tu aies dû vivre ça, me souffle Cathy. Ça va aller ? me demande-t-elle.

— Bien sûr, les médecins ont dit que j'allais pouvoir sortir aujourd'hui.

Je botte en touche, mais je n'ai pas vraiment envie de répondre à sa question.

— Moi qui espérais éviter Noël en famille, on dirait que je ne vais pas pouvoir y couper… lâché-je pour plaisanter.

— Et si tu restais chez moi ? propose soudain Léo. Il y a suffisamment de place pour vous deux, ajoute-t-il en se tournant vers Cathy. Après tout, votre séjour devait durer quinze jours. Ça ne sera certainement pas aussi dépaysant qu'un réveillon en pleine montagne, mais il y aura le sapin, la cheminée et du gui sous lequel s'embrasser, termine-t-il avec un clin d'œil coquin adressé à ma meilleure amie.

Cathy se tourne vers moi, me faisant comprendre qu'elle me laisse libre de choisir et suivra ma décision.

— Je ne suis pas certaine qu'Antonin adore l'idée de me savoir dans les parages…

— Ce n'est pas impossible qu'il râle. Il repousse toujours ce qui pourrait être bon pour lui. Mais il s'y fera ! Allez, dites oui, nous supplie Léo.

Nous nous regardons alors avec Cathy et ouvrons de grands yeux en comprenant que nous venons une nouvelle fois de nous faire piéger. Mais notre promesse faite à Romane est-elle toujours d'actualité après tout ça ?

Il ne tient qu'à nous d'en décider.

– 22 –

Devant la porte peinte en orange, je marque un temps d'arrêt. Cette couleur me rappelle l'uniforme des prisonniers dans les séries télévisées américaines. Je suis d'ailleurs certaine qu'Antonin se considère comme tel : retenu ici contre sa volonté.

J'avale ma salive pour inspirer profondément afin de calmer mon stress. J'ai une trouille bleue qu'il me rejette.

Dans mon dos, Cathy pose une main sur mon épaule.

— S'il montre les dents, je m'occuperai de son cas !

Je lui adresse un sourire pour seule réponse et saisis la poignée devant moi.

Mais pourquoi ai-je insisté pour qu'on demande son approbation à Antonin pour loger chez Léo jusqu'à la fin de notre séjour ?

— Tu veux que je passe devant ? propose ce dernier.

J'hésite, puis lui fais signe que oui et recule d'un pas.

Le musher frappe énergiquement contre le battant avant de le faire pivoter sans attendre de réponse. Il entre ensuite dans la pièce d'un pas vif.

Cette fois, Antonin est parfaitement éveillé. Il est assis dans son lit et regarde par la fenêtre. Il tourne la tête, nous observe tous les trois, et pas un sourire ne s'affiche sur son visage. Mais son ami s'en moque, il s'approche de lui et le serre contre son torse dans une étreinte virile.

— Je suis content de te retrouver, mec !

Antonin laisse échapper un léger grognement de douleur.

— Excuse-moi, j'y suis allé un peu fort.

— Ça va, se contente de répondre Antonin.

— T'as vraiment cru pouvoir disparaître dans la montagne comme ça ? C'est du déjà-vu ! crache Léo avec une certaine amertume.

Antonin tourne la tête vers lui et le fusille du regard, mais son ami n'en tient pas compte et retrouve son ton enjoué.

— Enfin… Maintenant on le sait, en traîneau, le coup de la panne, ça ne fonctionne pas !

— Mec, tu devrais la fermer, tu débites beaucoup trop de conneries à la seconde, se désespère Antonin.

— Ah ! Voilà, ça c'est mon pote ! Si tu râles, c'est qu'on doit encore pouvoir faire quelque chose de toi.

Cathy s'éclaircit la gorge pour interrompre la joute verbale qui s'installe. Elle lui dit combien elle est contente qu'il soit tiré d'affaire, même s'il risque de souffrir pendant un sacré moment. Elle s'est elle-même fissuré une côte il y a quelques années et c'est l'un de ses pires souvenirs.

Je laisse avec plaisir ma pipelette de meilleure amie faire la conversation. Je sais que le musher m'a remarquée, il jette de fréquents coups d'œil dans le coin où je me suis installée, non loin de la porte et le plus à distance possible de son lit. Si je pouvais disparaître dans un trou de souris, je le ferais avec plaisir.

Léo finit par remarquer le manège de son ami.

— On va peut-être vous laisser un moment… J'ai récupéré les clés de chez toi et j'irai m'occuper des chiens tous les jours. Ne t'inquiète pas pour eux, ils iront bien. Hawaï a été opéré et il se remet bien. Enfin, tu dois déjà savoir tout ça par tes parents… Allez, on se sauve. Cathy, tu viens ?

Ma meilleure amie hoche la tête, saisit la main qu'il lui tend et sort avec lui de la chambre.

Lorsqu'ils passent devant moi, je lui fais de gros yeux, comme pour la supplier de ne pas m'abandonner.

— On t'attend à la cafétéria, en bas, me précise-t-elle avec un clin d'œil.

Traîtresse !

Me retrouvant coincée, j'avance d'un pas vers le lit d'Antonin. Son regard plonge dans le mien et je le vois froncer les sourcils sans réussir à déchiffrer ce qu'il pense.

— Euh… Je… Antonin, je suis désolée.

Il se détourne et scrute à nouveau l'extérieur.

— J'ai eu si peur pour toi. Je te promets que j'ai vraiment tout essayé avant d'atteler Baïkal. Si j'avais pu trouver une autre solution, je…

— Je sais, me coupe-t-il.

— J'ai cru te voir mourir…

Ma voix se brise en énonçant ces mots.

— Les médecins m'ont dit que ça aurait été le cas si tu n'avais rien fait, souffle-t-il en secouant la tête.

Je ne suis pas certaine qu'il se dise, pour autant, que j'ai opté pour la bonne solution. Il inspire profondément puis expire lentement avant de poser à nouveau ses yeux sur moi. Son attention se porte sur mes mains, bandées après les points de suture.

— Tu es blessée ? me demande-t-il.

Je comprends sa volonté de changer de sujet. Il ne veut pas évoquer Baïkal. Peut-être ne s'en sent-il pas la force. Il paraît néanmoins sincèrement inquiet.

— Ce n'est rien. Juste quelques points de suture.

— Ah !

Après avoir parlé sans discontinuer pendant toute une nuit, nous ne savons plus quoi nous dire. La culpabilité me cloue sur place. Je dois pourtant lutter contre. Si je veux rattraper mes erreurs, je dois me faire violence.

— Tu sais combien de temps tu vas devoir rester ici ?

— Les médecins veulent me garder en observation quelques jours. Et toi ? Tu vas pouvoir rentrer chez toi ?

— Je pourrais, oui. Mes parents seraient ravis. Mais Léo m'a proposé de rester chez lui avec Cathy, et d'y passer Noël.

— Ah… Et tu vas accepter ?

Son ton ne trahit aucune émotion. Impossible de cerner ce que cette annonce provoque en lui. Préfère-t-il que je reste ou me savoir le plus loin possible de lui pour m'oublier ?

— Ça dépend de toi.

— De moi ?

Je hoche la tête en me sentant devenir rouge écrevisse. Il me dévisage puis se détourne vers l'extérieur une nouvelle fois.

— Alors tu ferais mieux de rentrer chez toi, Mélia.

Mon cœur se replie douloureusement sur lui-même.

— Je n'en vaux pas le coup… ajoute-t-il dans un souffle.

J'allais baisser les bras, meurtrie d'être rejetée, comprenant qu'il ne veuille plus me voir, mais ses mots me font l'effet d'un coup de fouet. Ce n'est pas sa haine de moi qui l'incite à me repousser, mais le manque d'estime qu'il a pour lui. Et ça, je peux y faire face.

Je m'approche de lui et saisis son menton pour le forcer à me regarder.

— Ça, je crois que c'est à moi d'en décider… Je te dis donc à demain, je compte bien passer te voir tous les jours !

Je ne lui laisse pas le temps de répondre et m'éclipse.

*

* *

— Tu te rappelles quand tu m'as avoué ne jamais avoir joué au Uno ? questionné-je Antonin, qui semble désespéré. Eh bien, il est temps de remédier à ça. Tu vas voir, tu vas adorer !

Après une nuit reposante passée chez Léo, je suis arrivée de bon matin à l'hôpital, bien décidée à faire passer une journée agréable à Antonin – de gré ou de force –, mon arme fatale du jour en main : ce jeu de cartes auquel tout le monde devient forcément accro.

Première victoire : il ne m'a pas encore mise à la porte. Je le soupçonne même de trouver ma présence divertissante. Ce qui est exactement l'objectif.

Peu importe que mon cœur batte la chamade à l'idée de passer du temps avec lui, et que cela ne me serve plus à rien de me le cacher. Même s'il ne partage pas mes sentiments, je me fais un devoir d'adoucir son séjour à l'hôpital. Et lui occuper l'esprit est le meilleur moyen d'éviter qu'il ne pense en permanence à ses chiens. À Hawaï, blessé. À Baïkal…

— Bon, je distribue les cartes et je t'explique les règles. Tu devrais t'en sortir, la boîte précise que c'est accessible à partir de sept ans !

— Mélia… Qu'est-ce que tu fais ici ? change-t-il de sujet. Je veux dire, tu as sans doute bien plus intéressant à faire ailleurs, non ? Tu ne veux pas rentrer retrouver ta famille plutôt que de jouer les gardes-malades ? Tes parents doivent s'inquiéter pour toi.

— Oh ! Ne t'en fais pas pour ça, je ne leur ai rien dit du tout. Et j'ai interdit à Cathy d'en parler à qui que ce soit. Ils me pensent donc en train de passer un agréable séjour à la montagne, tous frais payés. Soit exactement ce que je suis en train de faire, non ?

— Mais tu ne préférerais pas être avec eux pour les fêtes ?

— Ouh là, non… C'est justement pour fuir le Noël de la famille parfaite que j'ai accepté de venir ici.

Il hausse un sourcil comme pour m'inciter à développer.

— Mes parents sont fous amoureux l'un de l'autre. Ils se dévorent encore du regard comme s'ils venaient de se rencontrer…

— Quelle horreur ! raille-t-il.

— Et mon frère revient spécialement des États-Unis pour afficher sa réussite. Ça ne part pas d'un mauvais sentiment, et je suis ravie pour lui… Mais ça me ramène violemment à l'échec de ma vie sentimentale.

Il détourne les yeux.

— Bref, crois-moi, je suis ravie d'être là. Et puis, Noël à la montagne, c'est carrément magique. Depuis toute petite, chaque année, j'espère de toutes mes forces qu'il neige. Les rares fois où cela arrive, à Paris, cela se transforme vite en gadoue, c'est pas féerique pour un sou. Ici je suis servie ! Même si, bien sûr, je n'aurais pas dit non à un peu d'exotisme tropical : passer les fêtes en maillot de bain par trente degrés à l'île Maurice, par exemple. Mais le plaisir de boire un chocolat chaud au coin du feu en regardant les flocons tomber dehors reste unique.

Je crois voir un léger sourire se dessiner sur ses lèvres.

— Bon, on la fait cette partie de Uno ?

Il émet un grognement que je choisis de prendre pour une approbation.

Après six parties d'affilée perdues par Antonin, le risque qu'il me morde si je distribue les cartes à nouveau est élevé. Il a un petit air qui me rappelle Hawaï. Celui du dominant qu'il ne faut pas pousser à bout.

— Tu n'es pas obligée de rester là, tu sais, souffle-t-il lorsque je range les cartes dans leur boîte.

— Je sais. Je vais aller voir à l'accueil s'ils n'ont pas des jeux à prêter.

— Pitié, non ! râle-t-il.

On frappe alors à la porte pour annoncer l'arrivée du déjeuner.

— Ouf, je suis sauvé ! s'exclame-t-il.

Je pouffe et ceci se transforme en fou rire quand je vois la tête qu'il affiche après qu'un plateau-repas a été déposé devant lui, sur la table à roulettes typique des hôpitaux.

Je me lève pour aller chercher la tartine au reblochon que j'ai achetée ce matin dans une boulangerie pour mon déjeuner.

— Tu veux qu'on échange ? J'adore la blanquette de veau.

— C'est donc de la blanquette de veau, lâche-t-il comme s'il avait été incapable de reconnaître le contenu de son assiette. Tu es sûre que ça ne te dérange pas ?

— Au contraire, je te dis que j'adore ça !

— OK.

Je ne repars de l'hôpital qu'en milieu d'après-midi. Antonin me répète pour la cinquantième fois environ que je ne suis pas obligée de revenir, ce à quoi je ne prends même plus la peine de répondre.

*

* *

Nouveau jour et nouvelle mission pour Mélia Lecomte, dompteuse de loup sauvage. J'ai emprunté son ordinateur à Léo et compte bien proposer un marathon Netflix à Antonin.

— Alors, plutôt *Manifest* ou *Arrow* ?

— Aucune idée, je te laisse choisir.

— Tu veux dire que tu me laisses le choix entre mater les abdominaux de Stephen Amell et n'importe quelle autre série ?

— Je ne sais pas qui est Stephen Amell, mais on dirait, oui…

— Alors là, c'est tout vu. Personne n'arrivera jamais à faire le poids face à Stephen Amell !

Pourquoi est-ce que je vois Antonin en train de gravir une échelle d'Hercule quand je prononce cette phrase ? Quoi qu'il en soit, cela fait monter sensiblement ma température. Et le musher doit s'en apercevoir puisqu'il ne manque pas de se moquer.

— Ah oui… C'est à ce point. Je ne voudrais pas te priver de ce plaisir !

— Tu me fais une petite place à côté de toi ? La chaise est carrément inconfortable.

— Si je comprends bien, tu voudrais te blottir contre moi pour mater un autre homme ? Mon ego se sent piétiné ! plaisante-t-il.

Aujourd'hui, l'ambiance entre nous est détendue. Je pourrais presque croire qu'il flirte avec moi, mais je dois rêver. Notre baiser (enfin plutôt *mon* baiser volé) me revient en mémoire. N'a-t-il pas dit qu'il avait dû atterrir au paradis après ça ? L'idée d'un « nous » ne doit donc pas lui être si insupportable…

Enfin, il venait de frôler la mort et la douleur lui faisait clairement dire n'importe quoi !

Il se décale sur le matelas et tapote la place à ses côtés.

— Allez, viens, mon ego devrait s'en remettre.

Je ne me le fais pas dire deux fois. J'enlève mes chaussures et me glisse à côté de lui.

L'ordinateur au bout du lit, je lance le premier épisode d'*Arrow*. Qui débute avec Oliver Queen naufragé sur une île de Raja Ampat, les cheveux longs, la barbe hirsute, clairement ni rasé ni lavé depuis plusieurs mois.

— Rassure-moi, ce n'est pas sur lui que tu fantasmes ? se moque Antonin.

— Attends de voir…

Je suis déjà totalement absorbée par la série, même si je l'ai vue plusieurs fois.

— On en regarde un autre ? me demande-t-il avec envie quand nous arrivons au bout du quatrième épisode.

Et voilà, il est accro lui aussi. J'en étais sûre. Personne ne résiste à Stephen Amell !

— OK, mais un dernier, j'ai promis à Léo de l'aider avec les chiens cet après-midi.

Ma phrase semble faire l'effet d'une douche froide à Antonin. Je le vois se refermer sur lui-même. Il tourne la tête vers l'extérieur avant de demander, sans m'adresser un regard :

— Pourquoi tu fais tout ça, Mélia ? Prendre soin de moi, des chiens…

Parce que j'aime passer du temps avec toi, Antonin Dessommets ! Parce que te voir sourire me fait du bien. Parce que peu importent tes secrets, peu importe ta capacité à tenir les gens à distance, peu importe ce que tu penses de toi, j'aime celui que tu es…

Je pourrais lui dire ça, mais jamais je n'oserai. Ça me paraît si fleur bleue, si niais, si… risqué. Pour être honnête, j'ai peur qu'il ne partage pas mon ressenti.

Il analyse cependant mon silence différemment.

— Tu n'y es pour rien si Baïkal est morte, OK ? Tu peux te libérer de ta culpabilité. Je ne t'en veux pas. Tu as dû faire un choix dans des circonstances difficiles. Tu as eu le courage de faire ce qu'il fallait.

Son ton me blesse, mais je ne me démonte pas.

— Tu crois vraiment que je suis là car je me sens coupable ?

— Pour quoi d'autre ?

— Je suis là pour toi, Antonin ! Je m'en voudrai toute ma vie pour Baïkal, mais ça n'a aucun rapport. Si nous nous retrouvions à nouveau dans cette situation, je referais le même choix. Peu importe que tu me haïsses pour ça. Parce que sans ça, c'est toi qui ne serais plus là. Je ne cherche pas à me racheter, je suis là parce que j'en ai envie. Et si tu veux te débarrasser de moi, il va falloir le dire franchement, et arrêter de trouver mille prétextes pour me faire fuir.

— Je te l'ai dit, je n'en vaux pas le coup.

— Et je t'ai déjà répondu que c'était à moi d'en décider. Sur ce, je crois que je vais te laisser réfléchir et aller rejoindre Léo. Je te prête l'ordinateur, tu peux continuer la série sans moi, je l'ai déjà vue.

Je sors du lit, saisis mon sac et claque la porte de la chambre derrière moi.

– 23 –

— Alors bonhomme, tu te remets ?

Assise au sol dans le salon d'Antonin, je passe mes doigts dans le pelage d'Hawaï.

Après son opération, il a gagné un séjour forcé à l'intérieur. Je ne peux m'empêcher de noter les similitudes de comportement avec son maître. Il ne semble pas plus ravi que lui de se retrouver enfermé, quand bien même c'est pour sa santé. Il regarde par la baie vitrée et hurle sa peine par moments.

— Je sais, tu préférerais être dehors. Mais ce n'est que l'affaire de quelques jours. Ensuite, tu retourneras avec tous les autres dans votre parc et tu retrouveras ta place de leader.

Voilà que je discute avec Hawaï comme si nous étions de vieux amis. Il y a quelques jours à peine, l'approcher me filait des frissons dans le dos. Il faut croire qu'affronter des épreuves côte à côte soude les vivants.

— Si tu as un mode d'emploi pour comprendre ton maître, je suis preneuse.

— Moi aussi, ajoute Léo, derrière moi.

Il vient de rentrer dans la maison. Une maison à l'image d'Antonin avec un vaste terrain, dont une grande partie est dédiée aux chiens. Ils y disposent d'un immense enclos doté de plusieurs abris où se réfugier au chaud. La bâtisse a un style rustique : des pierres apparentes à l'extérieur et un toit en ardoise, et une large cheminée dans laquelle Léo a allumé un feu. La décoration est à la fois sobre et cosy. Le long canapé en cuir brun me donne envie de me jeter dedans, blottie sous un plaid.

— Ça ne s'est pas bien passé aujourd'hui ? me questionne le musher.

— Je ne sais pas… Il m'a encore une fois incitée à partir. En me disant, en gros, que je pouvais arrêter de chercher à me racheter à tout prix pour la mort de Baïkal, qu'il ne m'en voulait pas.

— Laisse-moi deviner. Il refuse de voir que tu t'intéresses à lui.

— Je ne m'…

Je commence à nier avant de me rendre compte qu'il est inutile de cacher l'évidence à Léo. Alors j'avoue :

— Quelque chose comme ça.

— Il est persuadé qu'il ne mérite pas d'être heureux. Il repousse toutes les personnes à qui il pourrait s'attacher. Peut-être pas peur de souffrir, ou pour se punir…

— Pour se punir ? Mais de quoi ?

— Disons qu'il s'est passé un événement dont il se considère responsable. Depuis, il repousse tous les gens qui pourraient l'atteindre. Sa famille… Ses amis. Alors, l'amour, je n'en parle même pas.

— Tu crois qu'il parviendra à se pardonner un jour ?

— J'espère… En tout cas, personne ne l'a jamais remué comme tu le fais, même s'il ne l'avouerait pour rien au monde. Et qui sait, peut-être qu'avec un peu de la magie de Noël, tu pourrais faire des miracles !

— Ouh là, tu me connais, si je me transformais en lutin, je risquerais plutôt de pousser le père Noël du traîneau que de l'aider.

— Si c'est Antonin que tu compares au père Noël, alors je crois qu'il l'aurait bien cherché. Tu pourrais lui proposer de venir réveillonner avec nous, il a pris l'habitude de passer les fêtes seul, ou en circuit avec des touristes. Ça serait déjà un sacré progrès.

— Tu crois qu'il acceptera ?

— Je suis certain que tu sauras employer les bons arguments… se marre-t-il.

J'aime beaucoup Léo. Sous ses apparences de bon vivant, faussement superficiel, il sait se montrer attentif aux autres et semble d'une fidélité sans faille en amitié. J'espère que son histoire avec Cathy durera, ils semblent faits pour s'entendre. Et il saura lui apporter cette folie qui manquait cruellement à Jules.

*

* *

— Tu es revenue ? me demande Antonin, visiblement soulagé lorsque j'entre dans sa chambre.

— Disons que je sais désormais comment réagir face à un chien qui grogne.

— C'est souvent qu'il a peur, commente-t-il en ayant parfaitement compris que je faisais référence à lui.

— C'est ce qu'on m'a dit, oui ! En revanche, j'ai quelques conditions pour accepter de divertir à nouveau tes journées de manière si agréable.

— Hum… Lesquelles ? questionne-t-il, inquiet.

— Que tu arrêtes de chercher tous les prétextes possibles pour te débarrasser de moi.

— OK, se contente-t-il de répondre.

— Et que tu acceptes de passer le réveillon avec Léo, Cathy et moi.

— Je ne sais pas si c'est une bonne idée. Les fêtes de Noël, ce n'est pas trop mon truc.

— Très bien. Moi qui ai spécialement cuisiné une matouille ce matin avant de venir, pour t'éviter de manger cette délicieuse tambouille d'hôpital que tu affectionnes tant, je vois que je vais être obligée de repartir avec.

— Une matouille ? C'est vraiment petit de te servir de mes points faibles contre moi.

— Alors ?

— OK, je passerai Noël là où tu voudras.

— Parfait ! Alors tu as avancé dans *Arrow* ?

— J'ai fini la saison 1.

— Mais tu as dû y passer toute la nuit.

— Ça m'a occupé l'esprit. Je n'arrivais pas à dormir.

Nous retrouvons notre position d'hier et regardons un nouvel épisode. Ainsi collée contre lui, je ne peux m'empêcher de remarquer à quel point il sent bon. Pas ces parfums beaucoup trop forts qui vous filent des migraines d'enfer, mais une odeur qui paraît naturelle. Peut-être simplement celle de son savon. Discret, mais diablement efficace.

— Au fait, tu as eu des nouvelles ? Tu sais quand tu vas pouvoir sortir ?

— Un médecin doit passer m'ausculter demain matin. S'il donne son feu vert, je serai libéré dans la journée.

— Libéré, carrément ? On ne t'a tout de même pas torturé, rassure-moi ?

Il me jette un coup d'œil qui veut tout dire. Rester cloué dans ce lit tout ce temps a éprouvé ses limites.

— En tout cas, c'est parfait, tu seras bien sorti pour Noël. Tu n'auras donc aucune excuse pour ne pas venir au réveillon chez Léo.

*

* *

Mes mains devant les yeux d'Antonin, je le guide jusque chez lui avec une boule au ventre. Ai-je bien fait d'organiser tout ça ? Peut-être aurais-je dû me contenter de faire simple : aller le chercher à l'hôpital, le ramener chez lui et le laisser profiter des retrouvailles avec ses chiens.

Si j'ai pu compter sur la complicité de Léo et Cathy, je suis à présent seule pour assumer nos décisions. J'espère qu'il appréciera.

Comme espéré, le médecin a donné son feu vert pour qu'il quitte l'hôpital. Seul le temps pourra maintenant faire son œuvre pour ses côtes, ainsi que les antalgiques qu'il doit prendre régulièrement, même si je le soupçonne de s'en passer.

— Tu es prêt ?

— Je te préviens tout de suite, je ne suis pas en état pour une soirée dans un donjon SM.

— Quoi ? Mais pourquoi tu penses à un donjon SM ?

— Oh ! Tu sais, les yeux bandés, tout ça, tout ça. Et puis, hier soir, il fallait bien que je m'occupe, alors j'ai cherché de quoi passer le temps et dans tes derniers visionnages sur Netflix il y avait ce film, *Cinquante nuances de Grey*. Tes goûts semblaient prometteurs avec *Arrow*, alors je me le suis lancé…

Je ne peux retenir un éclat de rire en imaginant sa tête durant le film.

— Tu t'es donc évidemment dit que je m'adonnais secrètement au sadomasochisme…

Pouvons-nous vraiment plaisanter sur ce sujet alors qu'il règne entre nous une attraction bien réelle ? Oui, de toute évidence. À croire que nous aimons nous faire souffrir. Ce qui reviendrait à dire qu'il serait partant pour ce genre de pratique ? Sans avoir jamais essayé, je ne suis pas certaine que ça soit vraiment ma tasse de thé.

Mélia, arrête tout de suite de partir en vrille, il tente juste de plaisanter car il est inquiet de ce que tu lui réserves !

— Promis, ton intégrité physique ne craint rien. Ton intégrité visuelle, en revanche…

Tout en disant ça, je retire mes mains de son visage, lui dévoilant la façade de sa maison. Nous avons installé des guirlandes lumineuses pour souligner la toiture, et peint des flocons aux fenêtres. On se croirait arrivés chez le père Noël lui-même.

— C'est… commence-t-il sans pouvoir achever sa phrase.

— Tu aimes ?

— Je…

— Tu détestes, n'est-ce pas ? Léo m'avait prévenue que je prenais des risques.

— Parce que Léo est dans le coup ?

— Bien sûr. À ton avis, qui a installé les guirlandes ?

— Il va le payer cher.

— C'est à ce point ?

— Mais non, Mélia, je plaisante. C'est une attention très touchante.

— Ah ! Parfait ! Parce que ce n'est pas fini. Mais tu as peut-être envie d'aller retrouver tes chiens, non ?

Il me scrute d'une manière insondable pendant de longues secondes. Que se passe-t-il dans sa tête ? Il semble aux prises avec des sentiments contradictoires.

Il finit par replacer une mèche de mes cheveux derrière mon oreille et acquiesce.

— Ils vont te faire une fête d'enfer !

Et en effet, la meute est surexcitée lorsqu'elle voit Antonin s'approcher de l'enclos. Léo en a pris soin comme s'il s'agissait de la sienne, et j'ai tenté de l'aider du mieux que je pouvais, mais à la vue de leur maître, les chiens entament un concert d'aboiements joyeux.

Je le vois s'agenouiller à leur hauteur et se faire lécher abondamment le visage. Il grimace de douleur lorsqu'ils se montrent un peu trop brusques, mais le bonheur inonde son visage.

Je m'éclipse et le laisse profiter de ce moment, seul.

– 24 –

Une fois que la nuit est tombée pour de bon, j'allume les dernières bougies disposées dans de petits pots en verre, puis je rejoins Antonin. En me voyant arriver, il me regarde avec un air interrogatif. N'ayant pas la force de lui expliquer ce vers quoi je l'emmène, je noue mes doigts aux siens pour l'attirer à ma suite.

Il se laisse faire, et je tente par notre lien de lui transmettre ma force.

Arrivé à un endroit un peu reculé de sa propriété, il comprend immédiatement. Il me serre la main et inspire profondément.

— Léo m'a dit que tu aurais voulu la garder près de toi, soufflé-je. C'est lui qui a creusé.

Devant nous, entouré de flammes vacillantes, un trou a été creusé dans le sol. Au fond de celui-ci, un cercueil est visible, sur lequel a été sculptée la tête d'un husky.

— Clément a abandonné tous ses projets en cours dès que nous l'avons contacté. Il l'a sculpté pour Baïkal. Et pour toi. Il a précisé qu'il aurait voulu faire mieux, mais nous n'avions pas le temps. Léo est allé le chercher ce matin.

Il hoche la tête tandis que ses yeux se remplissent de larmes. Aucune ne coule cependant sur ses joues.

— C'est magnifique, confirme-t-il. Mais il est interdit de…

— Je sais, Léo m'a expliqué. Il s'est arrangé avec votre vétérinaire.

Une larme solitaire lui échappe. Il bat des paupières, lâche ma main et s'agenouille pour faire glisser ses doigts sur la tête en bois. Il ferme les yeux et laisse sa tête retomber sur son torse.

Je n'imagine même pas à quel point il doit souffrir, mais je suis persuadée qu'il s'agit d'une étape importante pour qu'il puisse faire son deuil.

Je laisse les minutes s'égrener. Je pourrais dire quelques mots, cependant rien de ce que je prononcerais ne serait à la hauteur de la relation qu'il partageait avec Baïkal.

— Adieu, ma belle. File vite et loin, murmure-t-il.

Il se relève et s'empare de la pelle plantée dans le tas de terre à côté de nous. Il entreprend de recouvrir le cercueil, mais chaque pelletée le fait souffrir un peu plus. Je pose alors une main sur son bras pour l'interrompre.

— Laisse, je vais le faire.

— Mais tes mains… proteste-t-il en faisant référence aux points de suture dans mes paumes.

— Je t'assure que ça ira. Je veux faire ça pour elle.

Il me tend le manche en bois mais alors que je m'attaque au tas de terre, il me retient d'un geste. Il noue ses bras autour de ma taille, m'approche de son torse et dépose un baiser sur mon front.

— Merci, Mélia !

Je cille puis reprends mes distances pour effectuer ma tâche. Mes paumes, dont les plaies sont à peine refermées, me lancent mais peu importe. J'honore la mémoire de cette chienne qui aura donné jusqu'à sa vie pour sauver Antonin.

Le trou désormais comblé, je laisse la pelle retomber au sol. Nous restons ainsi, silencieux un temps, puis je lui demande :

— Tu as de la tequila dans tes placards ?

— De la tequila ? Oui, je dois avoir ça quelque part.

De retour dans la chaleur réconfortante de la maison, Antonin s'extasie sur l'agréable odeur qui s'échappe de la cocotte mijotant sur sa gazinière.

— Je me suis dit qu'un bon repas nous ferait du bien. J'ai fini de préparer cela pendant que tu étais avec les chiens. Mais en attendant que ça soit prêt, je crois qu'un verre s'impose.

— Un ou dix ?

— Dix, sûrement. Mais je ne crois pas que ça soit recommandé avec tes antalgiques…

— Alors ça tombe bien, je n'en ai pas pris depuis hier !

— Ça ne t'aurait pas arrêté, je me trompe ?

— Non, en effet.

Un léger sourire canaille aux lèvres, il sort une bouteille d'un placard, prend deux petits verres à shot et nous nous installons dans son canapé, aussi confortable que ce que je pouvais l'imaginer.

— À Baïkal !

Et je lève mon verre vers lui.

— À Baïkal, répète-t-il en trinquant avec moi.

Nous avalons la tequila cul sec et il remplit immédiatement nos verres.

Nous discutons pendant un moment du talent de Clément. Son métier me fait carrément rêver. Pouvoir travailler le bois, créer de ses mains, sculpter des œuvres monumentales qui provoquent des émotions à couper le souffle… Voilà le genre de vie que je voudrais mener. Mais les écoles de commerce ne mènent pas à ça. Et tout plaquer pour me former demanderait un courage que je ne suis pas certaine d'avoir.

Antonin m'apprend qu'avant de se mettre à son compte comme musher, il a passé un bac scientifique et projetait d'être vétérinaire. C'est du moins la voie vers laquelle ses parents l'avaient poussé. Pour son bien. Afin de lui éviter une vie éreintante et lui assurer un quotidien loin des problèmes financiers qu'ils avaient pu connaître. Mais la passion l'a rattrapé. Il a tout laissé tomber dès sa première année d'études. Peu à peu, il a composé son premier attelage, puis il a développé son activité dans le créneau des séjours atypiques, qui a vite explosé. Aujourd'hui, il a plus de demandes que de places disponibles.

Lors de l'accident, nous avions passé la nuit à parler de nous, mais jamais encore il ne m'avait donné un tel accès à celui qu'il est réellement. Je ne sais pas ce qui a changé entre nous, mais il semble avoir baissé sa garde, ce soir.

— Je te l'ai déjà dit, mais merci d'avoir organisé tout ça pour moi. Je ne suis pas sûr que… commence-t-il.

— Ne me dis pas que tu n'es pas sûr de le mériter.

— OK, je ne dis rien ! consent-il en laissant échapper un petit rire.

— J'aime te voir faire ça.

— Ça ?

— Sourire !

— Ah ! Alors, trinquons à mon sourire.

— À ton sourire !

— Et moi, j'aime ta ténacité, Mélia Lecomte.

— Oh ! là, là ! Est-ce que tu viens de me faire un compliment ?

— On dirait bien. À croire que deux shots suffisent à me faire dire n'importe quoi.

— Ne te cache pas derrière l'alcool ! Tu es encore en pleine possession de tes moyens.

— Tu as raison. Trinquons donc à ta ténacité, que j'assume pleinement d'apprécier.

Nous vidons à nouveau nos verres et, alors que je repose le mien, je prends conscience qu'une désagréable odeur flotte dans l'atmosphère. Je me lève d'un bond et me précipite vers la gazinière.

— Mais non ! Tu me crois si je te dis que notre dîner est carbonisé ?

Il vient me retrouver, touille la mixture carrément repoussante dans la cocotte et explose de rire en constatant, comme moi, qu'elle est irrécupérable.

— Des pâtes au beurre, ça te dit ? C'est à peu près tout ce que je dois pouvoir cuisiner avec ce qu'il y a dans les placards.

— Ça me semble parfait !

Je le laisse s'occuper des casseroles pendant que je vais chercher la bouteille de tequila pour nous resservir.

— À ma maladresse légendaire !

— À ta maladresse légendaire ! répète-t-il en saisissant le verre que je lui tends et en trinquant. Ça va t'étonner, mais je crois que j'aime bien cette part de toi aussi.

— Ah oui ?

Je plonge mon regard dans le sien. Nous sommes assez proches pour que nos bras se touchent. Je scrute ses lèvres avec la folle envie de les embrasser. La tequila agit peut-être finalement plus vite que ce que je pensais, m'ôtant certaines de mes inhibitions.

Je m'approche encore davantage, ma poitrine touchant presque son torse.

— Et tu aimes quoi d'autre chez moi ?

Je le provoque alors que nos bouches ne sont plus qu'à quelques centimètres l'une de l'autre.

Il pose une main sur ma joue, la laisse glisser jusque derrière mon oreille pour saisir ma nuque. Je ferme les yeux et, alors que je savoure d'avance son baiser, son front se pose contre le mien.

— Je meurs d'envie de t'embrasser, crois-moi. Je suis certain que j'aimerais beaucoup ça. Mais c'est une mauvaise idée.

— Je déteste t'entendre dire « mais » ! murmuré-je, encore proche de ses lèvres.

Il saisit la bouteille et nous sert à nouveau.

— À mes « mais » que tu détestes ! porte-t-il un toast sur le ton de la plaisanterie pour détendre l'atmosphère.

— Je ne suis pas certaine de vouloir trinquer à ça.

Alors que la frustration pourrait tendre l'ambiance entre nous, étonnamment il n'en est rien. N'a-t-il pas avoué qu'il avait très envie de m'embrasser ? Je ne désespère pas de le faire craquer pour de bon.

Le temps que les pâtes cuisent, je détaille la décoration. Dans la bibliothèque, qui fait face à la cheminée, je découvre une photo sur laquelle je reconnais immédiatement Antonin adolescent, entouré de deux jeunes hommes.

— C'est Léo ? lui demandé-je en peinant à reconnaître le musher.

Il se fige et met quelques secondes à me répondre.

— Oui. Avec son frère.

— Dis donc, sacrée coupe de cheveux. Heureusement qu'il a changé. Je ne savais pas qu'il avait un frère…

— C'est parce que Samuel… ne fait plus partie de nos vies.

— Oh !

Je comprends immédiatement à son ton que je viens de mettre le doigt sur un point sensible.

— C'est bientôt prêt, change-t-il de sujet.

OK, c'est donc encore pire que ce que je pensais !

Je m'assieds dans le canapé et attends qu'Antonin nous serve. Nous dégustons de savoureuses coquillettes au beurre dans un silence pesant.

— Il est mort ?

Je marche en terrain miné, je le sais, mais j'ai besoin d'avancer.

— On ne sait pas, murmure-t-il, les yeux rivés à son assiette vide.

— Comment ça, vous ne savez pas ?

— Il a disparu. À cause de moi. Je te l'ai dit, Mélia, je n'en vaux pas la peine.

— Et si tu m'expliquais pour me laisser en juger ?

Il reste immobile, son attention focalisée sur les trois pâtes restant dans son assiette.

Je me tourne vers lui et glisse ma main sur sa cuisse.

— Samuel était… particulier.

Je lui laisse le temps de choisir ses mots sans le brusquer. La confiance qu'il me témoigne en se livrant me touche au plus profond de mon être.

— Avec le recul, je me suis rendu compte qu'il manquait de confiance en lui, mais il laissait transparaître exactement l'inverse. Il avait besoin de se sentir aimé, à tout prix, ce qui le poussait souvent à faire n'importe quoi. Déjà à l'école, les autres le trouvaient bizarre. Plus ils le rejetaient, plus il cherchait à attirer leur attention. Il répondait aux profs, faisait le pitre… Mais au fond, c'était le mec le plus adorable au monde. Derrière ses fanfaronnades, c'était un type sur qui on pouvait compter en toutes circonstances. Mon meilleur ami, celui à qui je pouvais tout raconter, celui avec qui j'ai fait les quatre cents coups…

Il marque une pause, saisit la bouteille de tequila et se sert un verre qu'il descend d'une traite. Je le laisse faire, comprenant que parler lui demande du courage.

— Malgré tous ses efforts, il n'a jamais eu beaucoup d'amis. Il avait Léo, il m'avait moi. Il aurait tout donné pour nous, alors il attendait la même chose de notre part : que nous le fassions passer en priorité dans nos vies. Mais quand j'ai commencé mes études pour devenir vétérinaire, j'ai pris mes distances. Je ne revenais dans la région que pour les week-ends et j'étais pas mal occupé.

— Ça se comprend, les études de vétérinaire sont vraiment prenantes…

— Mais des études, quelles qu'elles soient, doivent-elles passer avant nos amis ? Quand on les perd, on se rend compte de la valeur des choses. Des priorités qu'il faut donner. J'aurais sacrifié ma vie pour lui, Mélia. Et lui, la sienne pour moi. Pourtant des études ont réussi à nous éloigner…

Mon cœur se serre en voyant ses mâchoires se crisper. Le dégoût de lui-même qu'il éprouve m'atteint de plein fouet. Si seulement il pouvait se voir comme je le vois : un homme dont la bonté va jusqu'à faire passer la vie de ses chiens avant la sienne.

Je glisse mes doigts sous son menton et l'oblige à me regarder.

— Je crois qu'on a tous des périodes où on se laisse plus ou moins déborder par le quotidien, tu n'as pas à t'en vouloir pour ça.

Il lâche un petit rire amer qui marque clairement à quel point il est en désaccord avec ça et focalise à nouveau son attention devant lui.

— Un matin, il est venu me demander de partir faire une randonnée en traîneau et j'ai refusé. Je venais de me disputer avec mes parents à propos de mes études, il est tombé au mauvais moment. Il est parti tout de même, avec l'attelage de son père, qui était musher lui aussi, avant que Léo reprenne l'affaire. Et il n'est jamais revenu.

— Il a eu un accident ?

— On ne l'a jamais retrouvé. Pourtant, les secouristes de la région ont été mobilisés pendant des jours. Léo et moi avons sillonné tous les circuits que nous connaissions… En vain.

— Et tu t'es persuadé que sa disparition était ta faute… Que si tu l'avais accompagné, il ne se serait rien passé.

— Évidemment que c'est ma faute, Mélia. Il est venu me chercher. J'aurais dû voir qu'il allait mal, j'aurais dû savoir qu'il avait vraiment besoin d'un moment pour décompresser, qu'il pouvait se mettre en danger. La frustration l'a toujours poussé à faire des choses inconsidérées. C'était à moi de le protéger de lui-même. J'ai perdu mon meilleur ami, privé Léo de son frère adoré… Je ne veux plus jamais revivre ça, c'est trop dur. Aimer les gens, c'est prendre le risque de souffrir.

J'encaisse le coup en comprenant mieux pourquoi il me repousse. Son discours fait écho en moi, qui me retiens de vivre par peur du ridicule. Antonin s'empêche d'aimer par peur de souffrir.

— C'est pour ça que tu tiens Léo à distance ?

— Je ne peux pas le regarder en face, Mélia. J'ai tué son frère, tu m'entends ? J'ai tué mon meilleur ami !

— C'est ce qu'il pense ? Il n'a pourtant pas l'air de t'en vouloir.

— C'est compliqué. Léo a choisi de retourner sa colère contre son frère. Il est persuadé qu'il est en vie et qu'il a volontairement disparu pour nous donner une leçon. Certaines choses pourraient le laisser penser, mais je refuse d'y croire. Il avait méthodiquement rangé sa chambre, mais cela lui arrivait de temps en temps.

Il laissait s'accumuler un bordel sans nom, jusqu'à ce qu'il ne puisse plus le supporter et mette tout en ordre. Il a effectué des retraits de sommes importantes les trois mois qui ont précédé sa disparition… Mais il a tout aussi bien pu tout donner à un sans-abri, ou à une fille de passage. Quand il s'emballait pour quelque chose, il n'avait pas de limite. Je le savais, j'aurais dû faire attention à lui.

— Antonin, tu n'as pas tué ton meilleur ami, tu as simplement refusé de partir faire une promenade parce que ce n'était pas le moment, c'est tout. Que tu souffres, c'est une chose, mais tu n'as pas à porter le poids de la disparition de Samuel.

— Si c'était aussi simple… souffle-t-il.

— Je ne te dis pas que c'est simple, mais ça vaut le coup d'essayer. Ma meilleure amie Romane m'a dit un jour qu'en verrouillant ma vie, j'évitais le pire mais aussi le meilleur. Et crois-moi, même si j'étais sceptique à l'époque, je me rends compte qu'elle avait raison.

Il se tourne dans ma direction, arrime son regard au mien puis pose son pouce sur ma bouche.

— Je ne sais pas si j'y arriverai.

— Mais tu peux au moins essayer, lui rappelé-je.

Cette phrase est imparable entre nous.

— Je peux au moins essayer ! admet-il juste avant que ses lèvres se posent sur les miennes.

Sa langue s'insinue entre mes dents et caresse la mienne. Il pose ses mains en coupe autour de mes joues et m'attire à lui pour approfondir notre baiser. Il s'accroche à moi avec la force du désespoir, comme s'il s'apprêtait à faire un saut dans le vide. Je ne demande qu'une chose : qu'il me laisse être son parachute.

– 25 –

Un agréable frisson parcourt ma nuque. Allongée sur le côté, les yeux fermés, je savoure la sensation des doigts d'Antonin qui glissent délicieusement sous mes cheveux retenus en chignon.

Hier soir, nous avons fini par nous endormir dans les bras l'un de l'autre sur son canapé. Après les nombreux shots de tequila et les émotions de la journée, nous n'avons pas eu le courage de nous en extraire pour rejoindre son lit. Peu à peu, la fatigue a pris le dessus sur notre envie de nous découvrir et nous avons fini par y céder.

Je n'ose pas ouvrir les paupières, de peur que la sensation de bien-être que je ressens s'évapore lorsque je découvrirai qu'il ne s'agit que d'un rêve. Un sourire naît néanmoins sur mes lèvres tandis que celles d'Antonin effleurent mon front, puis y déposent un baiser d'une douceur infinie.

Son index parcourt mon visage, passe sur mon nez et dessine le contour de ma bouche. Chaque cellule de mon corps réagit à ses caresses. Il m'enflamme en me touchant à peine.

Je mordille son doigt et entends Antonin expirer de manière profonde, comme s'il luttait pour contenir son désir. Il m'attire à lui et m'embrasse avec tendresse. Ce baiser n'a rien à voir avec ceux que nous avons partagés hier. Le corps d'Antonin est détendu, comme s'il avait enfin déposé les armes. Nos langues mènent une rumba au rythme langoureux.

Il s'éloigne de mes lèvres pour tracer un sillon dans mon cou, puis, de ses dents, il joue avec le lobe de mon oreille. Je laisse échapper un léger gémissement et devine le sourire qu'il déclenche chez lui.

Ses mains passent sur mon ventre, par-dessous mon tee-shirt, le soulèvent légèrement pour tourner autour de mon nombril, me provoquant de nouveaux frissons. Il descend ensuite jusqu'à la lisière de mon pantalon, puis saisit une de mes fesses qu'il presse légèrement. Je m'arrime à ses hanches et l'attire à moi, mais il m'incite à me positionner sur le dos en murmurant :

— Laisse-moi te découvrir, Mélia Lecomte.

Le message est clair : il est seul maître à bord. Ce qui n'est pas pour me déplaire. Moi qui ai toujours eu du mal à me réveiller, je ne peux envisager de meilleur moyen de le faire. Mon tour de prendre les rênes viendra plus tard, et je ne compte pas le laisser passer.

Ses mains reprennent leur exploration. Il déboutonne mon jean et m'aide à le faire glisser le long de mes jambes. Ses doigts effleurent ma culotte, poussant mon bas-ventre à se contracter.

Il se redresse, je le sens quitter le canapé et s'éloigner. *C'est une blague, il ne peut pas me laisser en plan comme ça !*

Je grogne de frustration.

— Sois patiente, ordonne-t-il alors que ses mains se positionnent sur mes pieds.

Il fait remonter ses doigts le long de mes mollets, suivant le chemin qu'ils tracent d'une multitude de baisers. Personne n'avait jamais pris le temps d'explorer mon corps de la sorte, et la manière dont il respire me prouve qu'il est aussi excité que je le suis, même s'il fait durer le plaisir.

Je le sens escalader l'accoudoir au bout de mes pieds. Sa main droite prend appui au-dessus de ma hanche gauche, et lorsque sa langue se pose au creux de mon genou, je crois défaillir d'excitation, mais ce n'est rien en comparaison de ce que je ressens au moment où il remonte à l'intérieur de ma cuisse. Il m'embrasse, me lèche, me mordille. J'inspire profondément, me mords les lèvres, gémis de plaisir. Puis sa bouche se pose sur ma culotte et ma respiration se bloque. Il y dépose un baiser, puis souffle sur mon ventre et remonte jusqu'à mon nombril. Puis jusqu'à mes lèvres. Cette fois, je m'empare de sa bouche avec avidité.

Il saisit ma nuque et me pousse à me redresser. Les paupières toujours closes, je me retrouve assise sur lui à califourchon. Il se laisse retomber en arrière et ses paumes s'insinuent sous mon tee-shirt. Je m'en débarrasse d'un mouvement pour lui laisser libre accès à mon soutien-gorge qu'il défait d'un mouvement. Ses doigts partent alors à l'assaut de mes seins. L'assaut le plus enivrant que l'on puisse imaginer.

Sa langue s'enroule autour d'un de mes tétons tandis qu'il titille l'autre d'une main.

— Tu es magnifique, murmure-t-il.

Je me cambre et débute une légère ondulation. Ma culotte frotte contre son pantalon tendu, manquant de me faire perdre pied. Le râle qui lui échappe alors me pousse à continuer.

Il me laisse jouer avec son désir un moment. Ses doigts s'infiltrent sous ma culotte et il reprend alors l'ascendant sur notre danse. Je me liquéfie au contact de ses caresses. Des vagues de plaisir déferlent en moi.

Alors que j'entreprends de défaire le bouton de son pantalon, il s'empare de ma main droite et me pousse à remplacer ses doigts par les miens contre mon intimité. J'ouvre alors les yeux et les plonge dans les siens. Il hausse un sourcil et m'adresse un sourire provocateur, comme pour me mettre au défi. Alors, sans jamais dévier mon regard, je reprends mes va-et-vient sur lui tout en me caressant. Je le vois se mordre les lèvres, brûlant de désir.

J'ondule d'abord lentement, frôlant mon clitoris déjà hypersensible, puis j'accélère la cadence jusqu'à sentir mes chairs se contracter violemment et un orgasme me terrasser. Il remonte le long de ma colonne vertébrale, accompagné par les mains d'Antonin.

Sur son visage, une expression triomphante apparaît, puis il ferme les yeux et je le sens se contracter à son tour.

Ma bouche retrouve la sienne et joue à nouveau avec sa langue.

— Je crois qu'une douche serait la bienvenue, murmuré-je contre ses lèvres. Tu m'accompagnes ?

— Évidemment !

Alors que nous nous relevons et qu'il me prend par la main pour me guider, une voix retentit derrière la porte d'entrée.

— Mélia ? Antonin ? Vous êtes là ?

Oh merde ! J'avais donné rendez-vous à ma meilleure amie pour aller faire des courses en ville. Nous fêtons le réveillon ce soir et je n'ai encore trouvé aucun cadeau.

— Je crois qu'on va devoir remettre cette douche à plus tard, soupiré-je en lâchant la main d'Antonin, comme prise en faute, pour me dépêcher de me rhabiller. File, je vais l'occuper pendant que tu te laves !

Antonin s'approche à nouveau de moi, saisit ma nuque pour m'embrasser puis s'éclipse vers la salle de bains.

Après avoir refermé mon pantalon, renfilé mon tee-shirt et rassemblé à la va-vite mes cheveux dans un chignon pour me donner une certaine contenance, j'ouvre la porte à ma meilleure amie.

— Eh ben… J'ai failli prévenir les secours pour les avertir qu'il vous était à nouveau arrivé quelque chose ! s'exclame-t-elle.

Je la regarde avec de gros yeux.

— C'est trop tôt pour faire des blagues sur les disparitions et les secours ?

J'explose de rire et la prends dans mes bras.

— Ne change jamais, ma Cath. C'est comme ça que je t'aime.

Elle me rend mon étreinte puis pénètre à l'intérieur de la maison.

— Ça a été avec Antonin ? me demande-t-elle en chuchotant.

Au vu de la soirée que nous lui avions réservée, nous étions convenus que je passerais la nuit ici. Dans la chambre d'amis. Léo ne voulait pas laisser son ami seul après l'enterrement de Baïkal, et je me suis désignée pour lui tenir compagnie. Préférant éviter qu'elle me voie rougir, je me tourne et avance jusqu'à la cuisine.

— Oui, oui, ça a été, me contenté-je de répondre.

— Mais dis-moi, Hawaï n'était pas censé retourner avec la meute ? Parce que ça sent le fauve ici. Et la tequila.

— Euh… Si, si, Léo a remis Hawaï dans l'enclos avec les autres hier après-midi. Il ne supportait plus de rester à l'intérieur.

Dès que ma meilleure amie croise mon regard, ses yeux s'arrondissent. Un sourire illumine son visage et elle me saute dans les bras.

— Ah ! Mélia ! J'en étais sûre ! Alors, raconte-moi tout, c'était bien ?

— Je ne vois pas de quoi tu parles.

— Ben voyons ! Je te connais par cœur, Méli, et je peux deviner ce qu'il s'est passé ici cette nuit. Alors, Antonin est-il aussi sauvage qu'il en a l'air ?

Je retiens un éclat de rire en voyant Antonin approcher dans son dos, fraîchement lavé et habillé.

— Salut, Cathy, prononce-t-il à quelques pas d'elle en la faisant sursauter.

— Oh ! Antonin ! Euh… Bonjour.

Elle devient rouge écrevisse et écarquille les yeux en se tournant vers moi.

— Je demandais à Mélia si… Enfin, je viens la chercher pour aller faire quelques courses pour ce soir ! Léo est vraiment content que tu te joignes à nous. Il est déjà en cuisine pour tout préparer et, comme j'ai tendance à tout faire brûler, il a préféré se passer de mes services !

C'est du Cathy tout craché : quand elle est stressée, elle parle à tort et à travers.

— Tu veux un café ? lui propose-t-il comme si de rien n'était.

— Oui, volontiers.

— Je vous laisse, je vais me doucher pour qu'on puisse filer ensuite.

Oui, je laisse ma meilleure amie dans une situation pour le moins gênante, mais elle l'a bien cherché !

*

* *

Bras dessus, bras dessous avec Cathy, nous déambulons dans les rues de Bourg-Saint-Maurice et profitons du marché de Noël de la ville. Si notre circuit en pleine montagne nous avait un peu déconnectées de l'ambiance traditionnelle des fêtes, nous la retrouvons ici avec plaisir.

Une playlist dans laquelle Mariah Carey tient la vedette nous accompagne le long des stands illuminés, et une bonne odeur de vin chaud nous parvient régulièrement.

Nous prenons le temps de découvrir les rues commerçantes, pénétrons à l'intérieur d'une boutique de décors en bois magnifiques, dans laquelle nous restons plus d'une heure à nous extasier.

Nous en ressortons allégées de quelques billets et alourdies de quelques sacs.

Devant le stand du père Noël, Cathy m'attire pour aller prendre une photo avec lui. Il n'y a pas si longtemps, j'aurais trouvé mille excuses pour refuser. Me faire mitrailler, assise sur les genoux d'un vieil homme charmant mais tout à fait bedonnant, telle une actrice de films pour adultes, non merci. Pourtant, aujourd'hui, je ne râle même pas pour la forme, je suis Cathy de bon cœur, fais la grimace devant l'objectif et embrasse même le père Noël sur la joue. Et je ris en le voyant rougir sous sa fausse barbe. Peu importe ce que les gens autour de nous peuvent bien penser, je passe un bon moment avec ma meilleure amie, c'est tout ce qui compte.

La journée étant ensoleillée, nous décidons de déjeuner en terrasse, malgré les températures peu élevées.

Des couvertures en polaire sur les genoux, un vin chaud devant nous, Cathy en profite pour me cuisiner au sujet d'Antonin. Je la fais tourner en bourrique un moment avant de lui avouer qu'il y a bien eu un petit quelque chose entre nous. Elle tape dans ses mains comme un enfant en apprenant que le plus gros paquet déposé sous le sapin est pour lui.

Elle me parle également de sa relation avec Léo, du fait qu'ils vivent l'instant présent. Ils préfèrent voir comment les choses évolueront entre eux. Pourtant, elle évoque des opportunités de développer sa franchise d'instituts de beauté dans la région. Pour quelqu'un qui ne veut pas s'engager, elle me semble déjà envisager sérieusement de se rapprocher de Léo. Et je ne peux qu'en être ravie.

Avec Antonin non plus, nous n'avons pas parlé d'avenir, c'est beaucoup trop tôt. Il y a encore quelques heures, nous n'étions rien l'un pour l'autre. Et maintenant, que sommes-nous ? Envisage-t-il une suite, ou la fin de notre séjour sonnera-t-elle celle de notre relation ?

Alors que les desserts arrivent – des profiteroles recouvertes d'un père Noël en chocolat qu'un coulis chaud fait fondre –, nous prenons un selfie et l'envoyons à Romane. Après tout, nous lui devons ce magnifique séjour et tout ce qui en découle. Sans elle, nous n'aurions jamais vécu une telle aventure. Dommage qu'elle doive se terminer si vite.

Pourquoi la perspective de notre départ dans quelques jours me paraît-elle soudainement si insupportable ?

– 26 –

Des effluves aux notes épicées me parviennent au moment où j'appose une dernière touche à mon maquillage avec ce rouge à lèvres carmin que je réserve aux grandes occasions.

Au quotidien, j'apprécie de rester la plus naturelle possible ; me voir ainsi apprêtée me paraît étrange. J'ai revêtu la seule robe que j'avais emportée dans ma valise, spécialement pour ce réveillon de Noël. Un modèle dont la coupe patineuse met mes courbes en valeur. Elle est entièrement noire, à l'exception d'un liseré rouge qui souligne le dessous de ma poitrine et orne le bas de mon jupon.

J'inspire profondément pour tenter de contrôler mon stress. Si ce matin tout me paraissait évident avec Antonin, j'appréhende maintenant son arrivée. Si tant est qu'il vienne. Après tout, il n'a jamais caché son désamour des fêtes de fin d'année, et sa difficulté à faire face à Léo n'aura pas disparu en une soirée comme par magie. Comment va-t-il se comporter avec moi ? Me trouvera-t-il jolie ? Cette connivence entre nous sera-t-elle toujours là ? Dois-je l'embrasser ou rester discrète ? Arriverai-je à le mettre à l'aise ?

— Arrête de te poser des questions, lâche Cathy en entrant dans la chambre d'amis de Léo. Tu es magnifique ! S'il ne s'en rend pas compte, c'est que sa chute dans cette crevasse a sacrément atteint son cerveau.

J'adresse un signe de tête à ma meilleure amie pour lui signifier ma reconnaissance.

— J'en connais un qui va avoir du mal à empêcher sa mâchoire de se décrocher ! lui dis-je avec un clin d'œil.

Elle est splendide dans sa robe bustier vert bouteille.

— J'espère bien ! J'arrive à peine à respirer tant je suis comprimée là-dedans, alors il a intérêt à en faire de même en me voyant.

Si Léo ne s'étouffe pas en la découvrant, il s'immobilise et ses yeux se mettent à pétiller. Si je n'étais pas là, je crois qu'il l'allongerait immédiatement sur la table du dîner, pourtant déjà dressée.

Elle s'approche de lui, il repose le verre et le torchon qu'il tenait pour la faire tourner devant lui avant de l'embrasser.

— Léo, tu aurais un briquet ? Je vais en profiter pour allumer les bougies plutôt que de tenir la chandelle.

— Dans le tiroir sous la plaque de cuisson, me répond-il avec un sourire, sans lâcher Cathy des yeux.

Décidément, ce musher ne fait que marquer des points. Jules se serait précipité pour me venir en aide, par politesse, alors que l'attention de Léo reste accaparée par ma meilleure amie. J'aime qu'il ne voie plus qu'elle, elle mérite un homme comme ça.

Je viens de reposer la dernière bougie sur la table quand des coups retentissent à la porte.

— Mélia, je te laisse aller ouvrir ?

Le regard complice que m'adresse Léo est adorable, mais mon appréhension remonte subitement en flèche.

— OK, j'y vais.

Derrière le battant, je remets mes cheveux en place et ferme les yeux une seconde avant de me lancer. *Il est venu ! C'est déjà bon signe !*

Antonin a troqué son habituelle combinaison pour un jean habillé et un manteau en laine bouillie très élégant. De sa main droite, il tient un sac dont je peux voir dépasser quelques paquets-cadeaux. Sa main gauche, jusque-là dissimulée dans son dos, tend un bouquet de fleurs dans ma direction. Un mélange magnifique de renoncules blanches et d'ilex. Je m'en empare, arrime mes yeux aux siens et murmure un merci à peine perceptible, touchée. Il saisit mon menton entre ses doigts gantés et attire ma bouche contre la sienne.

— Merci à toi, Mélia Lecomte. Je te promets d'essayer de passer une bonne soirée.

— C'est tout ce que je te demande.

Mon anxiété s'est subitement envolée !

Dans mon dos, des applaudissements retentissent. Côte à côte, Cathy et Léo se tapent dans la main.

— Je t'avais bien dit qu'elle le ferait craquer ! se réjouit le musher.

— Oh ! Depuis qu'ils se sont rencontrés, j'étais certaine qu'elle y parviendrait. J'avais juste du mal à déterminer si la tension palpable entre eux se transformerait en joute sanglante ou en baiser torride. Mais je préfère carrément la seconde option, répond Cathy.

— Allez, entrez, les amoureux, plutôt que de vous peler dehors, invite Léo.

Les amoureux ? Le terme me plaît, même s'il est sûrement trop tôt pour l'utiliser. Et puis après tout, même si cela ne doit durer que quelques jours, n'ai-je pas le droit d'être amoureuse ? De son côté Antonin ne semble pas s'en offusquer, ce qui est déjà un sacré exploit pour quelqu'un qui repousse tout le monde par peur de s'attacher.

La magie de Noël y est peut-être pour quelque chose, mais il flotte une ambiance particulièrement chaleureuse chez Léo ce soir. Tout le monde semble trouver sa place de manière naturelle.

Antonin débouche les bouteilles de vin pendant que Léo arrose la dinde dans le four. Cathy s'occupe d'allumer un feu dans la cheminée tandis que je lance une playlist de Noël puis apporte les premiers petits fours sur la table basse du salon.

Nous nous asseyons dans les deux canapés qui forment un angle face à la baie vitrée et à la cheminée ; Cathy et Léo sur l'un, Antonin et moi sur l'autre, sa cuisse frôlant la mienne.

Léo fait sauter le bouchon d'une bouteille de champagne et nous sert tous. Hawaï est au cœur de la discussion en ce début de soirée : il va beaucoup mieux. Antonin espère même le voir reprendre son rôle de leader une fois sa convalescence passée.

Nous discutons de tout et de rien, mais surtout de chiens. Je raconte la désastreuse aventure avec un chihuahua qui m'est arrivée dans ma jeunesse et a causé ma phobie. Tout le monde se marre, moi y compris. Je ne verrai plus jamais un chien de la même manière, mais qu'on ne me demande pas non plus d'approcher un de ces modèles miniatures, il y a des limites !

Antonin tient jusque-là sa promesse, il fait de vrais efforts avec son ami, heureux, cela saute aux yeux, de cette complicité retrouvée. Si j'ai au moins réussi à rassembler ces deux-là, j'aurai de quoi ne jamais regretter ce séjour.

Nous passons à table et dégustons un foie gras fait maison à tomber par terre. Léo tient la recette de son père, un certain Philippe, figure d'autorité par excellence pour les garçons dans leur enfance.

Lorsqu'ils l'évoquent, Antonin et Léo se jettent un regard qui en dit long. Ils pensent tous les deux à Samuel. Léo tend sa coupe à Antonin qui accepte de trinquer avec lui avant de boire une gorgée de champagne, certainement en mémoire de souvenirs heureux.

Cathy et moi leur parlons beaucoup de Romane, de nos folles années ensemble, de son mariage à venir. Nous omettons cependant d'évoquer la promesse qui en a découlé. C'est pourtant grâce à elle que nous sommes ici aujourd'hui. Mais ne serait-ce pas comme empêcher un vœu de se réaliser si on le révélait ?

Les heures filent sans que nous les voyions passer. La dinde est un délice, tout comme les marrons et la purée de potimarron qui l'accompagnent. Après le fromage, nous décidons de nous offrir nos cadeaux.

— Allez, je me lance, dit Cathy. Voilà pour toi, ma biche !

Elle me tend une enveloppe dans laquelle je découvre un bon pour un cours particulier avec Clément, le sculpteur sur bois.

— Oh ! Mais c'est génial ! Je ne savais pas qu'il donnait des cours particuliers.

— Il n'en donne pas, précise Léo.

— Mais alors, comment as-tu fait ?

— J'ai vu à quel point l'atelier avec lui t'avait plu, donc j'ai tenté ma chance. Clément a été impressionné par ta dextérité quand on y est allés, alors il a accepté de faire une exception.

Je me lève et prends ma meilleure amie dans mes bras.

— Merci, ma chérie. Je n'aurais pas pu passer un meilleur Noël que celui-ci, avec toi, ici. Et ce cadeau est parfait.

— Oh ! là, là ! Arrête tout de suite sinon je vais pleurer.

À peine le temps de me rasseoir que je la vois saisir un nouveau paquet.

— Pour toi, Antonin !

Il rit de bon cœur en découvrant une balise GPS à l'intérieur.

— Pour que tu ne restes plus jamais perdu dans la montagne. Je ne sais pas pourquoi, mais je sens que pas mal de monde se sentira rassuré que tu aies ça sur toi.

En prononçant ces mots, son regard oscille entre Léo et moi. Antonin la remercie d'un hochement de tête et lui assure qu'il l'utilisera.

Elle se tourne alors vers Léo, à qui elle a réservé son dernier cadeau. Il ouvre une enveloppe dont il sort un bon pour une nuit à l'hôtel *Amour* à Paris. Je crois que le message de Cathy est clair : elle espère qu'ils parviendront à se revoir, et qu'il acceptera de faire un pas vers elle en la rejoignant dans la capitale.

La réaction de Léo nous surprend tous : il explose de rire et se lève de table pour s'éloigner. Je fronce les sourcils, soucieuse. Qu'est-ce qui lui prend ? Il revient et lui donne une enveloppe. Elle en sort une feuille et s'exclame :

— Tu m'as vraiment aussi offert une nuit à l'hôtel *Amour* ? Tu as vu mes recherches sur ton ordinateur ?

— Non, pas du tout. Je voulais qu'on puisse se retrouver à Paris dans un hôtel sympa et je suis tombé sur celui-ci… se marre-t-il.

— Eh ben… On peut dire que vous êtes sur la même longueur d'onde, tous les deux, constate Antonin.

— C'est la magie de Noël, assuré-je de mon côté.

Ils s'embrassent passionnément puis Léo va chercher le plus gros paquet déposé au pied du sapin et me le tend. En déchirant le papier, je découvre un sac à dos.

— Pour que tu puisses revenir faire un circuit en traîneau !

Je comprends qu'il fait référence à ma valise restée dans le coffre d'Antonin. Son attention me touche. Au moment d'offrir son cadeau à Antonin, il inspire un grand coup et saisit une simple enveloppe kraft qu'il pose à côté de son ami sans oser le regarder.

— Tu es libre d'accepter ou non, mec…

Antonin ouvre l'enveloppe et en sort des feuilles qu'il parcourt dans un silence pesant.

Ses sourcils se froncent, il soupire, repose la liasse, puis se lève et s'éclipse à l'extérieur en faisant claquer la baie vitrée derrière lui. Cathy saisit la main de Léo, qu'elle serre entre ses doigts en signe de soutien.

Je ne comprends rien à ce qu'il vient de se passer. Je me tourne vers Léo en quête d'une explication mais, assis sur sa chaise, il a la tête baissée.

Je décide de rejoindre Antonin à l'extérieur. Il est en tee-shirt, les avant-bras appuyés sur la rambarde de la terrasse.

— Qu'y a-t-il ?

Il ne me répond pas immédiatement.

— Je suis désolé, souffle-t-il. Je ne vais pas y arriver. C'est une offre d'association, Mélia. Léo veut qu'on fusionne nos deux entreprises. Bien sûr, ça pourrait être génial. On pourrait proposer des circuits à plus de monde, avoir des congés, s'épauler… Mais je ne peux pas. Que se passera-t-il le jour où il aura besoin de moi et où je ne serai pas là ? Je ne peux pas être responsable de ça…

Je saisis sa main et le force à me faire face. Je me blottis ensuite contre son torse et tente d'absorber sa douleur, même si je sais que c'est impossible.

— Tu sais, cette amie qui m'a dit qu'en verrouillant ma vie j'évitais le pire mais aussi le meilleur, elle m'a aussi ouvert les yeux sur le fait que ce qui me poussait souvent à refuser les choses, c'était ma peur…

— Bien sûr que c'est la peur qui me fait réagir comme ça. Je l'assume pleinement. Mais la peur n'est pas toujours inutile. Elle nous évite de nous mettre en danger.

— Est-ce vraiment comme ça que tu vois Léo ? Comme un danger ?

— Peut-être… Ceux qui peuvent nous faire le plus de mal sont ceux qu'on aime le plus.

— Alors qu'est-ce que tu crains le plus ? De ne pas être là pour lui quand il en aura besoin ou au contraire de l'être et de souffrir s'il lui arrivait quelque chose ? Réfléchis-y ! Il te l'a dit, tu n'es pas obligé d'accepter, mais parlez-en. Tu lui dois bien ça, je crois.

Il penche la tête vers moi et m'embrasse avant de murmurer :

— Je peux au moins essayer.

Je sais qu'il n'attend pas de réponse de ma part ; cette phrase, il se l'adressait avant tout à lui-même pour se convaincre.

À travers la baie vitrée, je vois Léo qui avance pour nous rejoindre. Je rentre pour les laisser discuter.

*
* *

Lorsque les garçons nous rejoignent à l'intérieur, nous ne cherchons pas à savoir ce qu'ils se sont dit. Les choses semblent apaisées entre eux et c'est tout ce qui compte.

— Bon, c'est bien beau tout ça, mais moi aussi j'ai des paquets pour vous !

Je surjoue un peu, mais je tiens à ce que la soirée reparte sur les bons rails.

Cathy découvre le magnifique cache-oreilles fait à partir de poils de chien que j'ai réussi à acheter au marché de Noël sans qu'elle s'en aperçoive. Elle avait totalement craqué sur le stand de cette créatrice locale.

Pour Antonin, j'ai fait graver une plaque de bois sur laquelle il est inscrit : « Le bonheur n'est vrai que quand il est partagé. » C'est une citation de Jon Krakauer, dans *Into the Wild*, qui tombe fort à propos. Il pourra l'accrocher chez lui. Il fait immédiatement le lien avec sa délicate attention lors du tout début de notre séjour. Et dire que cela date d'il y a moins de quinze jours ! J'ai pourtant l'impression que des années se sont écoulées depuis.

— J'ai un autre cadeau pour toi, je précise. Et Léo, je ne t'ai pas oublié non plus. Mais il faut que vous les ouvriez ensemble.

Ils s'adressent un regard faussement inquiet, comme s'ils craignaient ce que je leur réserve, et saisissent chacun le paquet que je leur tends.

Ils découvrent ensemble les pendentifs en cuir que j'ai fait graver pour chacun de leurs chiens. Ils pourront ainsi les accrocher aux harnais de leurs boules de poils préférées. Granger, Hagrid, Krum, Flammelle, Lupin, Luna et Norbert pour Léo. Hawaï, Fidji, Nauru, Lima, Iguazu, Glasgow, Helsinki, Goa, Jersey, Kingston, Kigali, Moorea, London et Italie pour Antonin. Aucun ne manque à l'appel. J'en ai également fait faire un au nom de Baïkal, qu'Antonin pourra accrocher à son porte-clés s'il le souhaite.

Ils me remercient chaleureusement tous les deux. Léo d'une bise chaste, Antonin d'un baiser beaucoup moins chaste.

— Dites-le si on vous dérange, se marre Cathy pour nous ramener à la réalité.

Au tour d'Antonin d'offrir ses cadeaux. Il a acheté un guide de la région pour Cathy. Il s'est dit qu'elle allait sûrement vouloir la découvrir plus en profondeur et que ça lui donnerait des idées. L'attention est semblable à celle de Léo avec moi : une bénédiction à ce que nous intégrions la vie d'une personne qui leur est chère.

Pour Léo, il a opté pour de nouveaux harnais pour ses chiens, les moins lourds et parmi les plus robustes qui existent.

Enfin, il se tourne vers moi et me tend un paquet dans lequel je découvre une boîte à bijoux. Est-ce que pendant une fraction de seconde je l'imagine se mettre à genoux sous la boule de gui suspendue au plafond pour me demander en mariage ? Oui. Mais je me reprends et découvre avec bonheur un magnifique pendentif en forme de patte. Je lui demande de l'accrocher immédiatement autour de mon cou et en profite pour l'embrasser à nouveau.

Les paquets distribués, nous passons au dessert, une magnifique bûche au chocolat et aux fruits de la passion. J'ai l'impression d'avoir assez mangé pour trois jours, mais peu importe, je la déguste comme si j'avais faim. C'est un délice. Ma gourmandise n'a pas de limite !

Une fois les assiettes vidées, mon regard se perd sur le sapin dressé dans le salon. Les guirlandes lumineuses que nous y avons placées clignotent en rythme. Dans un film, le réalisateur choisirait certainement ce moment pour effectuer un zoom arrière et montrer ses acteurs dans un pur moment de bonheur, à travers une fenêtre.

Dans la vraie vie, Antonin tend sa main dans ma direction et m'incite à me lever. Il m'attire contre lui, ma joue sur son cœur, nos mains entrelacées juste à côté, et se met à osciller de droite à gauche, lentement. Seulement à cet instant, je comprends qu'il s'agit d'une invitation à danser. Sur la version de Michael Bublé de *I'll Be Home for Christmas*, je suis le rythme, les yeux fermés, savourant l'instant.

– 27 –

Minuit sonne, Antonin se penche et m'embrasse tendrement. Au-dessus de nous, la boule de gui nous portera, je l'espère, bonheur. Ne dit-on pas que les amoureux qui s'embrassent sous le gui le soir du réveillon seront mariés dans l'année ? *OK, il faut que j'arrête avec cette obsession du mariage !*

Ai-je déjà passé un Noël aussi romantique ? Jamais. Ai-je déjà vécu un moment aussi parfaitement parfait ? Assurément jamais.

— Rentre avec moi ce soir, murmure Antonin contre mes lèvres.

Ai-je envie que ce séjour prenne fin et ma relation avec Antonin avec ? Jamais. Mais si je dois me contenter de quelques jours avec lui, je compte en profiter autant que possible. Je hoche donc la tête et m'empare de ses lèvres à nouveau.

En voyant du coin de l'œil Cathy et Léo bouche contre bouche sur un des canapés, je souris.

— Je crois qu'on peut s'éclipser sans qu'ils le remarquent.

— Tu penses qu'ils ne nous en voudront pas ?

— De leur laisser profiter de la fin de la nuit tous les deux, tu veux dire ? Oh si, affreusement ! Je suis persuadée qu'ils préféreraient qu'on reste pour boire le thé jusqu'au matin.

— OK, alors rassemble tes affaires, je t'enlève, Mélia Lecomte. Et prends tout, je ne compte pas te lâcher avant ton départ pour Paris !

*

*   *

Lorsque nous arrivons chez lui, il attend à peine d'avoir refermé la porte pour me plaquer contre elle. Ses lèvres embrassent les miennes avec ferveur. Il ne s'arrête que pour faire descendre mes collants le long de mes jambes et me retirer mes escarpins.

Mon cœur bat la chamade sous l'effet du désir.

Après avoir débarrassé Antonin de son manteau et de sa veste, je frissonne, la tête rejetée en arrière tandis qu'il fait courir sa langue de la base de mon cou jusque derrière mon oreille avant de m'embrasser de nouveau.

— Je crois que je te dois une douche à deux, murmuré-je contre ses lèvres. Je t'ai laissé en plan tout à l'heure !

Il me prend par la main et m'attire à sa suite.

Dans la salle de bains, il allume le jet d'eau pour lui laisser le temps de chauffer et reprend possession de ma bouche.

Entraînés par notre frénésie, nous reculons peu à peu et nous nous retrouvons sous le jet, encore entièrement habillés. Un sourire étire les lèvres d'Antonin tandis qu'un rire m'échappe.

— Je suis désolé pour ta robe, mais je rêve de te l'enlever depuis que je t'ai vue dedans.

Tout en disant ça, il fait glisser la fermeture Éclair dans mon dos. Je suis obligée de me contorsionner pour réussir à l'enlever, car elle est désormais collée à mon corps. Antonin me regarde faire avec un air amusé, il se délecte du spectacle.

N'ayant pas mis de soutien-gorge, je me retrouve vite nue sous ses yeux. Je le vois entrouvrir la bouche et expirer lentement.

— Qu'est-ce que tu m'as dit ce matin, déjà ?

Je me colle à lui pour défaire les boutons de sa chemise un à un.

— « Laisse-moi te découvrir. » À mon tour, Antonin Dessommets.

Il lève les mains en signe de reddition. Je laisse alors ma langue courir sur ses pectoraux tout en faisant glisser ma main vers son jean que j'ouvre avec une lenteur toute calculée avant de le faire tomber à ses pieds.

Je remonte ensuite jusqu'à son boxer tendu, ancre mes yeux aux siens et m'empare de son membre érigé, lui arrachant un râle. J'effectue quelques va-et-vient langoureux avant de le relâcher pour le débarrasser de son boxer.

Je recule alors pour saisir le gel douche, en verse dans mes paumes et prends le temps de laver Antonin.

Mes mains s'attardent sur ses épaules, les font rouler entre mes doigts pour le libérer de ses tensions, puis passent de ses abdominaux dessinés à ses fesses galbées.

Il s'arrime à mes hanches, puis part explorer mes courbes, jusqu'à mes seins.

— Non, non, l'arrêté-je en attrapant ses poignets. On respecte les règles, monsieur !

Il fronce les sourcils mais finit par acquiescer.

Sentir l'effet que je lui fais est grisant. Je n'ai jamais désiré un homme comme j'ai envie de lui en ce moment. Je veux qu'il accepte de s'abandonner enfin pleinement, qu'il me fasse suffisamment confiance pour ne plus dresser aucune barrière entre nous.

Je le sens se contracter lorsque je m'accroupis pour savonner ses cuisses, ma bouche à quelques centimètres de son sexe. Je le saisis à nouveau et entreprends de lui faire perdre la tête. Mes mouvements se font lents, puis plus rapides, avant de se calmer lorsque j'entends le souffle d'Antonin accélérer.

— Tu as des préservatifs ? lui demandé-je lorsque je le sens au bord du précipice.

— Dans le tiroir du lavabo, souffle-t-il en laissant sa tête cogner contre le carrelage derrière lui. Tu vas me rendre fou, ajoute-t-il.

— J'y compte bien, rétorqué-je avec un sourire victorieux.

Je sors de la douche, trouve ce que je cherchais et rejoins Antonin sous le jet d'eau chaude tout en déchirant un des emballages.

Je me hisse sur la pointe des pieds, laisse mes lèvres frôler celles d'Antonin et déroule le préservatif sur son sexe.

Poussé à bout, il s'empare alors de ma nuque et m'embrasse avec une ferveur incontrôlable. Il me hisse contre lui, mes jambes s'enroulent autour de ses hanches. J'ondule sur lui, qui frôle l'entrée de mon intimité.

Il plonge son regard dans le mien, puis me pénètre d'un coup de reins. À mon tour de ne pas parvenir à retenir un gémissement.

— Je te préviens, je ne vais pas tenir longtemps.

— À cause de mon poids, tu veux dire ? le nargué-je en comprenant parfaitement qu'il ne fait pas référence à ça. Peu importe, on a toute la nuit devant nous, non ?

Il ne répond pas. À la place il se retire puis me pénètre à nouveau d'une poussée franche.

Je m'agrippe à ses épaules et le laisse mener la danse. Je sens mes chairs se contracter autour de lui, des frissons parcourir ma colonne vertébrale malgré la chaleur étouffante de la pièce. Le plaisir est d'une intensité que je n'ai jamais éprouvée.

Antonin plante ses dents à la base de mon cou, me plaque contre le mur et me pénètre encore et encore, jusqu'à ce que je le sente se tendre. Il s'immobilise alors que l'orgasme le foudroie.

Après un moment, il me laisse glisser au sol et s'agenouille à mes pieds.

— Qu'est-ce que tu fais ?

— Tu crois que j'en ai fini avec toi ? Ce n'est pas toi qui as dit qu'on avait la nuit devant nous ?

Son regard provocateur fait naître une nouvelle vague de désir dans le creux de mes reins, et je ne tarde pas à gémir lorsque sa langue part à la rencontre de mes chairs.

Des étoiles dansent devant mes yeux, mes jambes tremblent. Je crois qu'elles menacent de me lâcher d'une seconde à l'autre, mon cerveau étant incapable de gérer l'intensité des sensations qu'il reçoit.

Me sentant au bord de l'abîme, je m'accroche aux cheveux d'Antonin et me contracte autour de ses doigts tandis que sa langue m'achève.

Encore haletante, je suis soudain brusquement ramenée à la réalité. En effet, le frisson qui me parcourt n'a cette fois rien à voir avec les qualités d'amant de mon musher, mais avec le jet désormais glacé qui me coule dessus.

Antonin explose de rire.

— Je crois qu'on va devoir se doucher à l'eau froide.

— Moi la première ! m'exclamé-je en saisissant le savon pour rester le moins longtemps possible victime de cette horreur.

En quelques secondes à peine, je suis lavée, rincée et enroulée dans une serviette. Ce qui ne m'empêche pas de trembler, jusqu'à ce qu'Antonin vienne se coller à moi, nu, sous la couette de son lit.

Enlacée dans ses bras puissants, je sens le sommeil me gagner tandis que ses doigts caressent la peau de mon dos.

— Si tu continues comme ça, je ne vais plus jamais vouloir repartir.

— Tu lâcherais ta vie à Paris ?

— Oh ! Tu sais, ma vie à Paris n'a rien d'exceptionnel. Il y a bien Romane et Cathy que j'aurais du mal à laisser derrière moi. Mais je n'ai plus de travail et je ne me vois pas passer dix ans dans mon appartement actuel. Ni en région parisienne, d'ailleurs.

— Je ne pourrais pas vivre à Paris, je ne sais pas comment tu fais.

— Quand on a l'habitude, ce n'est pas si désagréable. Il y a toujours quelque chose à découvrir, des rencontres à faire.

— Des rencontres à faire ? reprend-il sur un ton jaloux.

— Pas aussi intéressantes que celles que l'on peut faire dans les sommets, évidemment !

— Tu viens vraiment de faire un jeu de mots avec mon nom de famille ? se désespère-t-il.

— On dirait bien.

Peu à peu, je sens la respiration d'Antonin s'apaiser, puis son corps se détendre. De mon côté, alors que j'étais fatiguée il y a quelques minutes à peine, je ne parviens pas à trouver le sommeil.

Cette conversation soulève mille questions dans ma tête. Antonin envisage-t-il un avenir entre nous ? Me ferait-il une place dans sa vie ? Ça peut paraître totalement dingue, mais je crois que je me sentirais prête à tout lâcher, ou presque, pour tenter l'aventure avec lui.

*

* *

— Et voilà, des œufs brouillés ! s'exclame Antonin en déposant une assiette devant moi.

Je souris en constatant qu'il a retenu cette information que j'avais partagée avec lui, lors de notre nuit dans la montagne. J'adore les petits déjeuners salés. Entre un pain au chocolat et des œufs brouillés accompagnés de bacon, mon choix est vite fait.

— Tu me donnes de mauvaises habitudes, à cuisiner tous mes plats préférés. Comment je vais faire une fois de retour chez moi ?

— Tu te feras livrer par Uber Eats, plaisante-t-il, connaissant désormais mon goût immodéré pour me faire livrer à manger.

Je plonge le nez dans ma tasse de thé pour lui cacher ma déception. Ce n'est en effet pas la réponse que j'espérais.

Cela fait deux jours que je tente de lui faire comprendre que je serais prête à rester s'il me le demandait. Même sans aller jusque-là, j'aimerais qu'il se projette dans la suite de notre relation, qu'il me propose de venir le rejoindre le week-end, qu'il me confirme simplement que le départ de mon train demain ne signera pas la fin de ce qu'il y a entre nous.

Je pourrais formuler la question de manière claire, mais je n'ose pas. J'ai trop peur de la réponse qu'il pourrait me faire. Les mots de Romane résonnent dans ma tête chaque fois que je pense à me lancer, avant de me rétracter. Oui, c'est ma peur qui me dirige. Cette fois, je ne parviens pas à la maîtriser.

Une voix murmure en moi que je devrais me rendre à l'évidence. Profiter d'une parenthèse agréable est une chose pour Antonin, envisager de s'engager, jamais ! Il a été clair sur le sujet.

– 28 –

Les cheveux balayés par un vent glacial, je tente de faire passer la boule qui s'est logée dans ma gorge et m'empêche de prononcer le moindre mot. Je lève la tête vers le parvis de la gare de Bourg-Saint-Maurice et m'immobilise.

Ça y est, nous y sommes. Léo et Cathy doivent nous rejoindre ici pour que ma meilleure amie et moi prenions notre train de retour, direction Paris.

Après plusieurs tentatives pour essayer de faire mettre des mots sur notre relation à Antonin, j'ai fini par comprendre qu'il n'envisageait rien de sérieux, sans oser me le dire. Et si j'ai réussi à me convaincre jusque-là que j'étais prête à me contenter de cette parenthèse, et me suis répété qu'il valait mieux connaître le bonheur pour une courte durée que pas du tout, à cet instant, j'ai bien du mal à retenir mes larmes.

Qui se mettrait dans un état pareil après seulement trois jours de relation ? J'ai clairement un problème. Pourtant quelque chose en moi me dit que personne ne me comprendra jamais comme Antonin, et qu'en montant dans ce train je fais la plus grosse erreur de ma vie.

— Hey, ça va ? me demande-t-il en m'entourant de ses bras.

— Oui, oui, c'est le froid qui me fait pleurer.

Il me regarde bizarrement. Il sait que je lui mens mais choisit de ne pas relever. À la place, il dépose un baiser sur mon front et ferme les yeux avant de me serrer plus fort contre lui.

— Méliiiii ! crie la voix de Cathy lorsqu'elle et Léo nous repèrent.

Antonin enlève un de ses gants et essuie la larme qui roule sur ma joue, puis nous nous éloignons l'un de l'autre.

Cathy et Léo nous rejoignent. Ils se tiennent par la main et sont resplendissants.

— Eh ben alors, ma biche, tu en fais une tête ! dit ma meilleure amie. Tu sais, Paris n'est qu'à quelques heures de train. Nous ne partons pas au bout du monde.

Alors qu'elle cherche à me remonter le moral, Cathy provoque exactement l'inverse.

Bien sûr, la capitale n'est pas si loin, et si Antonin l'envisageait, nous pourrions débuter quelque chose à distance, mais ce n'est de toute évidence pas le cas. Il m'avait pourtant prévenue : il a trop peur de souffrir pour m'accepter dans sa vie. Peut-être finira-t-il par franchir le pas avec quelqu'un d'autre, mais pas avec moi, pas maintenant.

Je souris à ma meilleure amie pour la rassurer et nous avançons jusqu'à la gare.

Elle et Léo parlent avec entrain de la venue prochaine de ce dernier à Paris. Elle lui explique avec moult détails le circuit qu'elle envisage de lui faire faire, à commencer par la maison de Nicolas Flamel. Ils se sont découvert une passion commune pour *Harry Potter*.

— Ils se sont vraiment trouvés ces deux-là, constate Antonin.

Et nous, Antonin ? Est-ce qu'on ne s'est pas bien trouvés ? Est-ce que tu vas me laisser repartir comme ça ? Bien sûr, ces mots ne franchissent pas mes lèvres…

— Votre train est affiché voie 2, annonce Léo.

Chaque pas me paraît plus difficile à faire que le précédent.

Arrivée devant la porte de notre wagon, je m'arrête et plonge mes yeux dans ceux d'Antonin. *Dis-moi quelque chose, je t'en supplie. Laisse-moi au moins espérer que ceci n'est pas un adieu entre nous.*

Il se détourne pour vérifier l'heure à sa montre.

— Vous devriez monter, il ne reste que quelques minutes avant le départ.

Alors voilà, tout va s'arrêter là entre nous ? Sur le quai d'une gare, sans un mot, sans une explication ? On vaut mieux que ça, Antonin !

Je ne parviens pas à retenir les larmes qui dévalent sur mes joues. Antonin m'attire dans ses bras et me serre contre son torse avec force.

Je sens sa poitrine se soulever, puis il expire lentement.

— Méli, tu viens ? demande Cathy.

Lorsque je relève la tête, je remarque les paupières d'Antonin qui papillonnent. Essaie-t-il de s'empêcher de pleurer ?

Je me hisse sur la pointe des pieds et appuie mes lèvres sur les siennes. Il approfondit notre baiser en fronçant les sourcils, les yeux fermés.

— Demande-moi de rester. Je ne veux pas te laisser. Je ne veux pas que ça s'arrête là.

De ses mains sur mes épaules, Antonin me repousse.

— Méli, les portes vont se fermer, ajoute Cathy.

Je recule d'un pas sans qu'Antonin rouvre les paupières. Ses mains quittent mes épaules sans qu'il me regarde. Alors que la porte du train se referme devant moi, il est toujours au même endroit, immobile. Mon cœur, lui, a dû être attaché sur les rails de ce train, et chaque wagon lui passe dessus en le réduisant un peu plus en bouillie.

*
* *

Lorsque je passe la porte de chez moi, une tornade rousse me saute dans les bras.

— Oh ! là, là ! Je suis si contente de vous retrouver ! Vous devez avoir un million de choses à me raconter ! s'exclame Romane.

Je n'ai quasiment pas dit un mot du trajet. Cathy a respecté mon silence et s'est contentée de m'offrir son épaule pour pleurer. Elle n'a pas eu besoin d'explication pour comprendre ce qu'il m'arrivait. Et Romane remarque immédiatement à mon état que quelque chose cloche.

— OK, j'en déduis que c'est pour toi que Cathy a déclenché le plan Tequila. Il va vite falloir m'expliquer ce qu'il se passe. Aux dernières nouvelles, je pensais que tout allait bien et que tu avais même dépassé ta peur des chiens.

— Tu as des jours entiers devant toi ? lui demandé-je avec un sourire qui se brise vite.

— J'ai tout le temps qu'il faudra, répond-elle en me serrant contre elle. Les verres sont déjà prêts. Enlève ton manteau, installe-toi dans le canapé et laisse-nous nous occuper de tout.

— Je ne suis pas sûre d'avoir envie de tequila. Je crois que vous avoir toutes les deux avec moi est tout ce dont j'ai besoin.

Cet alcool me rappelle beaucoup trop Antonin. Et puis, je sais désormais que le pouvoir de faire face aux événements est entre mes mains, pas au fond d'un shot.

Alors, comme Romane me l'a demandé, je m'installe dans mon canapé, laisse mes meilleures amies me recouvrir d'un plaid, m'apporter un thé et je leur raconte tout.

Cathy est déjà au courant d'une bonne partie de mon récit, mais elle en découvre la fin avec les larmes aux yeux. Elle menace d'aller régler son compte à Antonin, mais je l'en dissuade. Je ne lui souhaite pas de mal, au contraire. Une partie de moi l'aimera à jamais. Il était juste trop tôt pour nous. Pour lui. J'espère qu'un jour il sera prêt à se laisser aimer et à aimer à nouveau.

— Je suis désolée, souffle Romane. Tout ça est arrivé à cause de moi et de mes idées foireuses. Je n'aurais jamais dû vous faire faire cette promesse.

Je me redresse soudain et saisis sa main pour l'obliger à me regarder.

— Tu plaisantes ? Cette promesse est la meilleure chose qui me soit arrivée. Sans elle, je n'aurais jamais vaincu ma peur des chiens ni vécu toutes ces expériences incroyables. Je n'aurais jamais rencontré Antonin. Et je ne veux pas regretter notre histoire. Si la vie me réserve encore d'aussi belles surprises, je compte bien continuer à dire oui encore longtemps. Je n'ai plus peur, Ro.

– 29 –

Départ d'une nouvelle vie dans cinq, quatre, trois, deux, un…

Pour la dixième fois environ en quelques années, je pousse la porte de chez Interim & Co en quête d'un nouveau contrat précaire, qui me permettra de payer – difficilement – le loyer de mon appartement et de m'occuper l'esprit.

— Mademoiselle Lecomte, bonjour ! me salue Monsieur Bobard, mon agent d'intérim attitré. Je suis ravi de vous revoir.

La réciproque n'est pas vraie, mais je ne vais pas être impolie en lui faisant remarquer. Non que je rêve d'un CDI confortable et rassurant. Plus maintenant. Pour autant, jusque-là, on ne peut pas dire que j'ai adoré les postes que j'ai occupés grâce à cette agence. Mais bon, il faut bien remplir le frigo, hein ! Et puis, je suis prête pour vivre la prochaine expérience que le destin me réserve.

Après l'avoir salué à mon tour, je m'installe sur le siège face à son bureau et attends qu'il développe la « proposition d'emploi pour laquelle il a pensé à moi ».

— Alors euh…

Il semble soudain hésitant.

— J'ai reçu une demande assez inhabituelle pour laquelle vous me semblez avoir toutes les compétences requises. Notre client cherche un employé qui ait déjà de l'expérience dans la vente, qui aime être au contact du public et qui… sache s'adapter.

— Qui sache s'adapter ?

— Oui. Au vu de vos différentes expériences, il me semble que ce soit votre cas.

Mais pourquoi tourne-t-il autour du pot comme ça ? Il n'y a pas de métier honteux, et il sait que j'ai déjà accepté des postes qui ne me faisaient pas rêver. Alors qu'il crache le morceau !

*

* *

— Attends, tu as vraiment accepté un poste de vendeuse dans un sex-shop ? s'étonne Cathy alors que nous déjeunons ensemble dans une brasserie.

— Bien sûr ! Pourquoi j'aurais dit non ?

— Euh… Parce que ce n'est pas vraiment le genre de travail qui fait rêver, me semble-t-il.

— Et tu penses qu'être réceptionniste dans un cabinet de gestion de patrimoine me faisait rêver ?

Elle secoue la tête, dépitée, en plantant sa fourchette dans une tomate cerise de sa salade César.

— Tu as dit oui à cause de la promesse qu'on a faite à Romane ! s'écrie-t-elle en ouvrant de grands yeux comme si elle venait de comprendre.

— Évidemment ! Je suis sûre qu'un boulot comme ça me réservera plein de surprises ! Je commence demain.

— Tu admettras que c'est un boulot assez original… Je ne doute pas que ça puisse être sympa, mais est-ce que c'est vraiment ce que tu veux faire de ta vie ? Et qu'est-ce que tu feras si un client te propose de tester les jouets avec lui ?

— Est-ce que ça peut être vraiment plus risqué que de partir en pleine montagne pour passer Noël ?

— Mélia, tu n'envisagerais pas vraiment d'accepter si un client te proposait ça, n'est-ce pas ?

Je ne réponds pas à ma meilleure amie. Je ne lui ai jamais menti et je ne compte pas commencer aujourd'hui. À la place, je préfère me concentrer sur ma cuisse de poulet que je découpe méthodiquement. En réalité, je ne sais pas ce que je ferais si je me retrouvais dans ce cas de figure. Grâce à la technique de Romane, j'ai vécu les plus belles semaines de ma vie, et comme une accro au bonheur, je ne suis pas prête à renoncer à ma dose.

*

* *

— Et que diriez-vous du thème « horreur » ? demande Cathy en plaquant devant elle un costume de *Scream*.

— Pour fêter le Nouvel An ? rétorque Romane. Pas certaine que ça soit le meilleur moyen de placer notre année sous les meilleurs auspices.

Comme tous les ans, nous passerons la dernière nuit de l'année toutes les trois déguisées. Nous avons donc dédié notre après-midi à la chasse aux costumes parfaits.

L'an dernier, nous avions opté pour le thème « tigre », car c'était le signe du calendrier chinois. Mais cette année, nous avons déjà écarté les déguisements de lapin ; le côté playmate ne nous a pas emballées.

— Et le loup ? Que diriez-vous du loup ? propose Romane en positionnant un très joli masque en dentelle devant ses yeux.

Mon esprit fait aussitôt le lien avec la meute d'Antonin et mon cœur se serre. Il me manque, tout comme ses chiens. J'espère qu'Hawaï se remet de sa blessure, que Nauru a réussi à surmonter la mort de Baïkal…

— Alors, Méli, tu en dis quoi ? On part sur le loup ? me questionne à nouveau Romane. Cathy est OK.

— Oui… OK. Va pour le loup.

Ce « oui » est peut-être le plus difficile que j'aie dû prononcer.

Je dois aller de l'avant, arrêter de penser à Antonin, à ce que j'ai vécu à ses côtés, à la vie dans laquelle je me suis projetée pendant un moment, à ce sentiment de plénitude que je ressentais alors.

Les filles s'enthousiasment, font défiler une dizaine de loups sous mes yeux, jusqu'à ce que j'acquiesce, sans avoir vraiment regardé ce qu'elles me montraient. Je suis ailleurs, dans la neige, un chant de Noël retentissant dans mes oreilles.

— On va manger chez *Toute une tartine* ? propose Cathy.

Romane approuve, et elles me traînent à leur suite jusqu'à notre restaurant fétiche. Je les suis, l'esprit loin de Paris, jusqu'à ce que nous passions devant la vitrine d'un tatoueur. Un dessin affiché sur celle-ci capte mon attention.

— Les filles, ça vous dirait de vous faire tatouer ?

— Quoi ? N'importe quoi ! répond Cathy.

— Euh… Là tout de suite ? questionne Romane.

— Regardez !

Je leur montre ce qui ressemble à une évidence pour moi.

Un flash sur lequel est inscrit « *Say yes* » est proposé par le tatoueur.

— Est-ce que ce n'est pas le motif parfait pour nous trois ?

Elles se dévisagent avec un air contrarié, clairement pas emballées par ma proposition.

— Méli, on ne connaît même pas ce tatoueur, je ne suis pas rassurée, souffle Romane.

— Tu pourrais t'envoler au bout du monde avec un quasi-inconnu, mais tu rechignes devant un tatouage ? m'agacé-je. C'est toi qui m'as dit qu'à ne pas prendre de risques, on passe à côté de sa vie !

— Je n'ai pas tout à fait dit ça… corrige-t-elle.

— Tu ne crois pas que tu deviens un peu obsessionnelle avec ça, Mélia ? ajoute Cathy.

— Ne vous fatiguez pas, j'ai compris. Allez manger des tartines dans notre restaurant habituel, avant de fêter le jour de l'An comme on le fait chaque année. Ne sortez pas des clous, ne prenez pas de risques… Je vous retrouve quand j'aurai fini.

J'ouvre la porte de la boutique et laisse mes deux amies plantées là.

Alors que le tatoueur, avec qui le courant est immédiatement passé, approche son aiguille de l'intérieur de mon poignet, Romane et Cathy l'arrêtent d'une voix :

— Attendez !

Il se retourne et les regarde avec un soupçon d'inquiétude. Dans son dos, je leur adresse une expression mécontente. *Mais qu'est-ce qui leur prend ?*

— Elle est bien stérilisée l'aiguille avec laquelle vous allez la tatouer, n'est-ce pas ? demande Cathy d'un ton méfiant.

Il la scrute quelques secondes avant de répondre.

— Elle est à usage unique et l'emballage juste ici vous prouvera que la date d'utilisation est bien respectée, en effet. Ma cliente pourra vous confirmer que je me suis consciencieusement lavé les mains avant d'enfiler mes gants jetables et, comme vous pourrez le constater, le plan de travail est recouvert de film plastique. Pourquoi ? Vous êtes du service de l'hygiène ?

— Non, mais on pourrait être un cauchemar bien pire, affirme Romane avec un grand sourire. Nous sommes les meilleures amies de cette tête de linotte, explique-t-elle en me montrant du doigt, et on veut s'assurer qu'elle ne risque rien.

Je secoue la tête de dépit, comme une gamine prise en faute par ses parents. Heureusement, un sourire apparaît sur le visage du tatoueur comprenant la situation.

— Si elle effectue correctement les soins prescrits, je dirais qu'elle a une chance sur deux de survivre, plaisante-t-il.

Mes deux amies ouvrent des yeux éberlués.

— Je plaisante, est-il obligé de leur confirmer pour les détendre. Je respecte scrupuleusement les normes d'hygiène.

— Vous êtes sûr ? insiste Cathy.

— Certain !

Elle affiche une moue dubitative, mais ne réagit pas lorsqu'il approche son aiguille de mon poignet.

— Vous êtes un sacré trio, non ? demande-t-il alors que le dermographe commence à encrer ma peau.

— Le pire qui existe, affirme Romane. Je vous l'ai dit, on pourrait être un cauchemar bien pire que les services d'hygiène.

— Vous savez, si vous me menacez, je risque de trembler.

— Bon, les filles, ça suffit. Vous vous asseyez et vous attendez sagement que ce monsieur ait fini, je les gronde comme une mère de famille réprimanderait ses petits. Il n'est pas question qu'il se loupe, inverse deux lettres ou tatoue de travers, c'est compris ?

Elles obéissent immédiatement, et prennent place dans les fauteuils positionnés à l'entrée. Je les entends chuchoter en se marrant.

En moins d'un quart d'heure, nous ressortons toutes les trois en nous tenant par la main. Mon cœur est plus léger. J'ai vraiment les meilleures amies du monde. Même si elles ne se sont pas fait tatouer, ce que je comprends parfaitement – ça reste une marque à vie –, elles m'ont soutenue.

— On a le droit d'aller manger chez *Toute une tartine*, maintenant ? demande Cathy. Ou c'est vraiment trop plan-plan pour Mme Lecomte qui veut vivre de nouvelles expériences ?

— Je suis désolée, les filles. Je ne sais pas ce qu'il m'a pris tout à l'heure…

— Ne t'en fais pas, on a compris que ce retour à Paris n'est pas facile à vivre pour toi. On voulait juste être sûres que tu ne te mettes pas en danger ! affirme Romane.

Je les serre contre moi et nous prenons la direction de notre table préférée.

*

* *

Étrangement, parmi la liste de tous les petits boulots que j'ai pu enchaîner, vendeuse dans un sex-shop est peut-être celui qui me plaît le plus. La clientèle qui défile devant le comptoir du magasin est hétéroclite, des personnes ouvertes d'esprit et respectueuses.

Contrairement à ce que pensait Cathy, personne ne me fait de proposition indécente. Mais peut-être est-ce lié à la présence du responsable du magasin, Karim, pas loin de deux mètres de haut et ayant largement dépassé les cent kilos sur la balance. Un amour dans un corps d'ours.

Si je dois encore souvent lui demander conseil, je deviens plus autonome de jour en jour. D'ailleurs, aujourd'hui, il devait partir tôt et m'a confié la fermeture du magasin.

Je n'ai cependant pas hâte de rentrer chez moi. Les matins et les soirs sont toujours aussi durs. Je finis souvent par m'effondrer en larmes en repensant à Antonin et à ses chiens, et je me réveille avec un mal de tête digne d'une gueule de bois.

Si je m'écoutais, je resterais blottie sous ma couette, mais je sais que ça ne servirait à rien. C'est en acceptant ce que la vie a à m'offrir que je finirai par tourner la page.

Une fois le dernier client parti, je verrouille la porte, compte la caisse et en dépose le contenu dans le coffre-fort, puis j'éteins les lumières, descends le rideau de fer de la boutique et y place un cadenas d'une taille démesurée.

Alors que j'avance dans la rue, un homme s'approche à ma hauteur. Assez jeune, un pantalon en velours et une casquette en tweed vissée sur la tête, il a un style décalé.

— Salut ! Excuse-moi mais est-ce que tu aurais une cigarette ?

Je hausse les yeux au ciel face à ce grand classique des dragueurs de rue, même s'il a formulé sa demande de manière polie.

— Non, je ne fume pas.

Je continue mon chemin.

— Ah ! Et est-ce que tu accepterais que je te paie un café ? poursuit-il en m'emboîtant le pas.

Je m'arrête pour le dévisager quelques secondes et réfléchis. Est-ce que la technique de Romane va vraiment me pousser à accepter de boire un verre avec un inconnu ?

Je suis sûre que, sur ce coup, elle m'inciterait à refuser, mais après tout, qu'est-ce que je risque ? Il me propose juste un café dans un lieu public. Si je ne le sens pas, je pourrai toujours partir.

— OK.

Je le vois ouvrir de grands yeux étonnés.

— Oh ! Tu es la première qui accepte. Merci !

— Il faut dire qu'on a vu mieux comme technique d'approche…

— Oui, je sais… Mes meilleurs amis se sont cotisés pour me payer des cours avec un coach en séduction, et j'essaie d'appliquer ses techniques, même si je suis sceptique.

— Un coach en séduction ? Non mais qu'est-ce qu'il ne faut pas inventer ? Je suis curieuse de connaître ces fameuses techniques !

Lionel, comme il se présente, me laisse le choix du café et, une fois installé devant un immense cappuccino, se révèle avoir une conversation intéressante.

J'apprends vite qu'il est étudiant en biologie et qu'il n'a jamais connu l'amour, d'où la démarche désespérée de ses amis. Si eux sont convaincus qu'il est incapable de draguer, je comprends que c'est en réalité un grand romantique qui attend de rencontrer la bonne personne.

— Si je peux me permettre de te donner un conseil, pour avoir une chance de rencontrer la femme de ta vie dans la rue, évite de lui faire remarquer qu'elle est la centième à qui tu proposes un café !

Il affiche un sourire contrit et se met à m'expliquer dans les grandes lignes les techniques vantées par son fameux coach.

Je me décompose en entendant le monceau de bêtises qu'on tente de lui faire intégrer. Il me débite une liste de conseils qu'il a dû apprendre par cœur et pas un ne me semble judicieux. « Plus tu multiplies les contacts, plus tu as de chances de conclure », « Peu importe qui tu es au fond, sois celui qu'elle veut que tu sois », « Paie le premier verre, car même si elle te dit qu'elle tient à partager, c'est faux ».

— Pitié ! Dis-moi que ton coach ne t'apprend pas que quand une femme dit non, c'est qu'elle veut que tu insistes.

La manière dont ses yeux fuient sur le côté est parlante.

— Tu te rends compte que ce n'est pas le cas, hein ?

— Évidemment ! Mais je ne veux pas faire de peine à mes amis en arrêtant le coaching. Ils ont payé pour une dizaine de séances et je n'en suis qu'à la deuxième.

— Je crois que tu ne devrais pas agir pour plaire aux autres, même si ce sont tes amis, mais en accord avec tes valeurs.

Il semble réfléchir et hoche la tête.

Nous changeons de sujet. Le temps file sans qu'on s'en rende vraiment compte. Il est évident qu'il ne se passera rien entre nous. Je n'ai rien de la femme de sa vie, et lui, rien… d'Antonin. Mais ça ne nous empêche pas de passer un bon moment.

Son insouciance me fait du bien. Il me donne l'impression de revivre mes années d'études en me parlant de son groupe d'amis. Keziah, qui sort avec Annabelle alors qu'il aime Cerise en secret. Sammy, qui a couché avec leur professeure de botanique. Jonathan, qui cultive des champignons hallucinogènes.

— Attends, t'es sérieux ? Ça se cultive vraiment ce genre de trucs ? Comme ça, dans une chambre étudiante ?

— Ouais, et il a aussi planté des pieds de cannabis dans les sous-sols de la fac. Il a installé tout le nécessaire pour que ça pousse : lumière, arrosage, tout !

— Eh ben ! Moi qui n'ai jamais fumé un joint de ma vie, ça ne me serait jamais venu à l'esprit de planter des pieds à l'université.

— Tu n'as jamais fumé un joint ? s'étonne-t-il.

— Jamais.

— Mais c'est une honte ! s'exclame-t-il. Tu veux essayer ? me propose-t-il aussitôt.

— Euh… Là, dans un café en plein Paris ?

— Ouais, t'as raison, c'est pas forcément le meilleur endroit. J'habite en banlieue, c'est un peu loin, mais si tu veux on va chez toi et je te fais essayer.

— Mais tu as tout ce qu'il faut sur toi, là ?

On croirait que je lui parle de capotes !

Il acquiesce d'ailleurs avec un petit sourire canaille qui me laisse comprendre qu'il a pensé exactement la même chose.

— On y va ? demande-t-il.

J'ai soudain l'impression d'être passée à côté de ma jeunesse à vouloir à tout prix rester dans les clous. Ma plus grosse bêtise se résume certainement à avoir triché à un contrôle de maths en troisième. Est-ce que tout le monde a déjà fumé une fois dans sa vie ?

Je ne me pose même pas la question d'accepter ou non la proposition de Lionel, ça me semble évident. Romane et Cathy ne seraient carrément pas d'accord, mais heureusement, elles ne le sauront jamais. Ou du moins, elles l'apprendront quand il sera trop tard pour me faire la morale.

– 30 –

Assis dans le canapé de mon appartement, Lionel vient de m'expliquer comment tirer une taffe sur son joint.

— OK, allez, j'y vais.

Je porte le cône à mes lèvres et aspire avant de faire pénétrer la fumée jusqu'à mes poumons. Je me mets immédiatement à tousser. Même si l'odeur et le goût ne sont pas horribles, on ne peut pas dire que je trouve l'expérience particulièrement agréable.

Lionel se marre en me regardant. Il reprend le joint et tire dessus à son tour.

— Si on m'avait dit que je finirais la soirée à fumer chez une inconnue ! Finalement, ils ne doivent pas être si mauvais, les conseils de ce coach en séduction, plaisante-t-il.

Je le regarde en fronçant les sourcils.

— Tu ne vas pas continuer à le voir, n'est-ce pas ?

Il me confirme que non d'un mouvement de tête et me propose de fumer à nouveau.

Je tends la main dans sa direction au moment où des coups retentissent contre la porte de mon appartement.

Je reste interdite. Qui cela peut-il bien être ? Je n'attends personne.

— Méli, tu es là ? questionne la voix de Cathy après quelques secondes.

— Oh merde, merde, merde ! laissé-je échapper en me précipitant pour ouvrir la fenêtre afin d'atténuer l'odeur d'herbe dans la pièce. Cache-toi, ordonné-je à Lionel tout en approchant de la porte.

— Je croyais que tu étais célibataire ! Pourquoi tu paniques comme ça ? me demande-t-il.

— C'est ma meilleure amie. Et crois-moi sur parole, tu ne veux pas qu'elle te trouve ici !

Je le vois faire une drôle de grimace, puis filer jusqu'au minuscule balcon sur lequel donne la fenêtre ouverte.

— J'arrive ! crié-je à l'attention de Cathy.

Je referme derrière Lionel puis me dirige vers la porte.

— Tu en as mis du temps ! s'exclame ma meilleure amie quand je lui fais face. Il y a quelqu'un avec toi ? se renseigne-t-elle, curieuse. Je t'ai entendue discuter.

— Non, non ! Tu me connais, je parlais toute seule !

Elle me dévisage de manière étrange puis pénètre dans mon appartement tout en regardant autour d'elle.

— Tu es en train de cuisiner ? Ça sent les herbes de Provence jusque dans le couloir.

— Ça doit être la voisine du rez-de-chaussée qui prépare quelque chose pour ses petits-enfants !

— Hum… Je n'ai rien senti en passant devant chez elle.

Elle regarde derrière moi, porte une main à son cœur et retient une exclamation.

— Ne panique pas, Méli, mais… Je crois qu'il y a un homme derrière ta fenêtre. On va sortir calmement et appeler la police.

Voyant la tournure que prennent les choses, je comprends que je ne peux pas laisser le malentendu se poursuivre.

Je me dirige vers la fenêtre sans laisser le temps à Cathy de réagir et ouvre à Lionel. Celui-ci se propulse à l'intérieur, frigorifié.

— Cathy, je te présente Lionel.

Celle-ci le regarde avec un air éberlué.

— Oh… Je… Enchantée, mais je…

Elle semble bugger totalement.

— Je crois qu'il vaut mieux que j'y aille, glisse Lionel. Méli, au plaisir de te recroiser un jour, ajoute-t-il en se dirigeant vers l'entrée pour enfiler son manteau.

En quelques secondes à peine, il s'est éclipsé.

Cathy, elle, est toujours figée dans la même position.

— Est-ce que je vous ai interrompus au moment fatidique ? me questionne-t-elle. Je ne pensais pas que tu passerais aussi vite à autre chose après Antonin, je…

— Bien sûr que non !

— Alors qu'est-ce que faisait cet homme dont je n'ai jamais entendu parler caché sur ton balcon ? Et… attends, mais… Ça ne sent pas les herbes de Provence, en fait !

Elle baisse les yeux sur ma table basse où Lionel a laissé traîner ses feuilles à cigarette puis me scrute d'une manière intense.

— Dis-moi que tes yeux rougis n'ont rien à voir avec ce que je crois.

Son ton semble sincèrement inquiet. Je soupire, l'attire jusqu'au canapé et la fais asseoir pour lui expliquer ma journée et la manière dont j'ai rencontré Lionel.

Je la vois blêmir au fur et à mesure que j'avance dans mon récit.

— Méli, tu n'as pas réellement invité chez toi un homme que tu venais de rencontrer dans la rue, pour fumer des joints avec lui ?

— Je ne l'ai pas vraiment invité. Il a proposé et… Enfin, je ne pouvais pas dire non.

— Pardon ? Comment ça, tu ne pouvais pas dire non ? Bien sûr que tu pouvais dire non !

Elle a haussé le ton et son regard laisse transparaître sa colère évidente.

— Tu ne peux pas comprendre…

— Mais qui pourrait comprendre ça ? Il va vraiment falloir que tu m'expliques ! C'est encore cette stupide promesse faite à Romane ?

— Elle n'avait rien de stupide, cette promesse. C'est grâce à elle que j'ai…

Je laisse la fin de ma phrase en suspens. Continuer est au-dessus de mes forces. C'est grâce à elle que j'ai rencontré Antonin, et j'ai besoin de croire que je pourrais vivre quelque chose d'aussi fort à nouveau.

Cathy me prend alors dans ses bras et me serre contre elle.

— C'est à cause d'Antonin, pas vrai ?

Je laisse quelques larmes m'échapper et hoche la tête.

— Ma chérie, je peux comprendre à quel point ça fait mal, mais tu ne peux pas te mettre en danger comme ça. Qui sait ce que ce Lionel aurait pu te faire ?

— Il était très sympa, argué-je en reprenant un peu de distance.

— Et il aurait tout aussi bien pu être un *serial killer*. On t'aurait retrouvée découpée en petits morceaux dans la Seine… Et puis, ça ne te ressemble pas de fumer.

— Je ne sais plus ce qui me ressemble, Cath. Je ne veux plus être la Mélia d'avant. Je ne veux plus me laisser bouffer par mes peurs. J'avais enfin l'impression d'arriver à mettre le doigt sur celle que je suis vraiment et tout s'est effondré…

En me rendant compte du pathétique de mes paroles, un sanglot m'échappe.

— Méli, tu es une fille formidable. Tout le monde devrait avoir une Mélia Lecomte dans sa vie. Ceux qui ne s'en rendent pas compte passent à côté de quelque chose d'incroyable.

— Je suis désolée.

— Ne dis pas n'importe quoi. Tu as juste besoin de te laisser du temps pour digérer tout ce qu'il s'est passé ces derniers temps. Tu dois être épuisée.

Je hoche la tête. En effet, je me sens vidée de toute énergie.

— Est-ce que prendre une bonne douche avant de dîner dans ton lit en regardant une série sur Netflix pourrait t'aider ? me demande-t-elle avec un petit sourire complice.

J'acquiesce de nouveau. Elle me connaît par cœur, elle sait que seule une bonne nuit de sommeil – ou deux, ou dix, ou cent – pourra m'être salutaire.

– 31 –

Je plonge la main dans un paquet de chips tout en lançant un nouvel épisode de *The Crown* sur Netflix.

J'arrive à la fin de la troisième saison. Je ne suis pas sortie de mon lit depuis plusieurs jours, si ce n'est pour aller aux toilettes et me laver. Certainement pas autant qu'il aurait fallu, mais peu importe, personne n'est là pour s'en plaindre.

Je ne suis pas retournée au sex-shop. Même si Karim est adorable, je ne m'en sentais pas la force. Je ne veux plus perdre de temps avec un travail qui ne me passionne pas, et n'ayant envie de rien, je reste chez moi à végéter.

Cathy et Romane se relaient pour passer me voir. Elles s'efforcent de me changer les idées.

J'entends justement une clé tourner dans ma serrure. Elles ont fini par m'emprunter mon trousseau après l'épisode où elles ont dû tambouriner pendant plusieurs minutes contre ma porte avant que je trouve le courage de me lever.

À leurs chuchotements, je comprends qu'elles sont venues à deux, aujourd'hui.

— Mélia Lecomte, j'espère que tu as enfilé ta plus belle robe, scande Cathy.

Ma plus belle robe ? Elle veut parler d'une robe de chambre, évidemment ! Pourquoi aurais-je enfilé une robe, sinon ?

Elles déboulent dans ma chambre, s'immobilisent l'une à côté de l'autre et me regardent avec un air scandalisé.

— OK, tu la prends par les pieds et moi par les épaules ? demande Romane à Cathy.

Je grogne en lorgnant leurs tenues habillées :

— Je vous préviens, il est hors de question que je sorte avec vous en boîte.

— Qui t'a parlé d'aller en boîte ? On compte bien rester ici, comme tous les ans, précise Romane.

— Mais il est hors de question qu'on subisse ton odeur de mouffette apeurée, alors tu vas nous faire le plaisir de passer sous la douche, de te glisser dans une robe et de venir trinquer avec nous à la nouvelle année.

— On est le 31 décembre ?

— OK, la situation est encore plus critique que prévu, Ro, constate Cathy. Elle ne sait même plus quel jour on est.

Romane s'approche de la fenêtre et ouvre les volets pour faire entrer la lumière. Je me rallonge dans mon lit et tire la couette sur moi pour me protéger du froid mordant.

— Ah non, non, non ! s'exclame Cathy en tirant dessus. Tu t'es suffisamment morfondue, ça suffit. Ce soir, tu vas nous faire le plaisir de faire la fête avec nous.

Je râle de manière inintelligible.

— Tu pourras nous détester dès demain si ça te chante. En attendant, je te conseille de te lever. Tu nous connais, on ne lâchera pas l'affaire, précise Romane.

En effet, je les connais. Et en effet, je n'aurai pas gain de cause.

Je souffle pour leur montrer mon mécontentement, mais je m'extrais tout de même de mon lit pour filer sous la douche, où je reste de longues minutes.

— Ah ! Voilà une revenante ! se réjouit Cathy en me voyant pénétrer dans le salon, enroulée dans une serviette.

Je lui adresse une grimace et me laisse tomber dans le canapé.

— Ah non, ça ne va pas être possible ! s'écrie Romane en me menaçant de la louche avec laquelle elle remuait jusque-là quelque chose dans une marmite en train de réchauffer sur ma plaque de cuisson.

Je la regarde de manière dubitative.

— Cette serviette en coton ne ressemble pas à une robe de Nouvel An ! Dépêche-toi de relever tes fesses de ce canapé et d'aller enfiler quelque chose. Au passage, tu as le droit de te coiffer.

— L'année prochaine, je voterai pour un thème « sortie de bain » ou « peignoir » pour nos déguisements…

— Ha, ha ! Nous sommes en démocratie et on ne laissera jamais passer ça avec Cathy ! N'est-ce pas ?

— Jamais ! confirme cette dernière.

Les voir me fait déjà du bien. Elles n'hésitent pas à me houspiller. Après avoir joué le rôle de soutien et écouté toutes mes plaintes pendant des heures en me tendant des mouchoirs, elles ont décrété, ce soir, que ça suffisait.

Et elles ont raison, continuer à m'apitoyer sur mon sort ne servira à rien. Pour soulager le poids que je sens en permanence peser sur mon cœur, je dois aller de l'avant. Faire en sorte moi aussi que cette soirée soit une réussite. Je me redresse donc et m'éclipse vers ma chambre puis à nouveau dans la salle de bains.

Lorsque je reviens dans mon salon, je n'en reviens pas. Je ne suis pas partie plus de vingt minutes et pourtant les filles ont réussi à redécorer la pièce et une merveilleuse odeur flotte dans l'appartement. Je parie sur la soupe aux crevettes et au lait de coco, spécialité de Romane. Des guirlandes sont allumées dans tous les coins et créent une atmosphère féerique.

Les larmes me montent aux yeux.

— Vous êtes vraiment les meilleures, dis-je à mes amies.

— Tu en doutais ? plaisante Romane.

— Pas une seconde !

Je les aide à terminer les derniers préparatifs. Ce qui se limite à glisser dans le four déjà chaud les bouchées apéritives préparées par Cathy chez elle avant qu'elles viennent tenir un siège devant mon lit pour que j'accepte de m'en extraire.

Une fois que nous sommes toutes les trois assises, Cathy et moi sur mon canapé, Romane, comme elle en a l'habitude, sur mon tapis, je débouche une bouteille de champagne et nous sers.

Nous trinquons à l'année qui s'achèvera bientôt, et au meilleur à venir. Je dois faire un effort pour m'en convaincre.

— Mais… On a oublié les loups ! s'écrie soudain Romane. C'est une honte !

Elle se relève comme si elle venait d'être traversée par une décharge électrique et file chercher un sac resté dans l'entrée. Elle nous tend un loup à chacune, dont nous nous parons avec plaisir.

En me déguisant ainsi, je me cache à nouveau derrière un masque confortable. Un masque dissimulant mes failles. Pourtant, l'avoir enlevé pour quelque temps a changé la donne à jamais. Je ne veux plus revenir en arrière.

— Et pour animer la soirée, je vous propose… un jeu de « cap ou pas cap » ! poursuit-elle sur un ton enjoué.

Elle sort de son sac une boîte cartonnée sur laquelle il est écrit « Cap ou pas cap entre copines ». Typiquement le genre de jeu qui nous aurait tenues éveillées toute la nuit pendant notre adolescence.

— Oh ! J'adore ! s'enthousiasme Cathy en lui prenant la boîte des mains. Il y a même des gages quand on refuse le défi. Qui commence ?

— Tu sembles bien partie, dis-je en me marrant.

— OK, je tire une carte pour toi, Méli, alors !

Elle joint le geste à la parole.

— Cap ou pas cap de croquer dans un oignon ?

— Euh… Peut-être que ce jeu n'est pas une bonne idée, finalement !

— Non mais je rêve… Tu es capable de fumer un joint avec un parfait inconnu dans ton appartement mais pas de croquer dans un oignon ? fait-elle mine de me disputer.

— Touchée ! Mais vous ne vous plaindrez pas de mon haleine toute la soirée.

Les minutes et les plats défilent au rythme des défis. Romane et Cathy ont vraiment tout donné côté menu : carpaccio de Saint-Jacques, saumon gravlax, la fameuse soupe de Romane toujours aussi délicieuse, brie aux truffes… Je crois que mon estomac ne pourra plus rien tolérer. Du moins mon premier estomac. Le second, réservé aux desserts, lui, sera bien capable d'engloutir une bûche.

Nous laissant un moment pour digérer, je tire une nouvelle carte pour lancer un défi à Cathy.

— Cap ou pas cap de nous montrer les derniers textos que tu as envoyés ?

Alors qu'elle me regardait avec un grand sourire, déjà prête à se déclarer « cap », quelle que soit la demande, je vois ma meilleure amie blêmir.

— Euh… Je… Euh…

— Toi, tu as échangé des sextos avec Léo ! Allez, balance !

— Je ne suis pas sûre que ça soit une bonne idée, répond-elle en se tournant vers Romane pour lui faire de gros yeux.

Je rêve ou il se passe quelque chose que je ne comprends pas ?

— Et le gage, c'est quoi ? demande cette dernière.

Je fronce les sourcils et les regarde tour à tour. Je les connais par cœur, il y a anguille sous roche.

— Faire le tour du quartier entièrement nue, inventé-je pour voir sa réaction.

— Ah ! Bon… Vous ne vous plaindrez pas si on finit la soirée au poste, alors, souffle-t-elle. On y va ?

Je pose la main sur son bras alors qu'elle se lève.

— Cath ! Il se passe quoi, là ? Il y a quoi de si secret dans tes textos ?

Cette fois, je suis très sérieuse. Pour qu'elle soit prête à tomber malade et à se faire embarquer au commissariat pour exhibitionnisme, il doit s'agir de quelque chose de grave.

Elle se rassied et baisse les yeux sur ses genoux, honteuse.

— Méli, je suis désolée…

— De quoi tu parles ?

— Je… Les derniers textos que j'ai échangés, c'était avec Antonin.

— Quoi ?

— Tu nous as vraiment fait peur, ces derniers jours… souffle Romane pour justifier la démarche de Cathy.

— Quand je t'ai trouvée en train de fumer avec ce mec chez toi, j'ai demandé le numéro d'Antonin à Léo. Je voulais qu'il sache que tu n'allais pas bien depuis que vous vous étiez séparés…

Je reste muette de stupéfaction. Moi qui pensais avoir touché le fond et ne pouvoir que rebondir, je me rends compte qu'un gouffre encore plus profond s'ouvre sous mes pieds.

— Tu lui as dit quoi, exactement ? demandé-je dans un souffle, partagée entre colère et peine.

— Je… Je lui ai expliqué la promesse que nous avons faite à Romane, et que tu te mettais en danger parce que tu pensais pouvoir retrouver quelque chose d'aussi fort que ce que vous avez vécu. Et… je lui ai peut-être donné ton adresse.

Ma mâchoire se décroche.

— Tu n'as pas fait ça ?

— Il fallait qu'on essaie, Méli, murmure Romane. Qu'on sache s'il y avait une chance que vous vous retrouviez. Peut-être qu'il regrette sa décision de t'avoir laissée partir…

— Mais vous vous attendiez à quoi ? À ce qu'il saute dans le premier train et vienne frapper à ma porte ? Avec un bouquet de fleurs, pour me faire une demande en mariage ?

Elles échangent un regard qui me laisse comprendre que c'était bien ce qu'elles espéraient. Peut-être pas le mariage, mais le fait qu'il débarque ici tel un super-héros pour me sauver de la dépression.

— Eh bien merci, grâce à vous le message est clair. Il ne veut pas se lier à qui que ce soit, même pas à son ancien meilleur ami. Alors avec une fille de passage…

Mon ton est amer.

— S'il me restait un mince espoir, il vient de partir en fumée.

— On est désolées, Méli, souffle Cathy, honteuse.

— Je vous aime plus que tout, toutes les deux, mais là il va me falloir un moment pour digérer ça. Je vais aller me coucher, je n'ai plus envie de faire semblant d'aller bien. Vous pouvez terminer le dîner et tout laisser en plan, je rangerai demain.

Je vois leurs yeux s'emplir de tristesse mais elles n'ajoutent rien.

– 32 –

Je me relève et me dirige vers ma chambre où je compte pleurer jusqu'à ce que mes larmes se tarissent lorsque des coups frappés à la porte retentissent.

Je m'immobilise et regarde mes deux meilleures amies, interloquée, en me disant que le destin a vraiment un sens de l'humour douteux.

Agacée, je me dirige vers l'entrée d'un pas décidé. Je suis persuadée qu'il s'agit de ma voisine du dessous qui vient se plaindre du bruit que nous faisions jusque-là. J'en suis désolée pour elle, mais je ne compte pas supporter ses remontrances ce soir. Sans prendre la peine d'ouvrir, je crie à travers le battant :

— Oh, ça va, nous sommes le 31 décembre et il n'est même pas minuit ! Allez vous coucher, la soirée est finie, on ne vous embêtera plus.

Aucune réponse ne me parvient. *Parfait, elle a dû rentrer chez elle.*

Satisfaite, je me dirige vers ma chambre lorsque de nouveaux coups retentissent.

— OK, je vais me la faire, soufflé-je pour moi-même.

Je fais pivoter le battant sans même prendre la peine de regarder par le judas auparavant, prête à hurler sur ma voisine et déverser sur elle toute ma colère. Je reste interdite. Antonin se tient sur le seuil de mon appartement.

Ne sachant pas comment réagir, je referme et plaque mon dos contre la porte, la main posée sur ma poitrine à l'endroit de mon cœur.

— Ça va ? demande Romane en s'approchant. C'était qui ?

Sa question me tire de ma torpeur. Je me redresse et rouvre la porte pour m'assurer de ce que j'ai vu. Antonin est toujours dans la même position, debout sur mon paillasson, et semble attendre que je réagisse. Mais mon cerveau refuse toujours d'assimiler l'information, alors je lui ferme de nouveau le battant au nez.

— Cathy, tu peux venir voir s'il te plaît ? demande Romane.

Je l'entends approcher.

— Je crois que la magie de Noël a opéré un peu en retard cette année, précise Romane. Il se pourrait que le fameux Antonin se tienne derrière la porte.

— Quoi ? Mais pourquoi tu ne lui ouvres pas, Méli ?

Je la regarde, incapable de répondre.

— Méli ? répète-t-elle.

— Je ne peux pas.

— Quoi ? Comment ça, tu ne peux pas ? s'agace-t-elle. Bien sûr que tu peux ! Est-ce que tu as besoin que je te tape très fort sur la tête pour te remettre les idées en place ?

Oui, je crois que ça pourrait être une solution.

J'acquiesce donc, le regard toujours perdu dans le vide. Dans mon champ de vision, je la vois lever la main, mais Romane la retient.

Soudain, le décompte fatidique débute. La radio qui diffusait jusque-là une playlist jazz entonne le traditionnel dix… neuf… huit.

— Méli, ouvre cette porte, nom de Dieu ! me sermonne Cathy.

Six… cinq… quatre…

Je ferme les yeux, inspire profondément et abaisse la poignée avant de plonger une nouvelle fois les yeux dans les iris d'Antonin. Il me contemple avec un air amusé qui enflamme tous mes sens.

Il est vraiment là ? Il est vraiment là !

Deux… un.

Je fais un pas en avant et me jette dans ses bras pour l'embrasser fougueusement. Dans mon dos, Cathy et Romane se mettent à hurler leur joie. Cette fois, ma voisine risque de monter pour de vrai, mais peu importe, rien ne me fera redescendre de mon nuage.

— Bonne année, murmure-t-il contre mes lèvres.

— Bonne année.

Je sais que s'il est là, ce n'est pas pour rien. Il n'aurait jamais fait le trajet s'il n'était pas prêt à nous laisser une chance.

— Je suis désolé d'avoir mis tant de temps.

— Tu es là, c'est tout ce qui compte maintenant.

J'enlace mes doigts aux siens.

— Je crois qu'on va vous laisser, dit Cathy dans mon dos. Vous devez avoir plein de choses à vous raconter.

Je me tourne vers elle et la regarde avec reconnaissance.

— On vous laisse le dessert, précise Romane.

Je m'éloigne de mon musher et serre mes amies dans mes bras.

— Merci… soufflé-je dans le cou de Cathy.

— Tu as intérêt à tout nous raconter, murmure Romane à mon oreille.

— Promis !

Après une dernière étreinte, mes deux meilleures amies récupèrent leurs affaires et s'éclipsent en m'adressant des clins d'œil peu discrets.

— Je crois qu'on a un dessert à honorer, dis-je à Antonin en l'attirant à l'intérieur de mon appartement.

Assis sur mon canapé, ma main sur sa cuisse, ses doigts effleurant ma nuque, nous avons du mal à nous lâcher des yeux. J'aurais voulu l'emmener jusqu'à ma chambre et me fondre dans ses bras, mais je crois que la situation mérite d'être mise au clair entre nous.

— Alors Cathy t'a appelé…

Ses doigts s'immobilisent un instant puis reprennent leurs arabesques à la racine de mes cheveux.

— Elle m'a parlé de cette drôle de promesse que vous avez faite à Romane. Alors comme ça, si j'ai bien compris, quoi que je te demande, tu accepteras ? J'ai quelques idées en tête, si tu vois ce que je veux dire, plaisante-t-il.

Je laisse échapper un rire.

— Je n'aurai certainement pas à me forcer ! rétorqué-je avec une expression évocatrice.

— Mais comment en êtes-vous arrivées là ?

— Oh… C'est certainement dû à ma très légère obsession pour le mariage. Quand Romane nous a annoncé qu'elle allait se marier alors qu'elle n'en avait jamais eu envie et n'était avec son mec que depuis quelques semaines, il est possible que j'aie eu un peu de mal à encaisser la nouvelle.

Je vois ses lèvres s'étirer en un sourire.

— Une chose en amenant une autre, elle a fini par nous donner sa technique pour transformer nos vies.

— Dire oui à tout…

— Être ouvertes aux opportunités. Mettre nos peurs de côté…

— Comme celle des chiens.

— Comme celle des chiens. Même si je t'avoue qu'au moment où on a gagné ce voyage, j'ai bien failli faire ravaler sa promesse à Romane.

Je marque une pause de quelques secondes avant de poursuivre.

— Mais finalement, elle avait raison. Grâce à elle, j'ai vécu des choses que je n'aurais jamais osées en temps normal. Par peur de l'échec, par peur du ridicule, par peur de mal faire, par peur de décevoir… Et c'était magique. Ce séjour avec toi, ça a totalement changé ma vie.

Il prend mon visage en coupe pour m'embrasser. Sa langue caresse la mienne avant qu'il reprenne une légère distance et plonge son regard dans le mien.

— Tu as totalement bouleversé ma vie aussi, Mélia Lecomte. Moi aussi, je me laissais manger par mes peurs. En tête, celle de souffrir. D'ouvrir mon cœur, de m'attacher et de perdre à nouveau quelqu'un. Et puis tu es arrivée et tu m'as ébranlé comme personne ne l'avait fait.

Ma main saisit la sienne et la presse.

— Je me suis rendu compte qu'à fuir le pire, je me privais aussi du meilleur. Pourtant, ce n'est pas facile de lutter contre son instinct de protection. Alors j'ai préféré te laisser partir. Me dire qu'il valait mieux tout arrêter avant qu'il soit trop tard.

Les larmes me montent aux yeux.

— Mais j'avais tort. Tu me manques à en crever.

Son aveu enlève un poids énorme de ma poitrine.

— Alors tu es venu pour combler ce manque…

— Je suis venu pour te demander de revenir avec moi. Si tu veux toujours bien quitter Paris. Pour qu'on puisse au moins essayer, ajoute-t-il.

— Pour qu'on puisse au moins essayer…

— Je ne veux pas te faire de promesse que je ne pourrai pas tenir. J'aurai certainement des moments de rechute, mais je ne veux pas passer à côté de nous.

— Moi non plus, je ne veux pas passer à côté de nous. Si tu es prêt à me faire une place dans ta vie, je suis prête à te laisser le temps qu'il te faudra pour combattre tes peurs. Et qui sait, peut-être qu'un jour on pourra essayer de se dire oui pour la vie !

— Si c'est vraiment ce que tu veux. Pour toi, pas pour faire plaisir aux autres. Pas pour cocher une case de ce qu'attend la société. Alors on pourra peut-être essayer, oui, confirme-t-il.

Je grimpe sur ses genoux, positionne mes mains de part et d'autre de son visage que j'incline vers l'arrière, puis je laisse ma langue courir sur sa lèvre inférieure. Un râle de désir lui échappe. Je le provoque :

— Il paraît que je suis devenue accro aux « oui », tu te sens capable de me faire crier ces trois lettres ce soir ?

— Plutôt deux fois qu'une ! rétorque-t-il, sûr de lui, en posant ses mains sur mes fesses avant de se relever pour me porter jusque sur mon lit.

Épilogue

Je vérifie mon reflet dans le miroir en pied et remets en place une mèche de cheveux qui s'est échappée de mon chignon.

Ma longue robe en voile tombe parfaitement, mon maquillage n'a pas coulé, tout semble sous contrôle. Si j'arrive à ne pas planter un de mes talons hauts dans le gazon parfaitement entretenu avant de faire un vol plané d'enfer, tout devrait bien se passer.

Je m'apprête rarement autant, mais aujourd'hui je ne vais pas passer inaperçue alors j'ai sorti le grand jeu.

— Tu es magnifique, Méli, me dit Romane, avec qui je me suis préparée ce matin.

— Et toi donc !

— Si Antonin ne tombe pas raide en te voyant, plaque tout immédiatement et reviens vivre à Paris.

Voilà plus d'un an que j'ai quitté mon appartement pour emménager avec mon musher. Et si nous nous attendions à traverser des moments compliqués pour trouver notre équilibre – après tout, nous ne nous connaissions que peu –, les choses se sont étonnamment bien passées.

Nous avons beaucoup parlé tous les deux, pour permettre à l'autre de comprendre quand nous avions envie d'indépendance ou au contraire besoin d'être rassurés. Et il n'y a pas de mystère, quand on dit que la communication est la clé de tout, c'est vrai.

J'ai rapidement effectué le stage que Cathy m'avait offert avec Clément, le sculpteur sur bois, et j'ai trouvé ça encore plus exaltant que lors de notre rencontre. Devant mon entrain – et mon talent, a-t-il ajouté –, il a accepté de consacrer un après-midi par semaine à me former et de me laisser accéder à son matériel autant que je le souhaitais.

Il se peut que, légèrement obsessionnelle, j'aie décidé de passer chacune de mes matinées dans son atelier, pour observer la manière dont il appréhendait le bois, ses mouvements, les outils qu'il choisissait en fonction du rendu qu'il souhaitait. Bref, j'avais enfin trouvé une activité qui me passionnait et je comptais bien en profiter au maximum. Le chômage me laissait quelques mois pour voir venir avant de devoir penser sérieusement à retrouver un travail. Et je n'ai finalement pas eu à m'en soucier puisque, voyant mes progrès et le nombre croissant de commandes qui lui parvenaient, Clément a proposé de m'embaucher.

J'effectue désormais le travail préparatoire sur la plupart de ses pièces, et le mois dernier, pour la première fois, il m'a laissée réaliser une petite commande dans sa totalité. Je peux le dire, j'ai enfin trouvé ma place. Je me sens heureuse là où je suis.

Le chalet d'Antonin est devenu mon foyer, ses chiens, mes protégés. Il râle parce que je passe soi-disant beaucoup trop de temps à leur faire des câlins, mais ils me le rendent bien. *Quand je pense que j'ai pu avoir si peur d'eux...* Peut-être Hawaï m'impressionne-t-il toujours un peu, mais cela ressemble désormais plus à un profond respect pour ce chef de meute qu'à de la crainte.

J'ai d'ailleurs mon propre attelage, composé de trois chiens, emmené par Nauru. Notre relation me rappelle le lien unique que j'avais créé avec Baïkal. Il se montre aussi intelligent qu'elle l'était pour deviner l'état émotionnel des gens. Il est accompagné de Pudding et Pickles, des jumeaux aussi terribles qu'attachants, que j'ai élevés et dressés comme une mère louve. Si j'ai suivi les conseils d'Antonin à la lettre, j'ai tenu à effectuer moi-même chaque soin.

Cathy entre dans la pièce, referme la porte derrière elle et nous regarde avec des yeux brillants.

— Vous êtes si belles ! Si on m'avait dit qu'on vivrait ce moment un jour, je n'y aurais pas cru, dit-elle en passant un doigt sous ses yeux pour empêcher une larme d'y couler et de gâcher son maquillage.

Je tends la main à Romane et nous nous approchons de Cathy pour faire un câlin de groupe.

— Antonin et Léo sont en place. Il va falloir y aller. Tout le monde vous attend. Vous êtes prêtes ?

Nous hochons la tête de concert.

Je descends les marches à la suite de Cathy, sous les yeux de la foule réunie pour l'occasion.

Comme de coutume, tout le monde est sur son trente et un. Je salue de la tête les invités, qui me regardent en souriant. Je repère Antonin et ne le lâche pas des yeux. S'il ne tombe pas raide, la manière dont il me détaille est tout aussi parlante.

Alors que j'atteins la dernière marche, une musique retentit et Romane entreprend d'effectuer le même trajet que moi il y a quelques secondes.

Je passe devant Marin, qui l'attend dans un smoking trois-pièces au veston orange. S'ils ont organisé un mariage assez traditionnel, ils ont tenu à y apporter leur touche de folie.

Ces deux-là sont vraiment faits l'un pour l'autre. Si la demande prématurée de Marin nous avait alertées avec Cathy, nous avons fini par convenir qu'il est l'homme parfait pour notre amie.

Depuis qu'ils se sont rencontrés, ils fourmillent de projets et se tirent l'un l'autre vers le haut. La boutique de foulards personnalisés de Romane prend une dimension internationale grâce aux compétences en développement de Marin. Ils se laissent deux ans pour stabiliser l'activité et embaucher du personnel, avant de partir faire le tour du monde.

— Madame, je suis enchanté de vous rencontrer, souffle Antonin lorsque je le rejoins, tout en mimant un baisemain. On m'avait prévenu que ma cavalière serait canon, mais pas à ce point.

— Vous n'êtes pas mal non plus, entré-je dans son jeu avant de l'embrasser.

— Ça va, Romane n'est pas trop tendue ? me demande-t-il.

— Tu la connais : pas du tout ! Au contraire, elle avait hâte d'y être. Les habituels coups de stress de dernière minute, elle ne connaît pas. Quand bien même la salle prendrait feu, elle réussirait à relativiser en se disant que si tout le monde va bien et peut danser, alors tout roule.

Mon déménagement rapide a été une surprise et un déchirement pour Romane et Cathy, mais elles sont venues me voir de nombreuses fois pour compenser le manque. Romane a enfin pu faire connaissance avec Antonin et ces deux-là se sont liés d'amitié à une vitesse surprenante. Le côté fonceur de Ro n'a laissé aucune chance à Antonin de dresser ses habituelles barrières de protection.

Nos trois chéris ont déjà fait un séjour en traîneau ensemble et comptent bien remettre ça aussi vite que possible.

Signe de l'évolution d'Antonin, il accepte petit à petit de faire entrer de nouvelles personnes dans sa vie, et renoue avec celles du passé. Il a d'ailleurs signé les papiers d'association avec Léo il y a quelques mois. Ces deux-là retrouvent peu à peu une complicité sur laquelle ne plane plus l'ombre de la disparition de Samuel. Ou du moins l'ombre laisse-t-elle désormais passer la lumière.

Romane arrive en bas des marches et s'immobilise devant Marin, dont le regard pétille de fierté. Il l'attrape par la main, la fait tourner sur elle-même puis l'embrasse au cri des hourras des invités.

Après quelques minutes, chacun s'éloigne vers le jardin de la propriété louée pour l'occasion, où aura lieu la cérémonie laïque marquant l'engagement des mariés.

Ils ont choisi de passer à la mairie il y a quelques semaines, en toute sobriété, uniquement entourés de leurs témoins (donc Cathy et moi pour Romane), pour profiter au maximum de tout le monde aujourd'hui. Ils sont donc déjà officiellement mari et femme. Symboliquement, ils ne le seront que dans quelques minutes.

*

* *

Et voilà, Romane et Marin viennent de réaliser mon rêve de gamine. Ils se sont dit oui devant leurs familles et leurs amis réunis. Ils se sont juré fidélité et tellement plus, ils ont prononcé des discours qui m'ont émue aux larmes pour se déclarer leur amour (heureusement, j'avais prévu des mouchoirs dans la minuscule pochette qui accompagne ma tenue).

Marin a embrassé la mariée avec des cœurs plein les yeux. C'était fort, c'était beau.

— À présent, pour ceux qui le veulent, nous allons procéder au traditionnel lancer de bouquet, déclare le maître de cérémonie. J'invite tous ceux qui ne se seraient pas encore laissé passer la bague au doigt à se placer derrière la mariée.

Je repense soudain aux mots prononcés par Romane à ce sujet lorsqu'elle nous a annoncé son mariage. « Compte sur moi pour te lancer le bouquet. » Et au regard qu'elle m'adresse, je sais qu'elle s'en souvient aussi.

Elle effectue un petit mouvement de tête vers la droite, où je vais me placer, entraînant Cathy avec moi.

Une foule d'hommes et de femmes se masse dans l'espoir d'attraper le Saint-Graal qui marquera l'espoir d'un mariage à venir.

Antonin se laisse attirer vers nous par Léo. Il me sonde d'un regard inquisiteur. Depuis que j'ai emménagé avec lui, nous n'avons jamais reparlé de mariage, tous les deux. Ce sujet reste en suspens entre nous.

Everybody Needs Somebody to Love des Blues Brothers retentit, Romane se retourne et commence un mouvement de balancier avec son bouquet pour faire monter la tension.

Les cris fusent, certaines personnes se bousculent pour se placer devant. Puis, soudain, Romane jette le bouquet. Pile dans ma direction.

Il me suffirait de tendre un bras pour l'attraper, mais je n'en fais rien. Au contraire, je me décale d'un pas en tournant la tête vers Antonin pour arrimer mon regard au sien. Je sais qu'il comprend le message : me marier ne fait plus partie de mes rêves.

Mon rêve, je le vis au quotidien, et je veux choisir chaque matin de rester aux côtés d'Antonin car il me comble, et non parce que nous avons signé un morceau de papier et que nous n'osons plus faire marche arrière.

Voilà des mois que je réfléchis à ce qui m'attirait autant dans le fait de me marier. Certainement pas d'être le centre de l'attention, mais davantage de répondre aux attentes. De prouver que je vaux suffisamment le coup pour que quelqu'un choisisse de lier sa vie à la mienne. En d'autres mots, afficher une certaine réussite. Rendre fiers mes parents, leur montrer que leur fille aussi peut briller. Uniquement des questions liées au regard que les gens pouvaient porter sur moi, soit aucune raison valable.

En m'interrogeant sur mes attentes, j'en suis arrivée à la conclusion que j'avais bien plus soif de liberté que d'engagement.

Et l'annonce du divorce de mon frère, via un appel en visio depuis les États-Unis, le lendemain du Noël de cette année, a fini de me convaincre. Les plus belles apparences ne sont en rien synonymes de bonheur. J'ai appris à chérir les instants que je vis, un mariage ne leur apporterait rien de plus.

Antonin me sourit, puis je vois ses sourcils se froncer en regardant quelque chose dans mon dos. Visiblement il se retient de rire.

Lorsque je me retourne pour voir ce qui provoque cette réaction chez lui, mes yeux s'arrondissent de surprise. Léo tient le bouquet de Romane et scrute Cathy avec un air béat.

S'ils ont choisi de continuer à vivre à distance, Léo et Cathy n'en sont pas moins fusionnels. Leurs retrouvailles sont toujours épiques. Ils s'aiment puissamment, profitent de chaque moment passé ensemble comme s'il avait un goût de trop peu.

Ma meilleure amie me jette un regard horrifié ; est-ce parce qu'elle pensait que je désirais plus que tout saisir ce bouquet ou parce qu'elle découvre l'expression bienheureuse de Léo ?

On dirait qu'un nouveau mariage se profile rapidement à l'horizon.

J'explose de rire tandis que Léo saisit Cathy et la fait tournoyer en l'embrassant à pleine bouche.

— Tu es sûre de toi ? me demande Antonin.

Il pose une main dans le bas de mon dos puis m'embrasse la tempe.

— Certaine ! Si tu m'avais fait ta demande, j'aurais été obligée de dire non. Et tu sais que ce mot ne fait plus partie de mon vocabulaire, plaisanté-je en retour.

— Moi qui avais prévu de t'emmener au bout du monde pour faire ma demande… souffle-t-il.

— Au bout du monde, tu dis ?

Je suis sceptique.

— Hum… J'aurais peut-être posé un genou au sol en haut du piton de la Fournaise…

— J'aurais été capable de tomber dans le volcan !

— Ou alors j'aurais profité d'un saut en parachute pour formuler ma demande dans l'avion…

— J'aurais été si stressée que ça aurait pu marcher. J'aurais accepté sans même entendre ce que tu proposais.

— J'ai aussi contacté Elon Musk pour la faire depuis l'espace.

— Et alors ? Que t'a-t-il répondu ?

— Je vais devoir annuler notre arrangement, il était carrément séduit par l'idée, soupire-t-il faussement.

— Tu n'avais pas du tout prévu de me demander en mariage, n'est-ce pas ?

— On dirait bien que tu ne le sauras jamais.

Il se penche et m'embrasse, faisant battre les ailes des millions de papillons tapis dans mon ventre.

Il suffit que ses lèvres effleurent les miennes pour qu'un tourbillon d'émotions m'assaille. Le temps n'y change rien et j'espère que ça sera toujours le cas.

Notre histoire est belle, même si elle ne se termine pas par un mariage et de nombreux enfants. Quoique, pour les nombreux enfants, si on considère nos chiens comme tels, nous avons déjà un sacré palmarès à notre actif. Pour ce qui est d'un enfant à nous, nous verrons bien ce que l'avenir nous réserve.

FIN

Remerciements

Alors que j'arrive à la fin de ce premier roman, quelques remerciements s'imposent. Sans ces personnes sur mon chemin, *J'ai poussé le père Noël du traîneau !* n'aurait jamais vu le jour.

À mon père et ma mère. Sans leur compréhension, dès mon enfance, de mon besoin d'écrire, leurs encouragements, même discrets – nous ne sommes pas démonstratifs chez les Florisin, il faut donc savoir lire entre les lignes la fierté qu'ils pouvaient ressentir –, je ne me serais jamais senti la légitimité de faire sortir de ma tête l'imagination qui y bouillonne.

À ma sœur, qui a illustré le premier roman, que dis-je, la première série, dans laquelle je me suis lancée, en a créé la couverture et carrément fait des dossiers. De tous les cadeaux fabuleux que tu as pu m'offrir, ceux-ci resteront peut-être à jamais les plus précieux : l'intérêt d'une grande sœur pour ce qu'écrivait sa cadette, sa volonté de la soutenir.

À mon frère, pour qui le français a pu être si compliqué, mais qui s'en sort si bien aujourd'hui. Je ne suis pas certaine qu'il lise la moindre ligne de ce roman un jour, mais s'il parvient jusqu'ici, qu'il sache que je suis fière de lui.

Aux Camille de ma vie, car ce prénom marque mon chemin de bien des manières. Chacun.e d'entre vous m'insuffle une puissance insoupçonnable au quotidien.

À mon chéri, qui détestait lire jusqu'à ce qu'il tombe dans la romance et se laisse prendre au jeu. J'espère ne pas te voir lutter péniblement pour terminer ce roman. J'espère que notre manière de nous aimer n'aura jamais rien d'une romance mièvre.

À Flora, qui a accepté d'être à la fois la pom-pom girl, la générale intransigeante et le Père Fouettard de cette histoire (ou plutôt de son autrice). Sans toi, elle n'aurait clairement jamais vu le jour. Tu as su te montrer d'une patience incroyable et tes conseils ont été précieux. Je ne te remercierai jamais assez pour ça. Grâce à toi, je sais désormais que je suis capable de le faire.

À Mélusine et Roxane, qui les premières ont appris que je m'étais lancée dans ce projet. Avoir croisé votre chemin était clairement un beau cadeau dans ma vie. Vous voir vous épanouir me remplit de joie. J'ai hâte de lire vos prochains romans.

À Célia, grâce à qui ce roman ne serait pas entre vos mains. Pour qui je ne mettrai pas de point à la fin de ce paragraphe. Ne plus te côtoyer au quotidien est un crève-cœur. Tu as réussi à adoucir le monstre, j'espère qu'il t'aura, lui, appris à montrer les crocs lorsqu'on t'attaque

À Rose, dont les retours sur ce roman m'ont reboostée quand j'avais envie de tout abandonner. À ta bienveillance, à ta joie sincère de me voir m'embarquer dans cette nouvelle aventure.

À Julie, toujours là depuis l'IUT, qui, la dernière, a traqué les fautes de ce maudit roman. Recevoir ton avis de professionnelle du livre sur ce roman comptait beaucoup pour moi.

Aux éditions Michel Lafon, et plus particulièrement *Florian Lafani* grâce à qui ce roman connaît une seconde vie. Et à *Marie Barlois*, qui en a traqué les imperfections.

À toi qui lis ce livre. J'espère de tout cœur qu'il t'aura fait passer un bon moment. Si c'est le cas, n'hésite pas à laisser un commentaire en ligne, ou/et à me suivre sur Instagram (marine.florisin_autrice).

Composition et mise en pages
FACOMPO, Montrouge

#lisez engagé !
www.lisez.com
Pour plus d'information :
Imprimé sur du papier issu de forêts gérées durablement.

Imprimé en France par MAURY IMPRIMEUR
en septembre 2025
N° d'impression : 286816

POCKET – 92, avenue de France, 75013 Paris

S35295/01